EN TIEMPOS DEL PAPA SIRIO

JESÚS SÁNCHEZ ADALID

EN TIEMPOS DEL PAPA SIRIO

Editado por HarperCollins Ibérica, S. A.
Avenida de Burgos, 8B - Planta 18
28036 Madrid

En tiempos del papa sirio

Diseño de cubierta: CalderónSTUDIO®
Mapas del interior: Diseño e ilustración cartográfica CalderónSTUDIO®

ISBN: 978-84-19809-48-3
Depósito Legal: M-13439-2024
Impreso en España por: BLACK PRINT

MIXTO
Papel procedente de fuentes responsables
FSC® C159065

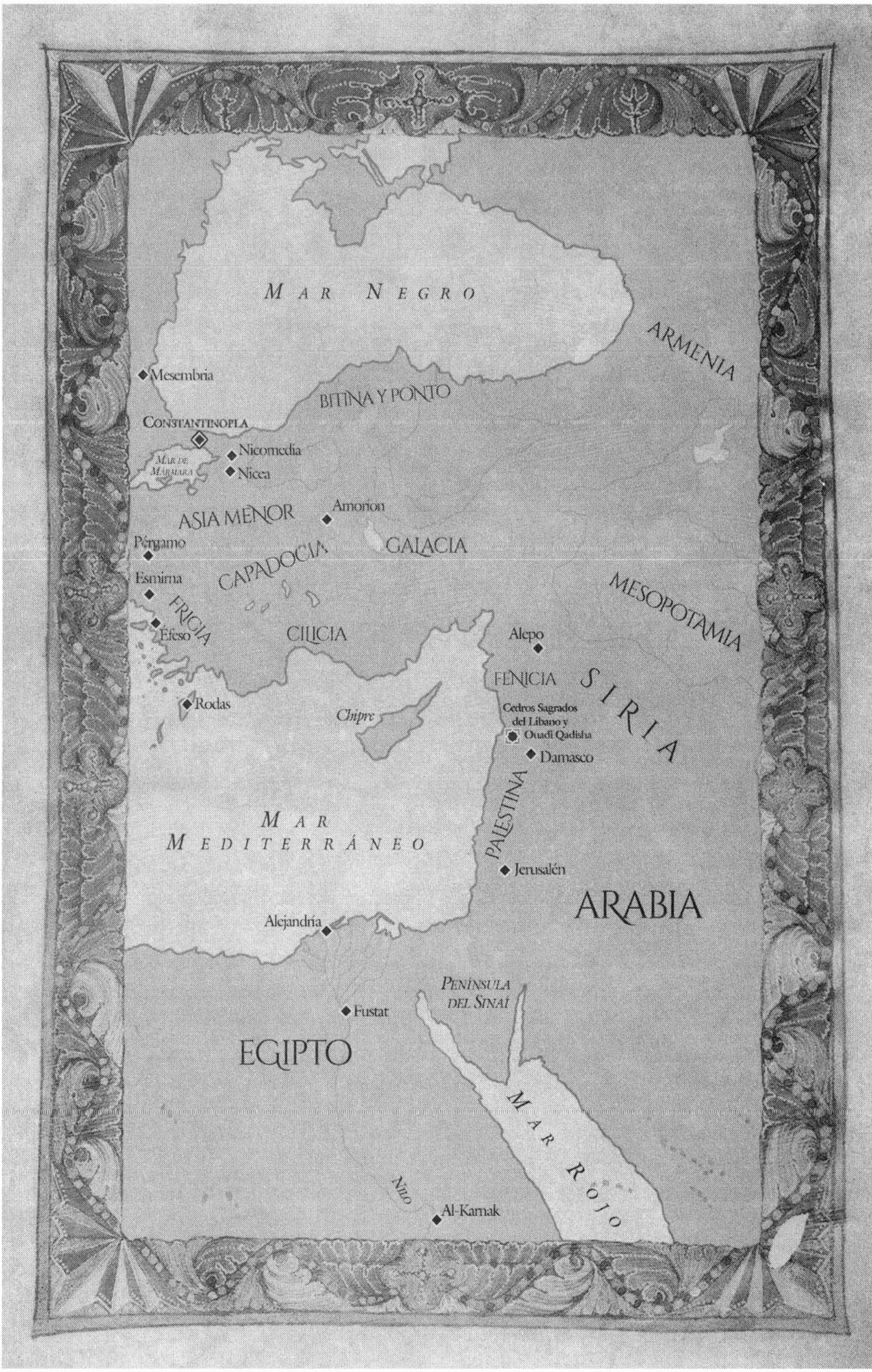

Mar Negro
Armenia
Mesembria
Bitina y Ponto
Constantinopla
Mar de Mármara
Nicomedia
Nicea
Asia Menor
Amorion
Pérgamo
Capadocia
Galacia
Esmirna
Frigia
Éfeso
Cilicia
Mesopotamia
Alepo
Fenicia
Siria
Rodas
Chipre
Cedros Sagrados del Líbano y Ouadi Qadisha
Damasco
Palestina
Mar Mediterráneo
Jerusalén
Arabia
Alejandría
Península del Sinaí
Fustat
Egipto
Mar Rojo
Nilo
Al-Karnak

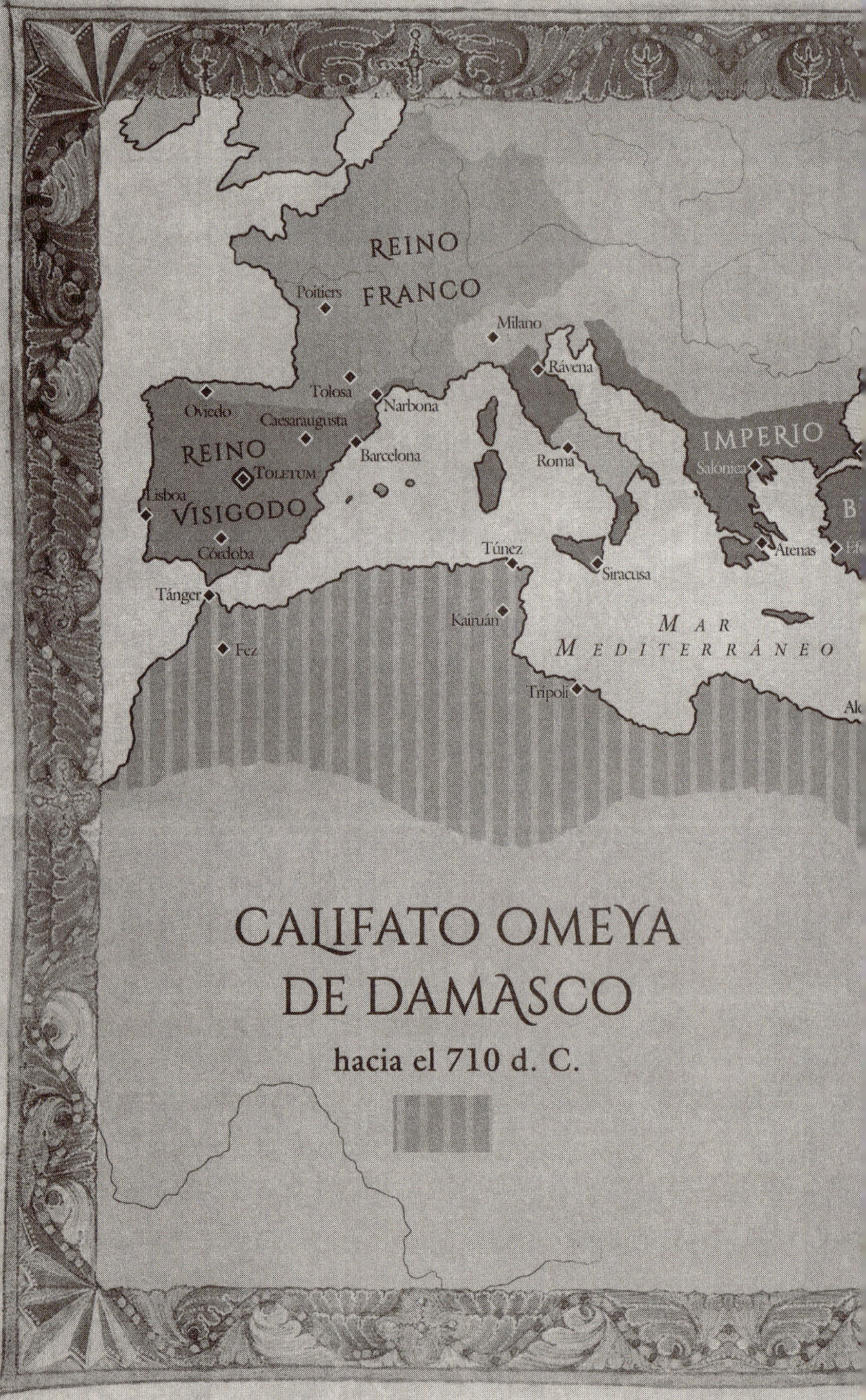

REINO
FRANCO
Poitiers
Milano
Rávena
Tolosa
Narbona
Oviedo
Caesaraugusta
REINO
VISIGODO
TOLETUM
Barcelona
Lisboa
Córdoba
Roma
IMPERIO
Salónica
Atenas
Túnez
Siracusa
Tánger
Kairuán
Fez
MAR
MEDITERRÁNEO
Trípoli
CALIFATO OMEYA
DE DAMASCO
hacia el 710 d. C.

NEGRO
Trebisonda
Manzikert
Derbent
MAR CASPIO
MAR DE ARAL
Bujará
Samarcanda
Tabriz
Edesa
Alepo
Mosul
Antioquía
Nishapur
Kabul
Palmira
Samarra
Herat
DAMASCO
Ctesifonte
Ispahan
Jerusalén
Kufa
Al-Basra
Kandahar
Petra
Multán
GOLFO PÉRSICO
Shiraz
Medina
GOLFO DE OMÁN
MAR ROJO
La Meca
Mascate
MAR ARÁBIGO
San'a
Al-Mukalla
Aden

Aquel que se cree que estudiando apenas historias aisladas podrá adquirir una idea suficiente de la historia entera se parece mucho —en mi opinión— al que, después de haber contemplado los miembros dispersos de un animal muerto y bello, se engaña pensando que es como si lo viera de verdad, con todos sus movimientos y su gracia, con su fuerza y la hermosura de la vida. Y si se le mostrara entonces al mismo individuo vivo, creo que reconocería enseguida que antes estaba muy lejos de la verdad y como uno que solo soñaba.

Polibio
Libro 1, 4

PRIMERA PARTE

Camina continuamente, avanza sin parar; no te pares en el camino, no retrocedas, no te desvíes. El que se para no avanza. El que añora el pasado vuelve la espalda a la meta. El que se desvía pierde la esperanza de llegar. Es mejor ser un cojo en el camino que un buen corredor fuera de él.

San Agustín de Hipona
Sermón 169, 18

1

Roma

Los godos de Hispania llegaron a Roma en pleno otoño. Lo recuerdo muy bien, porque por entonces acababa de iniciarse el Adventus. Una semana antes llovió tanto que se inundó el atrio de la basílica de Santa María Antigua y el agua penetró después hasta el tabernáculo. Tres días tardaron en arreglar el deterioro, para que se pudiera celebrar allí el domingo. Pero el lunes amaneció un sol extraño... Una luz pulida y perezosa fue iluminando el Aventino, mientras brotaban las siete colinas de la bruma. Hubo primero un silencio templado, pasmoso, que se extendió durante un tiempo que debió de ser exiguo, pero algo me hizo sentirlo más largo. Y un instante después, con la usual diligencia de cualquier mañana, sonaron en los patios las órdenes y los rumores propios del cambio de guardia. Sin embargo, aquel no iba a ser un día cualquiera.

No quiero olvidar ningún detalle. Yo estaba todavía junto al monasterio. Acababa de salir de la iglesia de San Sabas con el protodiácono Martín y nos encaminábamos hacia el Laterno a nuestro servicio en la curia, como cada mañana a esa misma hora. Entonces se inició repentinamente un revuelo en el atrio: voces, pasos apresurados; gente soliviantada por algún motivo. Nos miramos atónitos. Martín dijo:

—Voy a ver.

Me quedé aguardando frente a la entrada mientras aquel alboroto iba en aumento. Pasado un rato, el protodiácono regresó algo alterado.

—¡Parece ser que el papa va hacia la puerta de Ostia! Acaban de anunciarlo los heraldos.

Puse en él una mirada llena de estupor. Porque era un anuncio raro, no solo por lo temprano de la hora, sino porque no es acostumbrado que el papa salga a las puertas de Roma así, sin previo aviso y por cualquier motivo. Salvo que acuda a un recibimiento; siempre, claro está, que se trate de alguien importante. Así que, en medio de mi confusión, pregunté:

—Pero… ¡¿quién viene?!

—¡Vamos! —contestó apremiante el diácono—. ¡Debemos ir allá! Por el camino nos enteraremos.

Descendimos a toda prisa por la calle principal, unidos a los monjes griegos que, llenos de curiosidad, corrían como nosotros sin saber el porqué de aquella inesperada decisión del papa. La luz recién despertada iluminaba los viejos palacios, y un rayo de sol hacía brillar los arcos y las columnas de mármol en las galerías, por encima de los pórticos. Ya en la vía de Ostia, adelantamos a unos ancianos presbíteros, algunos con bastones, caminando presurosos, afanados, y con unos rostros acongojados que nos preocuparon todavía más.

—¿Qué sucede? —les preguntamos.

Se extrañaron por nuestra ignorancia. Y uno de ellos, sin detenerse, jadeante, respondió:

—¡La Hispania! La Hispania toda ha caído bajo el poder de los agarenos… El mismísimo obispo de Toletum, con sus sacerdotes y su grey, está a las puertas de Roma aguardando la caridad y el consuelo del papa.

La espantosa noticia nos dejó mudos. Miré a Martín y vi terror en sus ojos. Agarró mi brazo y tiró de mí, gritando:

—¡Vamos allá, hermano!

Junto a la muralla Aureliana, en las proximidades de la pirámide Cestia, se iba congregando una multitud cohibida, expectante, que no se atrevía a acercarse a la puerta, amedrentada tal vez por las armaduras, los negros penachos y las puntas de las lanzas de los guardias. Un rumor tenue, hecho de murmullos de voces temerosas, susurrantes, crecía en esta parte de la ciudad a medida que la gente afluía, como en oleadas, desde los barrios adyacentes. Llegaban también hombres montados en asnos, con alforjas repletas de castañas, ajos, coles e higos secos. Siempre hay en Roma quien aprovecha cualquier aglomeración para obtener alguna ganancia… Por encima del gentío, sacábamos nuestras cabezas para tratar de ver algo. Y de repente, en algún lugar, se escucharon voces enérgicas, cargadas de autoridad:

—¡Abrid paso! ¡Paso! ¡Apartad!

También se oyó el golpear fuerte de las varas de los pertigueros contra el suelo y un crepitar de cascos de caballos. Venía el papa a lo lejos, sobre la litera, que oscilaba por el paso rápido de los porteadores. Quedó abierto un pasillo en medio de la vía, por donde vimos llegar primero a los *iudices* y a los altos dignatarios de la curia.

El diácono Martín y yo nos apresuramos a ocupar nuestros lugares, antecediendo al *primicerius* y a los notarios. Y mientras avanzábamos hacia la puerta, uno de los funcionarios nos puso al corriente del porqué de todo aquello.

A última hora de la tarde del día anterior, se presentó en el palacio de Laterno un heraldo de la puerta Ostiense con una nueva del todo inesperada: habían arribado al puerto unas naves procedentes de la Hispania, a bordo de las cuales venían numerosos obispos, clérigos y magnates exiliados de sus dominios por la invasión de ejércitos de África. Ya reinaba la oscuridad y las murallas estaban cerradas, por lo que los intendentes del papa estimaron conveniente esperar al día siguiente. Pasada una larga noche de inquietud e incertidumbre, sin dar tiempo a que saliese el sol, se envió a alguien para que hiciese averiguaciones. Amaneció y los emisarios regresaron al palacio aportando una información más precisa: entre los huidos venía el mismísimo metropolitano de Toletum, con miembros de la corte del rey godo y numerosa grey hispana. Sobresaltado por la noticia, como todos sus ministros, el papa Constantinus decidió ir enseguida a recibir a aquellos hijos suyos que habían sufrido la desgracia. Y por eso venía ahora a las puertas de la ciudad, con la curia y numeroso pueblo de Roma, sin que nadie pudiese todavía creerse del todo la espantosa noticia.

Lo que sucedió a continuación aumentó el desconcierto. Los patricios romanos y muchos clérigos con ellos, alterados, confundidos, empezaron a achacar el desastre a la cobardía y la ineptitud de los cristianos de Hispania. Decían que aquel país se había tornado corrupto, que sus gentes habían olvidado sus obligaciones propias de creyentes; que los nobles godos y muchos sacerdotes se entregaron a la codicia, al afán de riquezas, a los placeres mundanos, y que recibían un merecido castigo por las malas obras de los años precedentes: sus súbditos, ciudades, tierras y ganados les eran entregados a un pueblo bárbaro y cruel que venía desde los desiertos empujado por la cólera divina. Culpaban a los obispos de haberse aliado con el poder ilegítimo de reyes usurpadores y familias reales espurias y tiránicas. Proclamaban estos reproches y otros muchos, a voz en cuello, para que los oyese todo el mundo. Y lograron soliviantar a la muchedumbre de Roma, que corría a encaramarse a lo alto de las torres y las terrazas para increpar desde ellas a los recién llegados, con insultos, abucheos, frases abroncantes e incluso desalmadas burlas.

Hasta que al fin, por mandato del gobernador de la muralla, se abrieron las grandes puertas. Se vio entonces a aquella pobre gente, con los rostros demudados, las miradas torvas, el agotamiento, la confusión y la tribulación prendidos en sus estampas. Difícil era distinguir quiénes de entre ellos eran los hombres principales y quiénes los sirvientes; unos y otros estaban igualmente lacios, taciturnos, abochornados... Las damas y los niños gemían y un manto de pesadumbre parecía envolverlos y oprimirlos a todos ellos. Sumábase, para mayor sufrimiento, el recibimiento cruel de los romanos que a buen seguro no se esperaban.

En esto, el papa Constantinus descendió de su litera y caminó hacia la puerta apoyándose en su secretario, hierático, indudablemente decidido a no permitir que adivinasen su desconcierto. Iba vestido con túnica blanca con mangas y capa violácea, larga; llevaba colgado a la altura de la rodilla derecha el epigonation, igualmente morado, como signo visible del Adventus. Sus negros ojos brillaban en el rostro de piel cetrina y su ancha barba se extendía ondulada y entreverada de canas por la parte superior del pecho. Se hizo un silencio respetuoso a su paso. El secretario privado se aproximó a él y le dijo algo a la oreja. Luego el papa paseó la mirada por la multitud, como escrutándola, con gesto duro. El silencio fue aún mayor, como si el tiempo quedase interrumpido, mientras resultaba imposible predecir lo que iba a suceder a continuación.

Entonces, el venerable y enigmático papa Constantinus avanzó de nuevo hacia los hispanos, ahora solo, lento, solemne. Se detuvo a unos pasos de ellos y, alzando la voz, preguntó:

—¿Quién de vosotros es el metropolitano de Toletum?

Pasado un instante, se adelantó un clérigo alto, que se apoyaba en un báculo episcopal de puro bronce labrado. Se arrodilló y respondió:

—Padre santo de Roma, y hermano mío, yo soy el metropolitano de Toletum. Mi nombre es Sinderedo.

Seguidamente, alguien gritó desde una torre:

—*Perfide!* (¡traidor!).

Y otras voces secundaron:

Merdose! (¡mierdoso!). *Cacate!* (¡cagado!). *Cacator!* (¡cagón!). *Sordes!* (¡basura!). *Spado!* (¡capón!)...

Y se formó un gran revuelo con abucheos, pitas y demás, a resultas de lo cual, el papa alzó los brazos y los agitó, a la vez que lanzaba hacia los vocingleros una mirada cargada de reproche. Y cuando hubo logrado que se hiciera el silencio, se cubrió el rostro en señal de aflicción; y luego, con los ojos inundados en lágrimas, avanzó hacia el obispo hispano Sinderedo, se echó afectuosamente sobre él, lo abrazó con ternura, cual padre misericordioso, y lo cubrió de besos, en la frente, en la cara y donde quiera que caían sus labios.

La multitud que contemplaba la escena quedó desconcertada. No comprendían que el papa fuera tan comprensivo con unos hombres a quienes la cristiandad romana consideraba cobardes, degenerados y necios, por haber dejado caer su patria tan fácilmente en poder de la estúpida herejía mahomética. Pero el venerable Constantinus tenía motivos muy íntimos, imbatibles razones, para tener misericordia y apiadarse de aquellos cristianos exiliados. Motivos y razones que yo sí conocía. Porque el buen papa era de origen sirio, como yo. Y el corazón de los que un día tuvimos que abandonar Siria hace tiempo que fue traspasado por desgarradores presagios que empezaban ahora a cumplirse...

2

Siria

Mi nombre es Efrén, sirio, nacido en el barrio cristiano de Damasco, el quinto año del califa Abd al-Malik. En mi bautismo me impusieron el nombre de aquel varón santo que compuso los más bellos himnos a la Virgen María: san Ephrain, apodado el Arpa del Espíritu, el mayor poeta que dio nuestra tierra. Mi bisabuelo paterno, oriundo de Emesa, fue uno de los cuatro hombres que, mientras cargaban sobre sus hombros las parihuelas con el cuerpo sin vida de Simeón el Loco, escucharon cánticos sagrados, misteriosos, que no venían de ninguna parte. Mi familia materna era de la sangre de Pisidia, descendiente del glorioso general Flaviano, que venció a los persas y cuyo sepulcro se conserva junto a la iglesia más antigua de Antiochia Caesaria. Mi aspecto corporal resulta un tanto extraño en estas tierras: soy alto, algo desgarbado, aunque fuerte; mis cabellos son rubicundos y mis ojos grises. Mi abuelo, el sapientísimo Mansur ibn Sarjun al-Taghlibi, que administró el tesoro de Damasco, solía decir que nuestra raza provenía de los lejanos tiempos en que Alejandro el Grande llegó hasta Babilonia.

Algunos de los hombres que venían con él eran montañeses macedonios, rubios de tez clara, que dejaron sembradas las orillas del Éufrates y el Tigris con su descendencia.

Como tantos hombres de nuestra casta, mi padre era políglota, versado en las lenguas aramea, siríaca, griega y latina. Esto le valió ganarse en su juventud un importante cargo como funcionario del Imperio romano. Aunque continuó prosperando luego al servicio del califa Uzmán, cuando los ismaelitas mahométicos conquistaron Siria. Los nuevos gobernantes agarenos no solo le colmaron de beneficios, además le dejaron seguir siendo cristiano. Dios le concedió una larga vida en la que se casó tres veces y tuvo veintidós hijos. Me engendró en la última esposa cuando contaba ochenta años, estando ya ciego, inútil para su trabajo de escribiente, si bien no aún para la paternidad. Murió poco después, siendo yo un niño de pecho, por lo que en realidad no llegué a conocerle.

Vivíamos en el antiguo barrio de Bab Tuma, donde también habitaron san Pablo y santo Tomás, según se sabe por los Hechos de los Apóstoles. Una venerable tradición señala el lugar preciso de las casas en que moraban, cerca de la nuestra; hoy hay edificadas allí dos iglesias dedicadas a su memoria. Recuerdo vagamente nuestra vivienda, que era un verdadero palacio heredado de nuestros abuelos, con dos grandes patios, hogares para los criados, cuadras, graneros y un lagar. Se encontraba en la calle principal, y se revelaba digna de lo que llegaron a ser mis antepasados en la gran metrópoli que fue Damasco. Se trataba de un edificio de fachada y portal amplios, con un atrio ancho y cómodo en el que solía haber corrientes de aire. Por las mañanas, los vendedores ambulantes montaban sus puestos a un lado y otro de la calle, enfundados en sus tabardos cortos de lana parda de camello y sus gorras de piel de cabra; despachaban sus productos y comían allí mismo pan con pasta de berenjena, verduras y pescado seco, dejando en nuestra puerta los malos olores. Eso resultaba humillante para mis familiares, que no podían hacer otra cosa que aguantarse, recordando con nostalgia y frustración los tiempos en que eran respetados y hasta temidos.

Me crie durante la época en que los árabes agarenos extendieron sus dominios desde Egipto hasta Persia; y que incluso quisieron conquistar Sicilia y el norte de África, hacia Occidente, llegando por el Oriente a las lejanas ciudades de Bujará y Samarcanda. Los ambiciosos omeyas soñaron con reinar en Constantinopla o incluso en Roma, pero finalmente decidieron convertir Damasco en la capital de su inmenso califato. Su planteamiento los llevó a la construcción de fastuosas mezquitas, alcázares y pródigos jardines, para compararse a los legendarios reyes de la antigua Persia o a los emperadores de Bizancio. Delirios y excesos que no fueron vistos con buenos ojos por los alfaquíes fanáticos, que los acusaron de impíos. Entonces, para congraciarse con ellos, el califa Muawiya pretendió destruir la basílica de Santis Joannes. Lo cual enardeció a los cristianos de Damasco. Hubo revueltas y violentos tumultos. Los más exaltados acabaron agrupados en facciones que se ocultaban en montes y desiertos. Corrieron arroyos de sangre. Y como si volvieran los peores tiempos de la historia, la ira vino a recaer sobre los barrios cristianos. Padecimos terribles tribulaciones: persecución, maltrato, hambre, muerte y desolación.

Yo era muy pequeño, pero tengo grabados en la memoria el terror y el llanto de las mujeres. Se contaban cosas espantosas: crucifixiones, lapidaciones, degüellos, gente quemada viva... Mi primera infancia está llena de difusos y oscuros recuerdos. Es un tiempo extraño en la memoria, en el que la imaginación infantil y la realidad se mezclan de manera confusa. Solo tengo claro que se respiraba el miedo y la incertidumbre. La gente que formaba parte de mi vida cotidiana desaparecía de repente y no la volvía a ver. Eso para un niño es bastante desconcertante. Además, las casas de los vecinos que se vaciaban pronto eran ocupadas por extraños venidos de lejos, con otra lengua, otra indumentaria y diferentes costumbres. Era como si se hubiera dado rienda suelta a Satanás con todos sus demonios.

Del caos de aquella época infausta se destaca en mis recuerdos la imagen de auténtica pesadilla de mi hermanastro mayor, Ireneo, un loco que solía aparecer por casa en el momento más inesperado, completamente borracho, con un cuchillo en la mano para intentar matar a alguno de los parientes.

Por todo aquello, mi infancia no fue nada fácil. Mis hermanastros dilapidaron muy pronto la herencia familiar y nuestra cómoda situación pasó a convertirse en un piélago de calamidades.

3

Muchos de los nuestros tuvieron que huir de Siria: unos hacia el norte, a Constantinopla; otros hacia el este, a las costas, para embarcarse como podían buscando las islas griegas, y luego, cruzando el mar Adriático, a Italia. Algunos de mis tíos y hermanastros huyeron. Nunca volvimos a saber de ellos.

Pero no todos se marcharon de Siria entonces. Otros muchos permanecimos, confiando en que se restableciese la paz, aunque temiendo perder definitivamente casas, tierras y negocios. Nuestra familia tenía poco que conservar: nos quedaban solo el viejo caserón y un pequeño huerto en el arrabal. Pero el primogénito de mis hermanos, que no quiso huir, acabó haciéndonos saber que no resultábamos cómodos allí. Mi pobre madre, joven, bella, viuda y desorientada, se quedó atrapada entre la indecisión y las escasas posibilidades que tenía una mujer en sus circunstancias. El miedo y la indecisión terminaron empujándola a contraer matrimonio con un alfarero bajito, feo y pobre, que se había prendado de ella en el mercado. Auxencio, se llamaba, y en esencia era un buen cristiano. Y con él nos marchamos a vivir a su pequeña aldea en la orilla del río Barada, a una jornada de Damasco.

Nos establecimos allí aguardando tiempos mejores. Tristemente, no recuerdo con exactitud la edad que tenía entonces; supongo que seis o siete años. Todavía era todo bastante incierto... Y en la relativa calma que siguió a tantas revueltas y años confusos, la vida en los campos de nuestra querida tierra resultó para mí por un tiempo cálida y diáfana, como es tan propia del alma inocente. Aunque Siria era todavía una incumplida promesa de paz. Pero pudimos gozar de una tranquilidad extraordinaria, alejados del tumulto de Damasco. Recuerdo la quietud del río, discurriendo fatigado hacia su desembocadura en el lago Utaybah; el aura apacible, suave, que removía las hojas de los árboles en las riberas, arrancando de ellas murmullos inquietantes, como de risas; y la oblicua luz del sol que caía en el ocaso, otorgando una irradiación misteriosa al contorno de las montañas del Antilíbano, como si fueran sagradas...

Dos regalos de Dios, casi olvidados ya, me permitieron afrontar con algo de valor y felicidad los primeros años de la vida simple de un niño cristiano: la cría de palomas y la alfarería, tareas que eran el principal modo de subsistencia de mi padrastro. Toda la pequeña aldea —cuyo nombre en arameo antiguo significaba algo así como «Los Palomares»— estaba rodeada por pequeñas edificaciones construidas con adobe y destinadas a los nidos. Aunque la población también se dedicaba desde tiempos inmemoriales a confeccionar ladrillos y vasijas. Cuatro días cada semana se empleaban en sacar la arcilla, darle forma y cocerla en el horno. La noche del cuarto día se cerraban los palomares y se capturaban las palomas. El viernes se salía muy temprano camino de Damasco para llevar aves y cacharros al mercado principal y venderlos durante la mañana del sábado. El domingo se dedicaba a Dios y al descanso. En nuestra nueva familia todos se dedicaban a estos trabajos.

Mi padrastro, Auxencio Alfayyar, siempre me trató bien, como a un verdadero hijo. Se empeñó en enseñarme a manejar el barro, para que tuviese un oficio desde temprana edad, previniendo que quizá no pudiera volver a vivir nunca más en el revuelto Damasco. Yo me tomé la alfarería como un juego, que aprendí en apenas siete días, recién cumplidos los doce años, siguiendo las atentas directrices de mi maestro, que vivía entregado por entero a ese arte. En torno al maleable barro incluso había compuesto una particular teología, aunque torpe y elemental, que le sustentaba y hasta le mantenía como en oración mientras trabajaba. Era un hombre piadoso de verdad. Asombrado y lleno de entusiasmo por la facilidad y rapidez con que aprendí a hacer mi primera vasija, un día me reveló algo que no olvidaré jamás: «El verdadero alfarero es el Creador, que hizo el mundo en siete días. El hombre que aprende el oficio en tan corto tiempo ha recibido las cualidades del mismo Dios». Me contó que eso se lo había dicho su abuelo, que se hizo alfarero en una semana, y lo mismo repetía su padre, que aprendió en igual tiempo. Y añadió: «Somos hijos de un Dios admirable, y eso nos hace grandes. El barro es el arte de Dios, que nos formó con amor de puro barro, nos infundió vida y nos va perfeccionando como una de sus obras preciosas e inigualables. Así que no permitas que nadie te humille, que nadie te dañe, porque el único que debe juzgarte y conoce tu vida es Dios, quien te creó. Eres la obra más hermosa suya, llena de dones, inteligencia y sabiduría. Por eso debemos darle gracias. Él protege tu vida de todo mal que te quiera dañar. Sigue creyendo en su palabra, porque ni el enemigo ni nadie podrán destruirte; el poder de Dios te mantiene firme para no caer…». Y con orgullo, manifestaba: «Yo, Auxencio, hijo de Acacio y nieto de Policarpo Alfayyar, creo en mi corazón y me aferro a la palabra dada; porque sé que Dios no se equivoca, y si Él dijo que en sus manos estoy, yo le creo, porque Él me formó de puro barro, me dio vida y hará florecer nuevamente lo que un día se marchitó en mí».

No sabía mi padrastro leer ni escribir, pero era virtuoso. Poseía dones innatos que constantemente le agradecía al Espíritu. Además de la alfarería, cultivaba otras artes. También era pintor de iconos. Esa afición la adquirió en su juventud, en Melitene, donde estuvo emigrado con toda su familia cuando los califas impusieron la *yiza* a los cristianos y convirtieron en esclavos a los que no podían pagar el impuesto. Pintaba imágenes muy sencillas, toscas, de la Virgen María y de los santos, que vendía en secreto a quienes se las encargaban, pues ya se sabe que las imágenes eran muy mal vistas por los ismaelitas, nuestros dominadores.

4

Pasaron de esta manera algunos años tranquilos. Aunque, a través de todos estos cambios de circunstancias, al fondo de mi ser infantil se había adherido un poso hecho de heridas y miedos. Siempre me atemorizaba el futuro, y tal vez de esa inquietud fue sacando el Espíritu una inclinación al presentimiento, al auspicio, una latente inspiración profética en mi alma todavía tierna. Y todos aquellos temores que ensombrecían el asomo de mi felicidad, y que me mantenían permanentemente como en guardia, aparecían en mis peores pesadillas nocturnas con las formas y presencias más tenebrosas. ¿Y cómo no soñar con muertes y persecuciones, cuando ese era el tema principal de los sermones de los presbíteros? La idea del martirio formaba parte de nuestras vidas como una realidad en contradicción: se deseaba, pero a la vez causaba espanto.

Quizá por eso me asaltó una noche un horrible augurio, cuando cumplí los trece años, y creía ya que iba a vivir toda la vida en el Palomar, entregado a criar aves y modelar la arcilla, y que no tendría que ir a Damasco sino para venderlas. Fue en pleno verano, cuando el calor de aquel valle llegaba a ser casi insoportable. Vi en sueños un horno abierto, lleno de fuego voraz, en el que alguien se consumía abrasándose, y su imagen se desvanecía sin que yo pudiera saber quién era, aunque me resultase en cierto modo conocido.

Pasado algún tiempo, no puedo precisar cuánto, mi padrastro se estuvo esmerando durante semanas en la pintura de un icono que le había encargado una viuda para ponerlo dentro de la tumba de su esposo. Se trataba de la representación del mártir Blasios de Sebaste, que aparecía en el centro con la cabeza cortada. A su derecha estaba pintado un arcángel, que recogía su alma en las manos, mientras que, a la izquierda, se veía al demonio manifestando su rabia. El fondo de la escena era de un tono azul, profundo, vaporoso, en el que debían ir escritas unas frases en griego. Pero, como Auxencio no sabía leer ni escribir, necesitaba la ayuda de otro artista más versado para que le pusiera las letras. Así que, acabada la pintura, la envolvió cuidadosamente en unos paños para llevarla consigo a Damasco y que la completara un colega suyo de la ciudad, aprovechando uno de los viajes al mercado.

Estaba nervioso y a la vez contento, entusiasmado. Tal vez porque, siendo modestamente consciente de sus limitaciones con la pintura, sin embargo, el icono del mártir Blasios le había satisfecho mucho. Y en verdad logró un resultado muy aceptable. Al menos a mí me lo parecía y también a mi madre. Recuerdo que el santo tenía una mirada muy viva, penetrante, y que el rojo de la sangre en la garganta impresionaba. Con esa satisfacción, mi padrastro se mostraba convencido de que las letras griegas en el fondo azul iban a completar la obra.

El miércoles, antes de partir, nos dio instrucciones:

—El sábado a última hora estaré aquí de vuelta como todas las semanas. Si vienen los criados de la viuda a preguntar por el icono, les decís que está terminado. No les deis más explicaciones: ni si está bien pintado, ni que os gusta, ni que es bonito, ni que si el mártir está así o asá... ¿Entendido? Mejor será que ella se lleve una sorpresa. Y tú, Efrén —me ordenó—, esta vez te quedarás aquí con tu madre. Tendré que ir al barrio de los artistas y es un poco peligroso.

Le vi alejarse canturreando, unido a la caravana que formaban los asnos cargados con las jaulas de las palomas y las aguaderas con los cacharros, mientras me quedaba contrariado por no poder ir con él.

Al día siguiente, se presentó un desconocido en nuestra casa preguntando por Auxencio. Supusimos que sería el criado de la viuda y le dijimos lo que él nos había mandado, sin dar mayores explicaciones, excepto que estaría de vuelta al cabo de dos días. El forastero se marchó. Pero regresó el sábado a media tarde con otros dos acompañantes tan extraños como él. Noté que mi madre estaba inquieta, pero no me dijo el motivo.

Antes de que se pusiera el sol, como se esperaba, se oyó a lo lejos el jaleo del regreso de la caravana. Los desconocidos entonces salieron al camino y preguntaron a voces por Auxencio Alfayyar, respondiéndoles los alfareros que venía el último. Mi padrastro llegó al fin, descabalgó y se puso a descargar sus cosas en el establo, convencido de que aquellos hombres venían de parte de la viuda. Y ellos, sin mediar palabra, se encerraron luego con él en su taller. No me atreví a entrar allí por respeto, a pesar de que veía a mi madre cada vez más preocupada.

—Vienen a por la pintura —le dije para tranquilizarla—. Seguro que le van a pagar un buen dinero.

Pasado un rato, vimos que salía humo por la chimenea del taller, lo cual indicaba que Auxencio había encendido el horno donde se cocían las vasijas; nada extraño, puesto que siempre se hacía la tarde antes para que ya estuviese bien caliente al amanecer del día siguiente. Pero, aun así, mi madre me dijo nerviosa:

—Anda, ve a ver qué pasa.

Crucé el pequeño patio que separaba nuestra casa del taller y empujé la puerta. Lo que vi dentro me espantó: mi padrastro estaba arrodillado, como orando, mientras aquellos tres forasteros le miraban con gesto severo. A un lado, el icono del mártir resplandecía, puesto en el caballete e iluminado por el resplandor de las llamas que salían por la gran puerta del horno. Destacaban las letras griegas escritas en el fondo azul.

Auxencio me miró con unos ojos tristísimos y me ordenó gritando:

—¡Vuelve con tu madre!

Entonces el hombre que vino el primer día replicó con un vozarrón:

—¡No, que se quede! ¡Así aprenderá!

Luego todo fue muy rápido. Otro de aquellos hombres arrojó el cuadro del mártir a las llamas, mientras proclamaba con rabia:

—¡Alá es grande! ¡Alá abomina de la idolatría infiel!

Inmediatamente después, agarraron a mi padrastro, lo alzaron del suelo y lo metieron de un empujón en el horno. No les costó trabajo, porque él no se resistió y, además, su cuerpo abultaba poco. El desgraciado no gritó, no se quejó. Le vi revolverse en el interior, devorado por las llamas, mientras me quedaba paralizado, mirando atónito, sintiendo que aquello no era real, que solo era un terrible sueño.

Los asesinos, antes de marcharse, me advirtieron con severidad que me pasaría lo mismo si me dedicaba a pintar santos en vez de criar palomas y trabajar la arcilla.

5

Después de su martirio, los familiares de Auxencio se ocuparon caritativamente de mi madre y de mí durante algún tiempo. Hasta que, pasados algunos meses, empezaron a agobiarse. No eran tiempos propicios para los cristianos y una viuda es siempre una carga, sobre todo si aporta un hijo que, además, no era de la sangre de aquellos alfareros de temperamento tribal. No nos expulsaron, pero la convivencia se hacía insoportable. Mi madre era todavía joven y las mujeres recelaban de su belleza. Tuvimos que regresar a Damasco para pedir ayuda en nuestra antigua casa. Y como era de esperar, tampoco allí fuimos bien recibidos. El viejo palacio estaba convertido en una verdadera ruina. El primogénito había tenido que vender todos los muebles y tapices. Las paredes peladas, bajo los tejados desvencijados, me parecieron funestas. En medio del sucio abandono, los únicos enseres eran unas cuantas esteras para sentarse o dormir sobre el duro suelo. Mis tíos se gastaban lo poco que tenían en vino y malvivían envueltos en un desorden indecoroso y desquiciado.

Aguantamos cuanto pudimos en aquella indigencia, mientras mi madre permaneció como sumida en un aturdimiento lacrimoso. Hasta que un día reaccionó y salió en busca de auxilio. Dios tuvo a bien iluminarla y condujo sus pasos hasta un pariente nuestro, hijo de su hermana: mi primo Joannis Mansur, al que llamaban Crisorroas, que significa «orador de oro», por el extraordinario don de palabra que el Espíritu le había otorgado. Como toda nuestra familia, era miembro del patriciado damasceno que aportó durante siglos los funcionarios responsables de la recaudación de impuestos en la provincia siria, en nombre de los emperadores bizantinos. Nuestro abuelo, Mansur ibn Sarjun al-Taghlibi, administró el tesoro del exarca en tiempos del emperador Heraclio y luego fue encargado de negociar la rendición de Damasco cuando llegaron los ejércitos agarenos a Siria. Lo cual permitió que se congraciara con los sitiadores y más tarde trabajar a su servicio como ministro de Finanzas. Su hijo Sarjun Mansur, mi tío, padre de Crisorroas, le sucedió en el cargo e intercedió ante el califa Muawiya para que no destruyera la preciosa basílica de Santis Joannes Apóstol.

Mi primo recibió desde su infancia una refinadísima educación tanto griega como árabe. En eso su padre estuvo muy acertado, haciendo que le ilustrara un monje llamado Cosmas, capturado en Sicilia durante un ataque, y cuyo rescate fue pagado por mi tío en el mercado de esclavos. Bajo su autoridad, aprendió ciencias y artes que adornaron su buen juicio y su prodigiosa sabiduría: dialéctica, retórica, aritmética, geometría, música, filosofía, teología y astronomía. Por otra parte, su instrucción religiosa fue tanto cristiana como musulmana, lo cual le permitió heredar una posición privilegiada entre los más altos cargos del califato omeya, encargándose de la administración de las finanzas como nuestro abuelo.

No puedo mencionar en este escrito a todos mis bienhechores y maestros, pues son muchos, pero hay dos nombres que no me resisto a omitir: mi padrastro, el alfarero Auxencio Alfayyar, y este primo mío, Joannis Crisorroas. El primero de ellos, sin ser propiamente un hombre cultivado, gozaba de una sapiencia natural y una piedad auténtica; a él debo tantos consejos que no he olvidado: no temer, no consentir la tristeza ni el miedo al futuro, mirar solo adelante y vivir en paz en medio de las pequeñas cosas, a pesar de la inseguridad del mundo; puesto que, haga lo que haga, todo estará bien, si intento hacer el bien… En cuanto al segundo, desde que mi madre acudiera a él, parecieron disiparse todas las sombras de incertidumbre que nos acosaban. Mi primo, que era apenas un joven de poco más de veinte años, nos acogió y nos dio acomodo en su casa. A mí me trató como a un hijo y decidió que me educara como correspondía a la tradición de nuestra estirpe.

Con ese fin, él mismo me enseñó las primeras letras, tanto griegas como árabes, y después, cuando cumplí los trece años de edad, me confió al cuidado de los monjes del monasterio de Maalula, al pie de las montañas de Kalamun, que se halla a dos jornadas a pie desde Damasco, donde se veneran desde antiguo las reliquias de santa Tecla y san Sergio.

A partir de entonces, y hasta los dieciséis años, viví siempre en el territorio del monasterio, consagrado a las Siete Artes y al estudio de las Sagradas Escrituras. La enseñanza era severa y constante. Al principio todo aquello era para mí insoportable, puesto que nadie antes me había sometido a verdadera disciplina. Pero no tardé en adaptarme. La vida en común con otros muchachos cercanos a mi edad y el estudio me ayudaron a descubrir cosas de mí mismo que ahora, cuando echo la vista atrás, reconozco que serían indispensables en los momentos más difíciles de mi vida posterior. Durante todo ese tiempo, además de la observancia de la regla monástica y el canto, mi mayor tarea fue el estudio de los padres de la Iglesia y la indagación en el significado e interpretación de los escritos antiguos. Aprendí las lenguas siríaca, griega y latina. Mi deleite era por entonces aprender, enseñar, leer y ordenar los libros que se atesoraban en la biblioteca de Maalula, que es una de las más antiguas del mundo.

Progresé y a los diecisiete años recibí el título de ayudante del maestro, que me fue otorgado por el obispo Cromacio, a petición del abad Policarpo.

Pero mi primo y protector no consideró oportuno que me hiciese monje por el momento, ni que recibiese las sagradas órdenes, sino que tenía para mí otros planes: le parecía mejor que siguiera su mismo camino trabajando en la cancillería del califa.

6

Joannis Crisorroas me sacó del monasterio de Maalula un domingo de noviembre y me llevó a su casa, donde mi madre llevaba viviendo desde aquel mismo día que fuimos a pedirle auxilio. Habían pasado cinco largos años desde que nos separamos y, en todo ese tiempo, solo la vi yo una vez por una de las ventanas del monasterio, pues la estricta regla no nos permitía aproximarnos a las mujeres a menos de treinta pasos; ni siquiera a la propia madre. Para ella, yo me había convertido en un hombre. Acarició mi barba y lloró con una tristeza que a mí también me arrancó las lágrimas. Seguía siendo bella, pero vestía ya como una anciana.

Ese invierno fue largo y frío. No sé si la asignación que el califa le daba a mi primo por su oficio de intendente general era generosa o escueta, pero en su morada se escatimaba hasta la leña y el carbón de los braseros. Supongo que mi primo estaba más pendiente de las cosas de la cancillería que de la administración de su casa, y los sirvientes eran una pareja de ancianos que tenían descuidados los más necesarios asuntos de una vivienda confortable. Cuando llegué al viejo palacio donde debía empezar una nueva vida a mis dieciocho años, me invadió una sensación extraña. Era un edificio grande y sombrío, cuyas paredes estucadas se elevaban hacia unos techos altísimos, como un inhóspito y abandonado lugar donde crujían las maderas y repiqueteaban las goteras por todas partes. La gente cristiana del barrio me pareció envejecida y triste. Además, se comía poco y mal. Tanto era así que incluso llegué a echar de menos las ollas del monasterio. Pero, sobre todo, recordaba con añoranza la cálida casita de mi padrastro en el Palomar, a la orilla del río Barada, el pescado frito, el taller de alfarería, los viajes al mercado y los niños correteando alegres por todas partes.

Las traseras del húmedo caserón de mi primo daban a la vieja iglesia de San Pablo. El jardín estaba bastante descuidado. Las enredaderas trepaban por los muros formando una apretada maraña a cuyo abrigo dormían cientos de pájaros. En la parte más alejada crecía una palmera tupida, bajo cuyo tronco Crisorroas se entregaba cada tarde en solitario a sus meditaciones. Por encima de las tapias se contemplaba una hermosa visión de la cúpula de la iglesia, algunas edificaciones del antiguo Bab Tuma y una infinidad de terrazas polvorientas a lo lejos. Allí mi primo y yo rezábamos diariamente la salmodia al amanecer, arrodillados y mirando hacia el oriente.

Era una época oscura, de incertidumbres y temores, en la que no se frecuentaban los templos para no levantar la ira de los fanáticos muslimes. Los gobernantes toleraban todavía a los cristianos sirios y no les importaba demasiado que mantuviesen en privado su fe; si bien, para ostentar cargos públicos, era necesario conocer perfectamente el Corán y las prescripciones de la *Umma*. Así que empecé a ocuparme de los trabajos de copia y anotación en el despacho de mi primo, al mismo tiempo que aprendía la *sharía*.

No obstante, seguí instruyéndome en las artes liberales, especialmente en «las cuatro vías»: la aritmética, la geometría, la astronomía y la música. Y de esta manera no olvidé lo aprendido en el monasterio a la vez que leía las antiguas crónicas: *La geografía* de Estrabón, *La giropedia* de Jenofonte, las *Vidas* de Plutarco, la *Historia romana* compuesta por Dion Casio o la obra del mismo nombre escrita por Apiano; las de los historiadores Livio y Polibio o los abreviadores posteriores Eutropio y Orosio y las célebres *Etimologías* de Isidoro de Isvilia.

Pero, al mismo tiempo, Crisorroas me enseñaba la manera de cumplir externamente las obligaciones de un buen musulmán. Él las conocía a la perfección y hablaba la lengua árabe mejor que cualquier ismaelita. Para no levantar sospechas, acudíamos de vez en cuando a la mezquita y no olvidábamos nunca hacer las obligadas abluciones y las prosternaciones propias de los rezos de la secta mahomética. Pero, a solas y en privado, repetíamos diariamente las oraciones cristianas, el credo, el padrenuestro, el trisagio y las salutaciones a la Virgen María, repitiéndonos una y otra vez que debíamos regirnos en el fuero interno por la única y verdadera fe que nos enseñaron nuestros mayores.

Era una triste doble vida de disimulo e hipocresía, que, para el joven impulsivo y descontento que empezaba a ser yo, resultaba una fuente constante de contradicción y, con frecuencia, de rebeldía. Mas no había otra manera para abrirse camino en Damasco y obtener algunas ganancias. Por eso Crisorroas me obligó a perfeccionar mis conocimientos de la lengua árabe y la religión de Mahoma, con vistas a que en un inmediato futuro pudiera dedicarme, como él y como tantos otros miembros de nuestra familia, a ocupar un buen puesto entre los altos servidores del califato omeya.

Siria no había dejado de ser un país convulso y en permanente cambio. Siempre se ha dicho que eso ha sucedido en todas las eras. Desde que tengo uso de razón y recuerdos de mi tierra, las cosas han cambiado mucho con el paso de los años. En tiempos de mi abuelo, aunque los cristianos tenían que pagar severos impuestos, todavía eran respetados en cierto modo. No llegué a conocer a mi padre, pero sé que no le fue del todo mal. Aunque, según cuentan los que vivieron en aquella sombría época, el califa Yazid ibn Muawiya era conocido por su afición a la bebida y al resto de los placeres y perversiones más propias de un déspota degenerado que de un muslime piadoso. A pesar de los múltiples crímenes y aberraciones que cometió, los árabes creían que su reinado fueron unas décadas gloriosas por las importantes victorias que logró para el islam. Sus ejércitos conquistaron el norte de África y llegaron hasta el Atlántico.

Estando yo todavía en el monasterio de Maalula, murió el califa Abd al-Malik y fue sucedido por su hijo Walid. Lo primero que hizo el nuevo califa fue implantar el árabe como lengua oficial en la administración, en lugar del griego y del persa, que habían seguido utilizándose por sus antecesores. Esta decisión trajo grandes consecuencias para los que no éramos muslimes, que hasta entonces habíamos considerado el árabe como la despreciable manera de hablar de los beduinos habitantes de los desiertos; una jerga impronunciable y propia de gente iletrada. Desde esa orden, la gente culta de ascendencia helénica o persa ya solo podía tratar en las cancillerías en la lengua oficial. Todos los pergaminos, los pliegos de cuentas, las cartas e informes debían estar escritos en árabe. Si bien todavía, y durante algún tiempo, los funcionarios griegos y persas permanecieron en sus puestos, ya que era necesario entender lo escrito en griego y persa para poder traducirlo todo al árabe.

Gracias a esa circunstancia, mi primo Joannis Crisorroas continuó en su cargo al frente del erario, aunque sus ayudantes iban siendo sustituidos de forma paulatina por los nuevos de lengua árabe a los que él mismo había instruido en los diversos oficios de la contaduría.

El califa impuso también el uso obligatorio del árabe para toda la ciudadanía. Aunque su empeño no resultó tan fácil como él pensaba, por el simple hecho de que la antigua manera de hablar y escribir de los árabes, con los años, se había ido contaminando con las palabras del griego y del persa. Así que el árabe puro quedó solo para los escritos religiosos. Y resultó finalmente que el Corán, por su anticuado lenguaje, apenas era vagamente comprendido por la gente que no sabía leer ni escribir.

También se debe a Walid la cuña de los primeros dinares, pues hasta entonces todavía se usaban las monedas bizantinas y persas. Ordenó grabar en todas las piezas la frase *En el Nombre de Alá* y un año más tarde las aleyas coránicas *Alá es Único, Alá es Eterno.* Estas inscripciones, consignadas en el sucio y vil dinero, causaron un gran disgusto a los alfaquíes, los doctores de la ley del islam, quienes denominaron a la nueva moneda *almakruha*, que significa «la odiada».

Justo ahí empezaron los mayores problemas para los cristianos sirios. Porque los guardianes de la ley mahomética pugnaron siempre para imponer en todos los territorios de la *Umma* una moral según las interpretaciones más severas del Corán, y nunca vieron con buenos ojos la presencia de cristianos en los cargos de Gobierno. Tal vez para complacerlos, el califa reorganizó el correo, sustituyendo a sus anteriores responsables por fieles agarenos, para que no circulasen cartas ofensivas o contrarias a la *sharía*. También llenó de árabes el *diwan*, el consejo del Gobierno, que hasta entonces todavía estaba formado casi exclusivamente por griegos y persas.

A causa de todos estos hechos, los sabios cristianos empezaron a consignar en sus escritos la constatación de que estaba concluyendo una era, y que se avecinaba otra nueva; por lo que se cumplían muchas de las antiguas profecías y se abría un período de confusión e incertidumbre, que era preciso interpretar a la luz de aquello que se define como «los signos de los tiempos».

7

Una tarde mi primo Crisorroas me llevó hasta su rincón apartado y silencioso del jardín. Era un día de cielo grisáceo que anunciaba la lluvia. No se escuchaba otro ruido que el graznido espaciado de un cuervo y reinaba una quietud grande. Desde allí se veía toda la ciudad, con sus torres, sus casas de altos tejados, las calles estrechas; se divisaban los dos cementerios cristianos, el de Santo Tomás y el de San Pablo, en los que tenían sus sepulcros las mejores familias, mientras que los pobres y los judíos recibían sepultura fuera de las murallas. El cementerio principal de los muslimes estaba lejos, en un altozano, junto a la puerta llamada Bab Al-Jabiya.

Mi primo había extendido previamente una alfombrilla debajo de la palmera y nos sentamos en ella, envueltos cada uno con su manta de piel de zorro. Mi primo sostenía entre sus delicadas y blancas manos un libro.

—Te he traído hasta aquí para que hablemos solos, en privado, pero en presencia del Señor —me dijo con cuidado, con voz delicada, para no causarme sobresalto alguno.

—Hace frío aquí —comenté, por decir algo, pues me causaba gran respeto su presencia.

Me miró con ojos extraños, lejanos, que enseguida entornó, para decir:

—Sí, hace frío, pero así nos mantendremos más despiertos y atentos mientras conversamos. Este aire tan puro refrescará nuestro espíritu para comprender mejor... Aquí mismo, bajo esta palmera, rezaba arrodillado nuestro común abuelo, el sapientísimo Mansur ibn Sarjun al-Taghlibi. Recuerdo haberle visto ahí mismo, donde tú estás, de hinojos, llorando e implorando el perdón de Dios por sentir que no vivía honestamente su fe.

Comprendí perfectamente lo que quería decirme. No necesitaba darme más explicaciones. Nuestros antepasados tuvieron que someterse y aceptar esta vida de resignación y doblez. Si querían conservar sus casas, privilegios y cargos en la cancillería, no les quedaba más remedio que plegarse en lo externo a las formas y preceptos de la religión de Mahoma. Aquello debió de suponer para ellos un conflicto permanente en el fondo de sus almas, como lo seguía siendo a buen seguro para mi primo, y como ahora empezaba a serlo para mí. Y él se había dado cuenta de que en mi corazón empezaba a encenderse la rebeldía.

De momento se hizo, pues, un gran silencio entre nosotros. Un silencio un tanto perturbador, en el que cada uno parecía estar averiguando lo que pasaba por la mente del otro. Pero yo, que estaba tan agradecido a él, no quería que llegara a pensar que le reprochaba algo. Así que acabé diciéndole con toda sinceridad:

—Gracias por preocuparte por mi madre y por mí.

Y después de manifestar eso, me aproximé y le besé la mano con reverencia y cariño.

—Siéntate a mi lado —me pidió sonriente—. No tengo hermanos, ya lo sabes. Desde hoy mismo tú serás mi hermano. Antiguamente, cuando las familias del mismo tronco vivían en la misma casa, compartiéndolo todo y bajo la autoridad del patriarca, no había separación entre primos y hermanos; todos eran considerados hermanos y se trataban entre ellos como tales...

Me abrazó. Y sentí de verdad que era, más que un hermano, un verdadero padre. Así que no pude evitar echarme a llorar.

—Bueno, bueno —dijo afectuosamente—. Ya eres un hombre, pero no es malo llorar de vez en cuando. Pero lo comprendo, Efrén; comprendo muy bien que hayas sufrido miedo e inseguridad. Cuando eras solo un niño indefenso viste aquella escena terrible del horno devorando a tu padrastro... Pero ya no debes preocuparte. Aquí podéis tener tu madre y tú una vida segura y digna. Yo me ocuparé de que así sea. Ahora debes seguir formándote para continuar la tradición de nuestra familia. Un día te casarás y aportarás la descendencia necesaria que perpetuará nuestro antiguo y noble linaje en esta misma casa.

Dijo esto con un convencimiento que no admitía ninguna duda. Pero a mí me despertó una incógnita que me asaltaba de vez en cuando.

—Primo —le pregunté directamente, amparándome en la confianza que acababa de regalarme—, ¿y tú por qué no te has casado? ¿Por qué no has tenido hijos, si has cumplido ya veinticinco años?

Se quedó pensativo durante un rato, mirándome. Después se volvió hacia la pequeña cúpula de la iglesia de San Pablo. Suspiró.

—No me resulta fácil responder a esa pregunta —reveló, sin ocultar cierta incomodidad—. Es un asunto muy personal.

—Comprendo —dije, temiendo haberle importunado—. Déjalo, pues. Y discúlpame, te lo ruego. Soy un idiota.

—¡No, por el Dios Bendito! ¡Yo soy el idiota! Si he decidido tratarte como un hombre, lo haré con todas las consecuencias. Ya no eres un niño, y tienes derecho a que muchas verdades resplandezcan delante de ti. Aunque me resultará difícil... He de intentarlo. He de ser claro contigo. No, hermano mío, no debo mantenerte en la oscuridad. Tienes derecho a que se te digan ciertas cosas...

A pesar de que comprendía esas palabras, en mi interior habitaban muchas dudas. Él me daba seguridad, me tranquilizaba, y su sola presencia disipaba miedos y ansiedades antiguas; pero en mi mente, que hacía ya tiempo había dejado de ser la de un niño, bullían un sinfín de preguntas. Así que me pareció que no hallaría mejor momento para aliviar mi corazón que aquella tarde en la que él me garantizaba su confianza.

—No quisiera hacerte pasar un mal rato —dije—. No estás obligado a contarme tus cosas.

—Sí, lo estoy, ¡claro que estoy obligado! —Suspiró de nuevo, más profundamente ahora, y otra vez puso su mirada en la cúpula—. No me he casado ni he tenido hijos —prosiguió azorado— porque mi alma ha estado siempre sembrada de remordimientos. Nací y me crie en este viejo palacio. Aquí vivieron los nuestros por generaciones y generaciones, desde aquellos tiempos en que gobernaban estas tierras los emperadores de Roma y después los de Bizancio... Siempre nos hemos preciado de nuestra sangre patricia, que posiblemente llegó acompañando al gran Alejandro. Nuestro orgullo se sostiene sobre los cimientos de la civilización, la lucha contra la barbarie y el desprecio hacia la obcecación, el crimen y la mentira. Después de que aquí estuviera el mismo apóstol san Pablo, en algún momento, nuestros venerables antepasados abrazaron la fe de Cristo. Todo se lo debemos a ellos, pues fueron valientes, se negaron a sí mismos y lo relegaron todo, excepto seguir a aquel que es el único Salvador, quien es el Camino, la Verdad y la Vida, ¡la auténtica Vida!

Crisorroas me hablaba emocionado, pero yo advertía cierta tristeza en su rostro. De vez en cuando, le temblaban los labios, como si lo que estaba diciendo fueran palabras sagradas, puras, como las mismas Escrituras; palabras que le brotaban desde muy adentro, desde su misma alma. Y su sabiduría era tan grande como su pasión, cuando añadió:

—La aproximación lingüística, primero sobre la base del griego y después el latín, facilitaron la comunicación y el entendimiento entre los hombres. Esa es la civilización verdadera, basada en la koiné, la lengua común. La crisis y el abandono del paganismo ancestral, y la extensión de un anhelo de genuina religiosidad entre las gentes selectas, crearon un clima espiritual que predispuso también a dar acogida al Evangelio. ¡Así se extendió el cristianismo! Aunque la adhesión a la nueva fe cristiana implicaba también grandes dificultades, peligros que, sin exageración, cabe calificar de formidables. La fe cristiana obligó a nuestros antepasados a apartarse de las prácticas tradicionales de culto a Roma y al emperador, que eran a la vez consideradas como imprescindibles para la inserción del ciudadano en la vida pública y su testimonio de fidelidad hacia el Imperio. Y de ahí vinieron las acusaciones de «ateísmo» lanzadas tantas veces contra los cristianos primeros; de ahí las amenazas, las persecuciones y el martirio que se cernió sobre ellos durante siglos y que hacía de la conversión cristiana una decisión arriesgada, valerosa, incluso desde un punto de vista meramente humano. Ya era el cristianismo considerado «superstición detestable» por el historiador Tácito, que calificaba a los cristianos de «enemigos del género humano». Suetonio llamó a nuestra religión «nueva y peligrosa secta». «Perversa y extravagante» era para Plinio el Joven. Y se atribuyeron a los discípulos de Cristo los más monstruosos desórdenes: infanticidios, antropofagia y toda suerte de maldades nefandas. Hasta Tertuliano clamó: «¡Los cristianos a las fieras!». Pero ellos se mantuvieron fieles, hasta la muerte, hasta el martirio… Y lograron con su sacrificio la conversión de todo el Imperio. Como más tarde serían capaces de hacer que los bárbaros invasores se hicieran cristianos. No obstante, nuestra fe cristiana fomentaba entre sus gentes el respeto y la obediencia hacia la legítima autoridad. Cristo mismo así lo estableció: «Dad al César lo que es del César y a Dios lo que es de Dios». Y los apóstoles siguieron esta doctrina: «Que toda persona esté sujeta a las potestades superiores, porque no hay potestad que no provenga de Dios», escribió san Pablo a los fieles de Roma; «Temed a Dios, honrad al emperador», exhortaba san Pedro. El Imperio, por su parte, toleraba los nuevos cultos y divinidades extranjeras de los muchos territorios que gobernaba. El choque llegó cuando Roma exigió de sus súbditos algo que los que eran cristianos no podían dar: la adoración a la diosa Roma y al dios emperador. Porque a nosotros, los cristianos, solo a Dios nos es lícito rendir adoración…

Empecé a comprender de repente el porqué de aquella larga disertación. Entonces me di cuenta de que mi primo era en verdad un hombre mucho más inteligente, mucho más perspicaz y preclaro de lo que yo creía suponer. Él había intuido las dudas que anidaban en mi corazón. Tal vez porque estuvo ya preparándose él mismo con tiempo para darme ciertas explicaciones… Porque Crisorroas sabía, como si penetrara dentro de mí, que nuestro modo de vida me causaba desazón, desconcierto, tristeza… Y porque de verdad lo sabía, acabó diciéndome:

—No me he casado ni he tenido hijos porque considero que debo pagar un precio, un tributo a Dios. Algo he de dar a Aquel a quien todo debo, ya que no soy capaz de ofrecer una entrega total, valiente, decidida; una entrega como la de aquellos mártires de la primera persecución: la de Nerón, cuando la acusación hecha a los cristianos de ser los autores del pavoroso incendio de Roma creó la hostil opinión de la ciudadanía para con ellos.

Después de decir esto, entristeció. Sus ojos brillaban a punto de derramar las lágrimas. Me miraba y, con aquel temblor en sus finos labios, parecía temer por lo que debía decir a continuación. Y de esta manera, estuvo durante un rato contenido, hasta que al fin añadió:

—Pero yo…, ¿qué hago yo sino vivir cómodamente, apegado a mi casa, a mis bienestares, a mis criados, a mis libros, a mi vida? A esta miserable vida de mediocridad y cobardía… Por eso, no me caso ni tengo hijos. Porque no quiero avergonzarme delante de los míos. Ya me avergüenzo demasiado delante de ti, hermano mío. Pero no me queda más remedio que acogeros a vosotros que tanto habéis sufrido; tu madre y tú habéis tenido peor suerte que yo…

Calló. Me miraba con unos ojos tristes, desde una congoja sincera, y luego estuvo gimiendo un buen rato.

Pero sus explicaciones y su aflicción no me enternecieron; al contrario, encendieron más mi rabia.

—¡Es una mierda de vida! —exclamé—. ¡Una verdadera mierda! ¡Un asco! ¡Así me siento yo! ¡Creía que nadie me comprendería! Siento que vivimos una vida de doblez. Vivimos como los agarenos de cara a los vecinos, pero no tenemos ninguno de sus privilegios. ¡No estamos dando testimonio! ¡Nos conformamos asquerosamente!

Él asintió con pesarosos movimientos de cabeza y luego dijo:

—Sí. Pero ¿qué podemos hacer? Estamos amarrados por un pacto: el Pacto de Omar. Ese pacto salvó las vidas de nuestros abuelos, pero nos impuso una mordaza para siempre...

—Necesitaba que alguien me dijera eso —manifesté.

Me abrazó de nuevo y me susurró al oído:

—¡Lo sé! Lo sabía y por eso debía hablarte. Tu alma es pura y hay en ti bellos sentimientos. Siento que tengas que compartir conmigo todo esto... De veras lo siento... El impulso de tu ira es el furor de la juventud. También yo sentí eso... Pero la madurez me va cambiando...

No quise decirle nada más. Su sinceridad había llegado a conmoverme. Permanecimos en silencio un largo rato. Caía la tarde y una luz muy rara, lívida, iba envolviendo el jardín, la palmera, las tapias, la iglesia, las lejanas terrazas... De repente, la quietud dio paso a los cantos de los almuédanos llamando a la oración de los muslimes; las voces se intercalaban, se arropaban unas a otras, las cercanas sobre las lejanas; hasta que en el minarete más próximo un canto potente tapó la intensidad de todos los demás. Entonces, dijo mi primo:

—El Pacto de Omar silenció para siempre el alegre sonido de nuestras campanas.

Transcurrió un largo rato de tristeza, en el que estuvimos mascando la inquietud que nos causaban aquellas voces. Después, poniéndose en pie, él añadió:

—Hace frío; no debemos estar aquí ya.

8

Quien lea esto seguramente será nacido, crecido y educado en la cristiandad romana; es decir, en alguna provincia o territorio perteneciente todavía a lo que fue el Imperio romano. Esa circunstancia me obliga a dar algunas explicaciones muy necesarias para comprender los pesares que anidaban en el corazón de mi primo Joannis Crisorroas.

Sabido es que los ismaelitas, a la muerte de su profeta Mahoma, ocuparon con gran rapidez un extenso territorio después de salir de Arabia, y extendieron sus dominios sobre una gran cantidad de pueblos no árabes, encontrándose en su expansión con una enorme diversidad de gentes de otras creencias diferentes a las suyas. Los conquistadores consideraban a los cristianos y también a los judíos como «gentes del Libro», *ahl al-Kitab*, por ser depositarios de los libros de la Revelación, y ello les permitía a los sometidos poder elegir entre la conversión al islam o la conservación de sus creencias. Porque el Corán considera a los judíos y a los cristianos pueblos a los que Dios les dio también sus Sagradas Escrituras. Esa designación viene, pues, acompañada de cierto respeto. Por ejemplo, el texto de Mahoma dice: «No discutáis con la gente del Libro, sino de la mejor manera» (Sura 29:46). El apóstol Pablo dice: «Toda la Escritura es inspirada por Dios, y útil para enseñar, para refutar, para corregir, para instruir en justicia» (2 Timoteo 3, 16). Cuando escribió estas palabras, las «Escrituras» eran el Antiguo Testamento, es decir, los libros que citaba el propio Jesucristo en sus enseñanzas. Tal vez por ese motivo los agarenos veneran a Jesús como un gran profeta, aunque no consideran que sea Dios.

Cuando yo estudiaba las creencias de los muslimes, aprendí que Mahoma enseñó que Jesús no fue crucificado, sino transportado al Cielo, y que para morir en su lugar surgió un sustituto (Sura 4:156-157). Los doctores cristianos saben que esta enseñanza es parecida a ciertas creencias gnósticas que tal vez Mahoma también conoció en sus viajes. El Corán afirma que Cristo nació de una virgen, pero al hacerlo parece confundir las identidades de Miriam, hermana de Moisés, y de María, madre de Jesús. Incluso llega a señalar a la madre de Cristo como la «hermana de Aarón».

En el tiempo que le tocó vivir, Mahoma conoció a muchos cristianos que decían creer en una «trinidad» y que veneraban a la madre de Jesús, María, como la «Madre de Dios». Por eso arremetió contra esa doctrina proclamando un monoteísmo estricto en la Sura 5:114-116, donde rechaza el concepto de que María sea miembro de la Trinidad. Esto es algo muy extraño, porque los cristianos que veneramos a María como la «Madre de Dios» de ninguna manera la incluimos dentro de la Trinidad. Pero la confusión de Mahoma, y el mismo hecho de que proclamemos tres personas distintas y un solo Dios verdadero, propiciaron que los muslimes nos llamasen con desprecio «politeístas». Y esto ha propiciado en diversas épocas que los fanáticos hayan pretendido acabar con los cristianos.

A la muerte de Abú Bakr, fue investido como segundo califa de la religión islámica Omar el Grande, que era suegro de Mahoma y fue uno de los primeros en seguirle. Se preocupó por incrementar los dominios árabes e inició la conquista de extensos territorios habitados por cristianos, incorporando Egipto y el norte de África hasta Túnez.

Tras la muerte del emperador Heraclio, Bizancio se deshacía por las luchas internas. Omar aprovechó entonces la ocasión para invadir el suroeste del Imperio. Puso sitio a Jerusalén durante cuatro duros meses y, tras las correspondientes negociaciones, el gobernador cristiano de la ciudad, el patriarca Sofronio, le envió una carta aceptando las condiciones que les imponían los atacantes. Aquel pliego de rendición se llamó en árabe *al-Dimma*, y fue conocido desde entonces como el Pacto de Omar. En él se establecieron las pautas por las que habría de regirse en adelante la convivencia entre los ismaelitas seguidores de Mahoma y las comunidades sometidas. Desde entonces, todo cristiano que ostentase cualquier poder o cargo debía sabérselo de principio a fin para recitarlo cuando era necesario.

He aquí el documento redactado por Sofronio que tuve que aprender de memoria:

> *En el nombre de Alá, el Clemente, el Misericordioso. Esta es una carta al sirviente de Dios Omar ibn al-Jattab, comendador de los creyentes, de parte de los cristianos de la ciudad.*
>
> *Cuando viniste contra nosotros, te pedimos un salvoconducto* (aman) *para nosotros, nuestros descendientes, nuestras propiedades, y la gente de nuestra comunidad,*

y asumimos contigo las obligaciones siguientes: no construiremos en nuestras ciudades ni en su cercanía nuevos monasterios, iglesias, ermitas o celdas de monjes; ni repararemos durante el día o durante la noche ninguna de las que hayan caído en ruinas o de las que estén situadas en barrios de los muslimes. Mantendremos nuestras puertas completamente abiertas para los transeúntes y para los viajeros, ya sean cristianos o muslimes; y proporcionaremos tres días de comida y alojamiento a cualquiera que llegue a nosotros. No albergaremos en nuestras iglesias o en nuestras casas a los espías, ni los esconderemos de los musulmanes. No enseñaremos a nuestros hijos el Corán. No celebraremos ceremonias religiosas públicamente; ni trataremos de hacer proselitismo; ni prohibiremos a nuestros familiares abrazar el islam si ellos así lo desean. Mostraremos deferencia hacia los musulmanes y les cederemos nuestros asientos cuando ellos así lo quieran. No intentaremos parecernos, de ninguna manera, a los musulmanes en la vestimenta; como, por ejemplo, en el qalansuwa *(gorro que cubre la cabeza), el turbante, el calzado o en la raya del pelo. No hablaremos como ellos, ni adoptaremos sus nombres honoríficos. No cabalgaremos a caballo en sillas de montar por las ciudades ni en sus aledaños. No ceñiremos espadas, ni nos serviremos de armas de ninguna clase, ni siquiera las portaremos sobre nuestras personas. No grabaremos inscripciones árabes en nuestros sellos. No venderemos bebidas alcohólicas. Nos cortaremos los cabellos de la parte frontal de nuestras cabezas. Vestiremos de nuestra forma tradicional, dondequiera que estemos, y ceñiremos alrededor de nuestra cintura el* zunnar *(cinturón distintivo). No mostraremos en público nuestras cruces o nuestros libros en ningún sitio por donde circulen los musulmanes, ni en sus plazas o mercados. Solamente tocaremos campanas en las iglesias, y muy quedamente. No levantaremos la voz en nuestras ceremonias, ni en presencia de musulmanes. No saldremos fuera el Domingo de Ramos, ni en Pascua, ni elevaremos las voces en nuestras procesiones funerarias. No mostraremos luces en ningún sitio por donde circulen los musulmanes, ni en sus mercados. No pasaremos cerca de los musulmanes con nuestros cortejos funerarios, ni enterraremos nuestros muertos cerca de los de los musulmanes. No tomaremos esclavos que hayan sido asignados a los musulmanes. No construiremos nuestras casas más altas que las de ellos.*

Aceptamos estas condiciones para nosotros y para nuestra comunidad, y a cambio recibimos el salvoconducto.

*Si nosotros, de cualquier forma, violamos estas disposiciones por las que estamos seguros, perdemos el derecho al pacto (*dimma*), y nos volvemos reos de las penas de rebeldía y sedición.*

El califa Omar selló el pacto y añadió dos cláusulas más:

No comprarán a nadie hecho prisionero por los musulmanes, y quien golpee a un musulmán intencionadamente perderá la protección del pacto.

El tratado se firmó y, desde que entró en vigor, a los cristianos sometidos se nos empezó a llamar *dimmíes*, porque, como se ha dicho, nuestro pacto de rendimiento era conocido en árabe como *al-Dimma*. Aunque muchos habitantes de Siria, para eludir el pago del impuesto o para no tener que soportar las obligaciones del compromiso, se convirtieron al islam y adoptaron la lengua árabe. Otros, en cambio, permanecieron con una resignación esperanzada, confiando en que algún día acabaría la sumisión. Y algunos, no pudiendo soportar la humillación de las obligaciones contraídas, optaron por expatriarse hacia las provincias cristianas de Occidente, embarcándose con todo lo que podían llevarse consigo.

9

Amaba y admiraba a mi primo Joannis Crisorroas, pero su excesiva prudencia llegaba a exasperarme. Él todo lo tanteaba; sopesaba inconvenientes y ventajas con reserva meditada antes de cada decisión. En esencia era un hombre preocupado. Y es de comprender que así fuera, pues los cristianos damascenos, si bien gozábamos de una relativa tranquilidad, debíamos en toda ocasión medir el alcance de nuestras acciones para no exacerbar a los muslimes. Y de manera especial, quienes prestaban servicios en el *diwan* eran observados con minuciosidad por los fanáticos que buscaban convencer al califa para que prescindiese de ellos. No obstante esa circunstancia, yo deseaba ponerme a trabajar cuanto antes en el oficio para el que había sido suficientemente preparado; y no dudaba en manifestarlo. Mi primo escuchaba mis razones, que le convencían, y las aprobaba; pero dejaba pasar el tiempo sin decirme ni sí ni no. Mientras tanto, yo seguía como aprendiz en su despacho, en privado, esperando a que se decidiera a presentarme de manera oficial en la cancillería. Mi aguante de retoño único un tanto impetuoso empezaba a quebrarse y me costaba cada día más trabajo disimular mi rabia y mi impaciencia. Se unió a esto el hecho de que mi propia madre reclamaba que su hijo fuese a ocupar el puesto heredado de un estamento que consideraba patrimonio de nuestro linaje. Y Crisorroas, apreciablemente dubitativo, expresaba sus razones:

—Me preocupo porque, como es evidente, estos tiempos de ahora en nada se parecen a los de antes. En la era de nuestros abuelos, con el dominio de Bizancio, bastaba con tener conocimientos contables, saber de leyes y manejarse bien en los intrincados vericuetos de la administración de palacio. Todo eso es necesario hoy, pero, además de ello, para nuestro oficio se requiere ahora una sagacidad, una templanza y una fortaleza a prueba de insidias y suspicacias. No bastará ya con ser «astutos como serpientes y sencillos como palomas», se precisa igualmente el auxilio de una sutil capacidad de simulación. Es decir, la facultad de convencer a muchos de que se está en el camino que lleva a una conversión a Mahoma. Aunque seamos conscientes de que esa conversión no ha de producirse jamás en nosotros. Dicho de otra manera: somos puramente cristianos de condición, pero vivimos y nos desenvolvemos bajo la externa apariencia de la religión de los ismaelitas. Sé que comprendes bien todo esto que te digo, ya que hemos tratado sobre ello muchas veces; y por eso también debes comprender mi inquietud. Es doloroso para mí introducir tu alma aún sensible en este mundo de ficción y doblez. Y te ruego que luches para no exasperarte. Todo en esta vida tiene su tiempo y es preferible esperar antes que precipitarse.

—Lo comprendo, pero me parece que por ese camino acabaremos siendo agarenos —murmuraba yo.

—No digas eso. Todo es cuestión de voluntad. Si nos

mantenemos fuertes y ejercitamos la paciencia, podremos seguir adelante.

Aunque él no era todavía un varón anciano, quizá pudiera controlar sus impulsos. No así yo, que ardía por dentro y por fuera; y el incendio de mi fogosidad juvenil no lo podían sofocar sermones ni filosofías. Tal vez por eso, ya fueran mis pasiones, la ociosidad o la intervención oculta de los demonios, acabé yendo detrás de los peligros y las amistades oscuras. Aunque será mejor precisar que esas cosas no fueron buscadas, sino que acudieron a mí de una manera tan lógica que pareciera que alguien así lo tenía dispuesto en algún designio oculto.

No encontré a mis camaradas de riesgo deambulando por las periferias, ni en los subrepticios y sucios rincones de los mercados. Ellos me encontraron a mí una mañana de domingo después de la eucaristía en la vecina iglesia de San Pablo. Tres jovenzuelos se me acercaron para saludarme y proponerme ir a dar un paseo. No me causaron recelos; por el contrario, me parecieron muchachos más bien modositos; cristianos como yo, que, llegados a una determinada edad, no tenían más vida que seguir la inercia de la indolencia y aguantar sin poder desenvolverse en el mundo. Me abordaron con naturalidad. En realidad, ya nos conocíamos. Dos de ellos eran hermanos gemelos que incluso habían compartido conmigo infantiles juegos en mi misma calle. Hasta me acordaba de sus nombres: Iustino y Eusebios Abu Cyril. El tercero, llamado Klémens Aben Cromacio, era hijo de un importante funcionario de palacio y estudió en el monasterio de Maalula.

Anduvimos deambulando por los arrabales, charlando amigablemente, y acabamos saliendo de la ciudad por la puerta llamada Bab al-Salam, la Puerta de la Paz, en el lado norte de la muralla. Era una mañana invernal de radiante luz. El río Barada discurría turbio, entre los desnudos troncos de los árboles, y los senderos estaban abarrotados de gentes que iban y venían a pie, a lomos de caballerías o en camellos. Las chimeneas de la infinidad de casitas del arrabal soltaban cientos de hilillos de humo blanco que se perdían en el cielo azul.

Klémens señaló hacia uno de los puentes y propuso:

—Vamos a cruzar. Es temprano. Tengo algunas monedas. Iremos primero a las tabernas que hay junto al molino del aceite.

Hacía años que yo no atravesaba esa puerta. Me acordé de mi padrastro Auxencio. Por allí entrábamos en la ciudad cuando veníamos al mercado. El suburbio que crecía al pie de la muralla había cambiado mucho. Las viejas y destartaladas chozas de antaño habían sido sustituidas por edificaciones de piedra y adobe, con establos, graneros, gallineros y altos apriscos de cabras. También había muchos tenderetes para la venta de pan, carne y verduras, bien situados junto al puente. Más adelante vi almacenes de mercancías tan valiosas como las del mercado principal: telas, loza, cobre, vidrio, herramientas, lanas tintadas, cuero y hasta especias.

—Esto ha cambiado mucho —comenté.

—¡Y cómo no! —exclamó Iustino—. Al arrabal llegan constantemente árabes que no tienen que pagar impuestos. Prosperan esperando adquirir una vivienda dentro de la ciudad y, cuando se hacen con ella, se instalan y no habrá ya quien los eche…

—Damasco se vacía de gente cristiana y se llena de agarenos —comentó Eusebios, pesaroso—. Los ismaelitas de los desiertos se enteran de que aquí tienen a su entera disposición la ciudad de sus sueños. ¿Cómo van a quedarse en sus polvorientas aldeas de Arabia?

A lo mejor fue la primera vez que me daba cuenta de que el tiempo iba pasando. Antes los cristianos del barrio de Bab Tuma éramos patricios, gente esclarecida, importante. Los habitantes de los suburbios nos saludaban con reverencias, se apartaban a nuestro paso y nos trataban servilmente. Ahora eso había cambiado. Íbamos caminando por la orilla del río y casi podía percibirse lo que pensaban y lo que se decían unos a otros con las miradas: «Ahí van cuatro pimpollos *dimmíes* a su paseo del domingo después de sus rezos en la iglesia». Algunos incluso pretendían humillarnos gritándonos:

—¡Alá es grande! ¡No hay más dios que Alá y Mahoma es su profeta!

Éramos jóvenes y de orgullosa casta. Aquello nos hacía bajar la cabeza y tragarnos la rabia.

—Esta mierda de vestimenta —observó Klémens.

Lo decía por el aspecto exterior al que estábamos obligados los cristianos por sometimiento al Pacto de Omar: rapados los cabellos de la parte frontal de nuestras cabezas, el vestido tradicional de color pardo y el *zunnar* alrededor de la cintura. En cambio, los jóvenes muslimes acostumbraban a vestir lino claro, ceñir espadas y cubrir sus hombros con brillante seda y sus cabezas con turbantes.

Klémens mandaba y los gemelos obedecían cualquier orden o capricho suyos. Era el primero esbelto, fuerte, decidido y hermoso. Los hermanos se parecían, pero podían distinguirse; ambos de mediana estatura, cabellos negros, lisos, y barba incipiente. Los cuatro, con indumentaria semejante, podíamos pasar por miembros de un mismo convento de monjes. Era verdaderamente lastimoso no poder lucir toda aquella lozanía con la librea que tanto apetece a quienes empiezan a gallear. Eso era un motivo más de sufrimiento…

Por entonces no se permitía beber vino dentro de las murallas. Pero mis amigos recién descubiertos sabían muy bien dónde encontrarlo en las afueras, en la otra orilla. Bebimos todo el que nos sirvieron aguado en un par de tabernas de mala muerte. Y más tarde, cuando habíamos logrado estar algo achispados, fuimos a un bodegón antiguo de estilo persa, limpio, agradablemente caldeado por grandes braseros cargados de ascuas. Allí la carne seca, el queso añejo, el pescado frito y el pan caliente nos hicieron felices. Incluso las monedas de Klémens dieron para que probásemos algo de cordero asado.

Yo nunca había tenido en mi mano ni un solo dinar. Así que no pude sujetar mi curiosidad y le pregunté:

—¿Y ese dinero?

Los tres se echaron a reír.

—Amigo —dijo Iustino con una enigmática expresión en la mirada—, mejor no preguntes… Otro día pagarás tú; hoy estamos invitados por Klémens.

—¡Yo no tengo nada! —exclamé indignado—. ¡No esperes que os devuelva la invitación!

A partir de ese momento, ya no quise beber ni comer nada más. Entonces, ellos, al ver mi actitud, empezaron a tratarme con mucho cariño con la intención de animarme.

—Lo he dicho de broma —insistía Iustino—. ¡Anda, bobo! No seas tan susceptible, estás entre amigos.

—¡Entre hermanos! —dijo Klémens—. Tenemos por costumbre compartirlo todo. Si algún día llegas a tener algo de dinero acudiremos a ti. No lo dudes.

Finalmente, mi deseo de diversión pudo más que el orgullo. Además, el vino había despertado ya al medio loco que todo hombre lleva dentro. Y el otro medio no estaba dispuesto a imponer la sensatez. Así que lo que sucedió a continuación llegó a parecerme lo mejor que podía pasarme en mucho tiempo: chistes, bromas y risas; en medio de todo ese fanfarroneo y esa desenvoltura tan propia de la edad.

Caía la tarde y estábamos ya un poco borrachos, cuando nuestro aceptado jefe propuso:

—Muchachos, ha llegado el momento de ir a los baños.

—¿Me vais a llevar a los baños? ¿Ahora? —pregunté muy extrañado.

—Naturalmente —contestó sonriente Klémens—, y me lo agradecerás toda tu vida.

Cerca de allí había una casa de baños. Entramos despreocupadamente. Aunque a mí me sorprendía que todavía nos quedase algo de dinero. Era un establecimiento bueno, caldeado y alegre. Nos dejaron pasar al vestuario. Y allí, mientras nos quitamos la ropa, uno de los gemelos explicó con una sonrisita:

—¿No querías saber de dónde sacamos las monedas?

El otro soltó una carcajada. Y yo empecé a extrañarme de verdad.

—No te preocupes —explicó Klémens—. No hay que hacer nada de particular; bastará únicamente con bañarse en el agua caliente. Algún viejo se acercará discretamente y te pedirá que le permitas besuquearte y que te palpe las nalgas.

—¿Estáis de broma? —repliqué espantado—. ¿Os dejáis manosear por los viejos a cambio de dinero?

Se reían de mí los tres.

—¡Dios reprueba eso! —grité—. ¡Es prostitución!

—¡Chist! ¡Calla! O nos echarán a la calle… —respondió Klémens—. La primera vez cuesta un poco. Pero ya te acostumbrarás... Hoy bastará con que veas cómo lo hacemos nosotros...

—¡Es prostitución!

—¡Calla, idiota! ¡Es necesidad! Nadie va a fornicar contigo... Se conforman con tocar...

Creo que todo el vino que había bebido me hizo meterme en el agua y aguantar el espectáculo. Fue asqueroso: dentro de la pileta los ancianos se acercaban solícitos, alegres. Mis amigos adoptaron actitudes indiferentes y favorables, como auténticas putas... No parecían los mismos que un instante antes.

¡Qué poder no tendrá el sucio dinero! Cada domingo acabábamos el día allí para reunir cuatro dinares de plata. Y a la semana siguiente vuelta empezar. Pero yo no fui capaz de hacer otra cosa que mirar. Mi repugnancia no me lo permitió...

10

Con mis nuevos amigotes me introduje en una vida de holgazanería y tinglados un tanto arriesgados. Con las monedas que ellos juntaban como fruto de su degradación, buscábamos después otras compensaciones. De momento no me lo echaban en cara. Y no dejé de ir con ellos. Atravesando el arrabal de parte a parte, se llegaba a una inabarcable extensión donde acampaba un verdadero ejército de aventureros, buscavidas y trotamundos. Recordaba la última vez que pasé por allí, haría cuatro o cinco años, de camino al monasterio. Varios centenares de mercenarios se habían instalado con toda su gente, sirvientes, peones, mujeres e hijos... Entonces me dijo Crisorroas que aquel era un paraje peligroso donde podía pasar de todo. Así que, en adelante, dábamos un amplio rodeo.

Ahora aquella inmensa ciudad de tiendas de campaña había crecido hasta donde se perdía la vista. No se veía un solo árbol. Todo había sido talado y convertido en leña. El aire frío del invierno levantaba un polvo blanquecino que fustigaba las lonas y la piel de los muchos animales escuálidos que arañaban la tierra con los dientes en busca de alimento.

—¿Ves? —me dijo Klémens, echando una ojeada al entorno—. En Damasco no hay espacio para la muchedumbre que llega constantemente soñando hacerse un sitio a la sombra del califa.

—Este lugar debe de ser peligroso —observé—. He oído decir que aquí muere gente asesinada cada día…

—Así es. ¿Tienes miedo?

—No.

—Pues vamos allá.

Llegamos frente a una puerta que daba al interior de un ancho espacio vallado con piedras. Se veía al fondo una cabaña grande, construida con troncos y cañas, con tejadillos y pocas ventanas cerradas por celosías. Delante se extendía un huerto sembrado de frutales desnudos de hojas. Lo cruzamos y nos detuvimos bajo una galería que cobijaba una puerta tachonada con bronce pulido, que sorprendía por ser demasiado rica y delicada para un lugar como ese.

Klémens hizo sonar el llamador.

La puerta se abrió y salió un hombre alto, desenvuelto, con la barba en punta y unos vivos ojos bajo el ceño oscuro.

—¡Amigos! —exclamó extendiendo los brazos—. ¡Mis jóvenes amigos de Bab Tuma! ¿Tenéis dinares?

—He aquí —contestó Klémens, mostrándole un puñado de monedas—. Déjanos pasar.

—¡Maravilloso! —se alegró el portero—. ¡Ea, pasad! Os esperan.

Dentro había un único salón de tal manera abarrotado de objetos, que momentáneamente pensé que se trataba de un bazar: tapices, cojines, almohadones, mesas, espejos en las paredes, bandejas de plata, colgaduras de seda y cuero repujado… Olía a esencia de rosas, ámbar y sándalo. Enseguida apareció un muchacho y nos ofreció una jarra de vino.

Nos sentamos y estuvimos bebiendo frenética y fraternalmente. Entonces empecé a sentirme más tranquilo, porque hasta ese momento no había dejado de advertirme mi voz interior sobre el riesgo cierto que entrañaba estar allí. Pero más que peligros, empezaba a adivinar que aquel lugar guardaba una sorpresa.

Y el misterio se desveló cuando, desde detrás de una cortina, irrumpieron de repente cuatro muchachas.

—¡Eh aquí! —exclamó Klémens.

Me quedé atónito, pues en mi vida había visto mujeres tan bonitas. Me parecieron ángeles.

—¡Mira! —Me dio con el codo Iustino.

—¿Ves? ¿Merece la pena venir hasta aquí?

Yo estaba mudo. Y ellas sabían hacer muy bien su oficio: sonreían, se movían con delicadeza y apenas nos miraban a la cara de vez en cuando. No sé quién decidió el reparto. El caso es que una de ellas se acercó a mí. Y no es que yo fuese lanzado en esas cuestiones, pero sentí que estaba sucediendo algo corriente y a la vez raro. Ahora tenía la impresión de que mis apetitos y el ideado placer se hacían uno, hasta convertirse en el único y verdadero deseo, el irreversible. Entonces, no titubeé: me acerqué mecánicamente a ella, sin sentir cortedad ni reparo alguno, vencida toda timidez, como impulsado por un yo más fuerte que el habitual… Solo dudé un breve instante cuando la muchacha apartó los ojos para volverse hacia las otras. Pero, enseguida, me devolvió su mirada contenta, con un perceptible asomo de sorpresa. De cerca era todavía más bonita. Al resplandor amarillento de una lámpara de aceite se había sumado, confundiéndolo todo, la luz matizada que penetraba por la celosía.

Bebí con ansiedad. Ella sonreía, con labios almibarados, fluida, y aparentemente dichosa… Se dejó caer el velo que cubría su cabeza, y el pelo, pulcramente cepillado, castaño claro, brillante, contrastaba con la opacidad morena de su cuello y sus brazos. A veces se movía con suavidad y con embeleso disimulado, y me miraba ya a la cara. También durante algunos momentos cerraba los ojos; los cabellos le caían sobre la frente al agitar la cabeza y la mano volaba hacia las sienes para esbozar el gesto de apartarlos… Entonces, me tocaba contemplarla, y toda aquella belleza, tan cercana, tan cierta, despertaba en mí mayor deseo si cabía. Recuerdo el frescor punzante de aquella sacudida; y cómo me sentía vencido completamente por la proximidad femenina, por su aroma, por aquel cabello denso… Y vencida la inicial prudencia de la primera vez, con el corazón saltándome en el pecho, era consciente de estar invadido por la sensación más poderosa, más dulce y más misteriosa que nunca había experimentado.

Pero lo que siguió lo recuerdo solo vagamente; fue rápido y solapado; un brevísimo instante de movimientos astutos por su parte y torpes por la mía. No noté en ella el menor sobresalto de repulsión, pero aprecié su pretensión de acabar pronto. Hubo un estallido de repentinas caricias, frenéticas y hábiles, seguidas del resuelto encuentro.

Salimos del prostíbulo sin un solo dinar. De camino a la ciudad encontramos hedor, podredumbre y maldad. La infinidad de fuegos encendidos en aquella extensión donde acampaba la miseria le daba a la noche un aspecto infernal. Luego anduve yo solo dando traspiés por el barrio, que ya estaba en completa oscuridad. Me parecía que había salido directamente de un sueño extraño.

11

Klémens y los gemelos vinieron a buscarme temprano. Estaban muy excitados a causa de un acontecimiento que tenía en vilo a todo Damasco: el ejército califal regresaba de la frontera con Bizancio, después de una gran batalla. La medina, las plazas, los zocos y los barrios del interior de la muralla se habían quedado casi desiertos, permaneciendo solo los enfermos, los ancianos y los que por algún motivo no podían salir de sus casas. La multitud corría a congregarse en el arrabal del extremo norte de la ciudad, que se extendía extramuros, al otro lado del río, entre las puertas de Bab al-Faraj y Bab al-Faradis, donde se alza la mezquita de al-Muallaq.

Las primeras tropas ya estaban detenidas, soportando el ardiente sol, mientras no paraban de llegar destacamentos. El polvo levantado envolvía los cuerpos fatigados de los soldados, los caballos, los escudos, los estandartes y las armas confiriendo al conjunto un aire de pesadez y desgana. Las mulas y los camellos, cargados de hierro y sedientos, se negaban a avanzar, y los hombres, sucios y rabiosos, los golpeaban con sus varas, maldiciendo. Era ya mediodía cuando los últimos soldados, deshechos por el cansancio y el calor, se dejaban caer y permanecían tendidos en el suelo. Nada triunfal podía encontrarse en el desvanecido ejército, ni siquiera en los jefes. Hasta los penachos de sus yelmos parecían mustios.

El arenal polvoriento se iba llenando de bestias y hombres que se extendían y formaban el inmenso campamento que, a las órdenes de los oficiales, iba tomando cierta forma ordenada en los diversos emplazamientos que correspondían a cada sección. Cuando les era asignado un sitio, los soldados se apresuraban a levantar sus tiendas para tenderse de inmediato en ellas. Muchos que no tenían más pertenencias que lo puesto se tumbaban en el campo a cielo abierto, muertos de cansancio.

No obstante la deplorable visión que se desplegaba ante nuestros ojos, Klémens se empeñaba en descubrir algo grandioso en aquella tropa famélica y maloliente. Dejó escapar un suspiro y exclamó:

—¡No hay en el mundo otro ejército como el de Damasco!

Le miramos extrañados. Y yo observé:

—Yo creo que el ejército del gran Alejandro debió de ser más grandioso. Otra cosa…

—¿Otra cosa? —replicó el—. Nadie puede volver al pasado. Lo que fuera o no fuera, ¿quién lo sabe? Nada ha quedado de Alejandro y de su ejército.

Klémens admiraba el arte de la guerra. Su padre había sido oficial y él quería más que nada en el mundo seguir sus pasos. Conocía bien todo aquello que tenía que ver con la vida militar y las armas. Solía hablar de ello y nos daba auténticas lecciones. Excitado de manera especial esa mañana a causa de lo que teníamos delante, nos fue explicando el orden intrínseco que había en aquella masa de soldados que a nosotros nos parecía informe y desorganizada. Señaló el lugar donde estaban acampados los llamados *ghulams*, guerreros bien adiestrados, mercenarios que habían sido prisioneros de guerra, esclavos liberados a menudo comprados desde niños. Este cuerpo tenía su origen lejano en la guardia pretoriana romana, y más tarde en la guardia varega de los emperadores bizantinos. Los califas habían hecho propia la idea y ahora esos fieros soldados solo a ellos debían lealtad. Eran jinetes pesados y arqueros, que llevaban recias protecciones, como cascos, armaduras de láminas y anillas, grandes escudos y petos para los caballos. Luego estaban los hombres de a pie, con armas individuales de todo tipo, como espadas, lanzas y hachas. Él se entusiasmaba dando explicaciones y detalles, como quien conoce de verdad ese mundo.

Me volví para mirar hacia la ciudad. Un último rayo de sol hacía dorados los muros, los tejados, las torres, las cúpulas... Todo era bello y apacible, pero mi congoja y mi rabia me impedían disfrutar del momento. Porque no podía evitar pensar en el pasado. Éramos jóvenes y estábamos allí llenos de conformidad, admirando la llegada de un ejército al que nunca podríamos pertenecer.

Nos sentamos y permanecimos allí todo el día, sin ir siquiera a nuestras casas para comer. Los soldados pasaban por delante de nosotros sin cesar, con rostros graves, aplanados. Muchos sostenían a otros camaradas por el brazo o los llevaban colgando de los hombros. Se veían sucias vendas, sanguinolentas, cubriendo las llagas. También los había que iban heridos graves, llevados en parihuelas o dormidos a lomos de sus caballos, tambaleándose y sosteniéndose de puro milagro. Algunos de ellos emitían débiles gemidos, al sentirse por fin a salvo y cerca de casa. Declinaba la luz en el ocaso y todo se confundía sobre aquellos cuerpos martirizados que desprendían el inconfundible hedor de la mugre y el sudor podrido. Se iban distribuyendo en todas direcciones, llenando aquella extensión baldía. Las tiendas más próximas a la ciudad estaban a menos de cien pasos de las últimas casas, las más alejadas se perdían en la distancia. Luego algunas almas caritativas acudieron con agua, panecillos, fruta y ungüentos para socorrer a los heridos. Solo entonces empezamos a percatarnos del verdadero estado calamitoso de aquella tropa. A la caída de la tarde empezaron a encenderse un sinfín de hogueras, que luego, con la oscuridad, confirieron al inmenso campamento una fantástica luz. Pero permaneció algo funesto, lúgubre incluso. Entonces nos volvimos a la ciudad.

—Me gustaría formar parte del ejército —dijo Klémens—. ¿A vosotros no?

Los gemelos y yo no respondimos a esa pregunta. Y él, como exacerbado, añadió:

—¡Nadie nos sacará de esta mierda de vida! ¡Pero yo no envejeceré encerrado dentro de esas murallas! Vosotros podéis hacer lo que queráis... Yo mañana mismo iré a presentarme en los cuarteles para pedir que me admitan en el ejército del califa.

Los gemelos y yo seguíamos caminando en silencio. Al cabo, empezaron a oírse las fanfarrias del campamento a nuestras espaldas. Débilmente y poco a poco, los tambores trepidaban y los cantos de los soldados nos hicieron estremecer.

Nunca pensé que Klémens sería capaz de hacer lo que había dicho. Y supongo que los gemelos tampoco lo creyeron. Pero nuestro amigo desapareció de nuestras vidas. Un día se despidió e ingresó en el ejército del califa. Para eso tuvo que hacerse muslime; se dejó circuncidar y abandonó definitivamente la fe de los cristianos. No volvimos a saber nada de él durante mucho tiempo.

12

Cierto día de aquellos desperté algo afiebrado y triste, después de soportar durante demasiado tiempo las humedades del caserón familiar. Mi madre se preocupó por mí y estuvo preguntándome machaconamente qué me sucedía. Luego debió de hablar con mi primo del asunto, porque este no tardó en presentarse a los pies de mi cama.

—Pero… ¿qué te sucede, Efrén? ¿No piensas levantarte hoy? ¡Qué mala cara tienes!

—No me encuentro bien —contesté—. No he dormido nada en toda la noche…

Él suspiró y dijo:

—De un tiempo a esta parte te vengo viendo decaído, como sin ganas de nada.

No respondí y me di media vuelta en la cama. Y él me reprendió:

—¡No seas crío! Dime qué pasa por esa cabeza.

No tenía ganas de hablar, pero acabé levantándome. Fui a la cocina. La criada, al verme pálido y flojo, pensó que estaba enfermo y me estuvo preparando un cocimiento de hierbas. Mientras lo bebía, mi madre y Crisorroas me observaban sin dejar de manifestarme su preocupación. Hasta que al final salté:

—Mi amigo Klémens ha dejado de ser cristiano y se ha alistado en el ejército del califa.

Ellos se miraron circunspectos. Luego mi madre, viniendo hacia mí, exclamó:

—¡Qué locura! ¡Dios mío, qué insensatez!

—Yo lo sabía —dijo Crisorroas—. Se ha dejado circuncidar y ha partido hacia las fronteras. Su padre está destrozado.

—¡Dios! ¡Santo Dios! —sollozó mi madre, cubriéndose la cara con las manos.

—No te preocupes —le dije—. Yo nunca haría una cosa así.

—¡Ah, hermano mío —comentó mi primo, mientras se servía parte del cocimiento de hierbas—, menos mal que tienes la cabeza en su sitio!

—¡Sí, menos mal! —me lamenté con ironía y amargura—. Parece ser que tengo la cabeza en mi sitio... Seguramente Klémens la perderá por ahí, porque se la cortarán después de alguna batalla... Yo, en cambio, la conservaré...

—¿Qué quieres decir con eso? —me preguntó él, muy extrañado—. Eres un joven envidiable: a tu edad muchos no tienen ni un pedazo de pan que llevarse a la boca. ¿Por qué te quejas?

—¿Envidiable? No sé por qué han de envidiarme. Mi vida es absurda en esta casa. Dependo de ti para todo. No tengo libertad. ¿De verdad es eso envidiable?

Mi madre emitió un ruido gutural muy extraño. Me miró meneando la cabeza con disgusto. Retiró del fuego la tisana que hervía en una pequeña cazuela, la coló y me llenó de nuevo la taza.

—¡Cuidado! —advirtió con una mueca de pena—, puedes quemarte... Espera durante un momento a que se enfríe y bebe lentamente. Te hará bien.

Hice como me aconsejó. Comprendiendo que sus palabras tenían un doble sentido.

Entonces dimos por concluida por el momento la conversación. Después mi primo se marchó a sus ocupaciones en la cancillería.

Pero esa misma tarde, inmediatamente después de su regreso, me buscó y volvimos a hablar, esta vez a solas él y yo. Con habilidad hizo que me sincerara. Acabé contándole cómo había sido mi vida últimamente, desde que conocí a Klémens y a los gemelos; lo que habíamos estado haciendo por ahí en las afueras de la ciudad, incluso todo aquello de lo que me avergonzaba. Nunca pensé que llegaría a confesarlo. Pero he de decir que me sentí muy aliviado.

Él me escuchó atentamente. Cuando terminé de contárselo, bajó la cabeza, se mordió los labios y luego, con pesadumbre, masculló entre dientes:

—Qué lástima...

Al verle tan abatido, tuve valor suficiente para rogarle:

—Hermano, preséntame en la cancillería. Necesito sentirme útil. No puedo seguir llevando esta clase de vida. Siento que todo lo que he aprendido no me sirve de nada. No debes temer por mí. Haré las cosas lo mejor que pueda, sin dejarte mal. Tú has sobrevivido en ese mundo, ¿por qué dudas de que yo pueda hacerlo?

—Es duro, muy duro —titubeó—. Y difícil, muy difícil...

—Podré. ¡Dame la oportunidad!

***

Al día siguiente de aquella conversación, fue a despertarme muy temprano y me llevó al mercado para que el rapador me arreglase el pelo. Estando todavía en la tienda, mi primo me dijo medio en broma:

—¡Qué lástima, tu barba rubicunda es incipiente!

Luego me llevó al alfayate, me encargó un traje, un cíngulo de seda verde, un bonete de paño y un buen manto.

—Hay que aparentar, hermano mío —me dijo con cara de circunstancia—. En este oficio nuestro se debe figurar dignidad y compostura.

Entonces supe que, finalmente, estaba decidido a presentarme en la cancillería.

13

Una semana después de llevarme al sastre y al barbero, llegado el viernes, Crisorroas me avisó de que al día siguiente habría una recepción en el palacio del califa para ciertos dignatarios y que aprovecharía la ocasión para presentarme a los mayordomos.

—Mañana, báñate, perfúmate, date bálsamo en el pelo y vístete con las ropas nuevas —me ordenó—. Iremos temprano al palacio.

Toda la ansiedad y la tensión que había acumulado durante días se revolvieron dentro de mí. También me dominó el terror y mi anterior impaciencia se disipó. Incluso le hubiera rogado que esperara algún tiempo más. Y él, que adivinó mi zozobra, dijo con firmeza:

—¡No debemos perder más tiempo! Estabas decidido y tu arrojo no debe desperdiciarse ahora. No tendremos una oportunidad mejor que esta.

Su determinación me tranquilizó algo, pero el corazón no dejaba de latirme acelerado.

Antes de salir, mi primo inspeccionó mi aspecto. Él

también se había puesto su mejor vestimenta y decidió en el último momento que intercambiáramos los mantos. El suyo era pesado, más grave, de color berenjena, con un bordado rojo vivo y delicado. Tenía sus razones para hacer ese cambio: me dijo que ese manto había sido de nuestro abuelo y que creía que algo de su energía debía pasar a mí en ese momento. Después de revisar los atavíos del palafrenero, los jaeces de las mulas, el estandarte y los aderezos con los colores de la familia, salimos por la puerta primera de la casa y nos encaminamos lenta y parsimoniosamente por la calle principal del barrio de Bab Tuma. Atravesamos los mercados repletos de gentes que nos observaban llenas de asombro. Bandadas de muchachos curiosos nos seguían después, cuando abandonamos los angostos callejones y logramos alcanzar el ancho foso que nos condujo hasta los arcos que comunicaban con los jardines del palacio del califa.

Era primavera, el claro sol proyectaba sus ardientes rayos cuando cruzamos los interminables laberintos de setos de mirto y más tarde las hileras de columnas, entre las que se veían los cementerios con sepulturas cubiertas con piedras claras. Luego la calzada se adentró por unos campos sembrados de palmeras datileras, para seguir entre los interminables arbustos espinosos. Crisorroas me iba explicando todo aquello que veían mis ojos: los antiguos edificios de la época de Bizancio, los muros de las caballerizas, las chimeneas de las cocinas y los tejados, que era lo único que asomaba tras los enormes muros que cobijaban los harenes.

Se vio al fin el delicado edificio de la cancillería. Delante estaba alineado en perfecta formación un gran ejército: guerreros a caballo con largas lanzas, filas de arqueros y peones armados con mazas. Las corazas y los yelmos brillaban; el cuero rojo y el metal pulido componían una visión apocalíptica, terrible. Yo, que nunca había estado siquiera a una legua de allí, me quedé atemorizado.

—Todo, todo esto es para sobrecoger a los visitantes —me indicó mi primo.

De repente, una atronadora explosión de tambores hizo temblar el suelo. Resultaba difícil sustraerse al pavor que causaba todo aquello. Mi cabalgadura, que también era nueva en el oficio de ir a palacio, se encabritó y a punto estuvo de dar conmigo en tierra.

Menos mal que el estruendo duró un breve instante y después hubo silencio. Las puertas, revestidas de bronce bruñido, se abrieron y apareció todo lo que ocultaban detrás: infinidad de nuevos jardines cuajados de verde espesura, maravillosamente ordenados en terrazas y senderos. En toda mi vida nunca había visto tantas flores como aquel día, tantas rosas de todos los colores y aromas.

Después de hacernos esperar una vez más en una explanada rodeada de ciparisos, aparecieron por fin los domésticos del palacio, solemnes, vestidos con fasto y adornados con el relumbre del oro. Sonreían y en todo momento se mostraron amables. Con finura y gestos gentiles, nos hicieron pasar a un aposento amplio, inundado por una luz vaporosa; las paredes estaban estucadas y los techos eran altísimos. Al fondo, un corredor flanqueado por balaustres abrigaba los divanes donde nos fueron acomodando, frente a un cortinaje de seda verde que ocultaba el lugar donde, según me dijo Crisorroas, haría su aparición el califa.

Nos sentamos. Estábamos impacientes, pero nuestros labios permanecían sellados. Solo de vez en cuando mi primo y yo intercambiábamos miradas cargadas de turbación, de soslayo; porque apenas nos atrevíamos a movernos ante la abrumadora realidad de aquel salón, su fasto y su grandeza.

Pasado un largo rato, la cortina verde subió enrollándose sobre sí misma. Y aparecieron los parientes del califa, sus hijos y los servidores privados, todos con ricos atavíos. Luego, un estadio más abajo, fueron situándose en orden los alfaquíes y escribientes. Un chambelán grandioso, en cuya abultada barriga resonaban sus palabras, fue presentando a unos y otros, sin prisas.

Después una voz grave ordenó en lengua árabe:

—¡En pie!

Nos alzamos, comprendiendo que el momento esperado había llegado, y vimos que una segunda cortina se descorría detrás de las anteriores, negra esta vez.

Apareció el califa vestido de brocado, sentado en un trono alto, bajo un dosel encarnado.

—¡Alá es grande! —exclamó un pregonero—. ¡Y grande es su profeta Mahoma! ¡Grande es nuestro dueño y jefe Al-Walid ibn Abd al-Malik! ¡Grande es el excelso comendador de Alá, descendiente del profeta, príncipe de los creyentes!

Estábamos a unos treinta pasos de él y se le veía muy bien. El califa era de gran estatura, robusto; al menos eso me parecía bajo el ampuloso ropaje. Su tez era oscura; los ojos profundos; la barba y el bigote de pelo negro, brillante, como igualmente sería el cabello que ocultaba el voluminoso turbante.

A continuación, la recepción transcurrió según lo previsto. Los embajadores y dignatarios entregaron los obsequios: arcas de marfil, cajas de plata, joyas, pieles, vestidos. Todo lo recibió el califa con distancia e indiferencia. Únicamente sonrió y se complació por un precioso manto de armiño traído de algún país del frío Norte. Luego hubo alocuciones, cumplidos y largas frases de cortesía. El majestuoso príncipe permanecía grave y silente, mirando con sus agudos ojos.

Cuando le llegó la hora de intervenir a mi primo para hacer el cobro de los impuestos, se puso en pie, se postró primero ante Walid y a continuación avanzó con sus asistentes hacia el centro de la estancia para contar y pesar las monedas. En todo momento estuvo templado, prudente, haciendo sus anotaciones y dándole cuenta de todo al gran mayordomo. Y así pasaron algunas horas, que se me hicieron eternas, a la espera del momento en que debía presentarme ante el califa.

Y cuando parecía que todo iba llegando a su término, uno de los chambelanes se acercó a mí con gesto adusto para decirme en un susurro:

—Ve a echarte a los pies del comendador de Alá.

Temblando, me levanté y avancé inclinado hasta el estrado. Me arrojé de bruces delante del califa y dije:

—Quiero servirte, amo mío. Alá es grande y grande es su profeta.

—Anda, muchacho, ven aquí —dijo él.

Alcé la cabeza, evitando mirarle directamente a los ojos, tal y como me había instruido Crisorroas. Y de esta manera, de reojo, vi que alargaba hacia mí la mano izquierda. Me aproximé caminando sobre las rodillas y se la besé. Detrás de mí estaba mi primo, que explicó:

—Señor mío, este es mi joven hermano. Os servirá como siempre hizo nuestra familia.

Arrugado sobre mí mismo, me fui retirando sin darle la espalda, hasta volver a situarme en mi asiento. Y desde allí, vi a otros jóvenes que acudían a buscar su propio momento, como yo acababa de hacer.

Un poco después, la recepción concluyó. El califa se retiró y quedaron corridos los cortinajes. Entonces se formó el revuelo que dio paso al relajo y la informalidad. Los presentes se levantaron de sus asientos y se mezclaron confusamente en la estancia. Los ministros y alfaquíes se saludaban, con ardiente interés en los rostros, intercambiando abrazos y parabienes. Sonreía Crisorroas, satisfecho, emocionado, cuando algunos se acercaron para interesarse por mí. Un ambiente de cordialidad y agradecimiento inundaba la reunión.

Entonces, se acercó a nosotros el padre de mi amigo Klémens, el curador Cromacio, hombre que, aun siendo anciano y cojo, conservaba una gran dignidad de presencia. Aprecié en él la tristeza porque su primogénito había partido con el ejército hacia Egipto.

Clavando en mí su mirada dolorida, le dijo a mi primo:

—El joven es digno representante de la sangre de los Banu Sarjun al-Taghlibi. Cuanto más le miro, no obstante su juventud, veo en él la dignidad y la figura hermosa del viejo Mansur ibn Sarjun al-Taghlibi, vuestro abuelo.

Luego se dirigió a mí:

—Ya hubiera querido yo tener hoy aquí a mi amado hijo Klémens. Él no quiso ingresar en la cancillería... Lo intenté. Pero él consideraba esta vida aburrida. Y yo le comprendo: los jóvenes quieren aventuras. También fui joven y sentí que el ejército me llamaba. Pero entonces era diferente... A los cristianos nos dejaban conservar nuestra religión. No me importa que mi hijo sea militar, ¡cómo va a importarme! Lo que me duele es que haya apostatado...

—Klémens siempre seguirá siendo cristiano dentro de su alma... —contesté.

—Humm... Sí, pero no será lo mismo... Siempre sufrirá por tener que fingir. Eso es una gran desgracia.

14

El aburrimiento amilana la senectud y corrompe la juventud. He leído muchas veces esa sentencia, escrita en una lápida pequeña, escondida en un perdido rincón junto a la vereda que discurre entre los setos de una fragosa pendiente del Aventino. Cuando me topé por primera vez con ella, pensé inevitablemente en aquello que los romanos antiguos llamaron el *taedium vitae*, tan propio de los patricios de entonces, esos hombres y mujeres delicados que vivían en la abundancia y el lujo, sin más problemas que el paso tranquilo de la existencia; sin tener que hacer frente a ninguna adversidad, ninguna inquietud; sin mayor ajetreo que el circo, los banquetes, las reuniones con los amigos, las fiestas, la contemplación del arte, las charlas, los paseos y el empalago de no hacer nada... No obstante, «tedio» resulta para los moralizadores clásicos una palabra espantosa y justamente aborrecida. ¿Cuántos remedios no habrá inventado el ser humano para combatirlo? Séneca lo definió como una «náusea», y los primeros cristianos lo denominaron «acidia», que acabó derivando en el pecado de pereza. Aparte de ese tedio fundamental, al que la antigua medicina llamaba hipocondría, hay otras clases de ese tipo de mal generadas por circunstancias especiales de la vida y que, en consecuencia, tienen una existencia pasajera: desaparecen con la causa que les dio origen. En su largo poema didáctico *Dē rērum natūra*, «Sobre la naturaleza de las cosas», Lucrecio arguye que los hombres se hunden en el *fastidium* por un terror infundado, pueril, a la muerte, y por ignorar una filosofía que les pueda proporcionar serenidad; por eso aconseja el sabio emplearse en comprender que el ciclo que cierran la vida y la muerte es algo natural, que no debe infundir temor. Ya que, por más que trate de huir a causa de sus miedos, el fastidiado no encontrará remedio a su mal. Donde quiera que vaya, todo se parecerá a todo. Por aquello de *nihil novi*: no hay nada nuevo. El que huye lleva consigo su ser…

Klémens en realidad había huido. Más tarde llegué a comprenderlo por pura lógica. Yo, en cambio, al ingresar en la cancillería, aunque había alcanzado lo que muchos deseaban, en realidad seguía preso.

Empezaba mi época oscura. Así le llamo al período que transcurrió desde que ingresé como escribiente en el palacio. Aunque, a decir verdad, en un primer momento todo resultaba para mí tan nuevo, tan desconocido, que apenas me percataba de cuanto sucedía a mi alrededor. Pero, cuando empecé a darme cuenta de que aquel oficio era una pura rutina, el tiempo pasaba ya de manera extraña, como si cada día fuese siempre el mismo día y cada jornada de trabajo la misma jornada.

En las oficinas trabajábamos más de quinientos funcionarios. En sustancia, según me fui enterando, continuaba la tradición de los consejos, como en los tiempos de Bizancio, cuando mis antepasados ya desempeñaban allí sus funciones. Aunque los consejeros iban adquiriendo cada vez mayor ascendencia árabe tribal. No solo el califa se rodeaba de ellos, sino también los jefes territoriales de las diversas provincias. En su reinado Muawiya creó dos consejos, que le ayudaban en la centralización del califato: el Diwan alKhatam, al que vengo denominando «cancillería», y el Barido, «servicio de mensajeros», que traía y llevaba las comunicaciones oficiales dentro del califato. Mi labor era tan sencilla como aburrida: inscribir la anotación en los cuadernos de registro, con detalle, fecha y especificación, cada vez que se hacía uso del sello de la tesorería que administraba mi primo Joannis Crisorroas. Porque, antes de ser sellado y expedido, todo documento debía ser registrado por escribanos especializados, tanto en un *diwan* como en el otro. Aquellos registros servían para el control de los derechos del sello, devengados por la expedición de los pliegos, licencias, cartas y demás cuestiones encargadas a los oficiales. Ya desde la gobernación de Bizancio, a estos sellos se los llamaba *sphragis*, en griego, y también *boulla*, por la antigua palabra latina que designaba un objeto metálico redondeado y macizo, para hacer referencia al utensilio de oro, plata o plomo, según su importancia, que se usaba para sellar. Como se comprenderá, esta rutinaria práctica requería únicamente atención y probidad, pues de ella dependía el que hubiera concordancia entre los ingresos reales y los registros, que era la gran responsabilidad que recaía sobre el cargo de mi primo. Y por eso él me advirtió desde un primer momento de la necesidad de ser veraz. Pero, para mí, aquella tarea resultó decepcionante. No sé qué me había imaginado sobre lo que era trabajar en la cancillería.

Durante aquellos primeros días, Crisorroas me contó

muchísimas cosas. Aunque no fue en las dependencias del palacio, donde habitualmente estábamos en silencio, sino más tarde, mientras regresábamos a casa; en parte por pasar el tiempo, supongo, en parte para exponer a su manera las razones por las que en un principio se había resistido a llevarme al oficio. Me dijo que, en los tiempos que siguieron a la muerte de Muawiya, su padre sufrió mucho. Cada domingo, después de la misa, se sentaba bajo la palmera del jardín y lloraba amargado después de rezar. El viejo se lamentaba porque las iglesias estaban casi vacías y porque empezaba a ver que casi todos los feligreses eran viudas y huérfanos. La comunidad cristiana de Bab Tuma estaba ya en decadencia. Las tumbas que rodeaban la antigua basílica de Santis Joannes se veían abandonadas y una nube de pesadumbre envolvía la vida de los cristianos de Damasco. A partir de entonces nada iba a ser ya igual. A pesar de ello, todavía los obispos y los presbíteros predicaban cada domingo sobre la justicia divina manifestada en todas las cosas. Aquello desgarraba su corazón y hacía suspirar a las viejas. No lo soportaba.

Después de contarme estas cosas y otras semejantes, mi primo me aleccionaba sobre la necesidad de ser fuertes y no perder jamás la confianza. Cierto es que él alcanzaba, con fe, a ver más allá… Pero, para quien todavía no había cumplido los veinte años, resultaba difícil sustraerse a un cierto deseo de rebeldía, cuando no de duda e incredulidad.

En cierta ocasión, reuní el valor necesario para preguntarle si nuestros abuelos habían llegado alguna vez a considerar la posibilidad de levantarse contra los sarracenos. Él me miró con una expresión extraña, lo cual me convenció de que, efectivamente, desde el Pacto de Omar habían permanecido sumisos como ovejas. Eso y el hecho de que en un rincón de nuestra casa estuviera colgado un retrato funerario de mi abuelo Mansur ibn Sarjun al-Taghlibi, pintado en su vejez. La pintura antigua mostraba a un anciano de barba puntiaguda, con una mirada lánguida y resignada; nada en él ayudaba a imaginar que por sus venas corría la sangre de la arcaica y guerrera raza de los hombres del gran Alejandro.

15

En la cancillería había secretos y confusos asuntos que no estaban a mi alcance. Yo sufría muchísimo por ser tan joven, sospechaba que existían conspiraciones y afrentas en mi contra por doquier. Estaba deseando que me crecieran más la barba y el bigote, porque nadie me veía como un funcionario ya hecho, maduro y serio, sino como un torpe y bisoño aprendiz. De todas formas, soportaba en mi trabajo una permanente humillación. Por una parte, tenía sentimientos agradecidos hacia mi primo Crisorroas y, por otra, se había desarrollado en mí un rechazo contra un estado que me resultaba tan difícil como si de un día para otro me hubiesen obligado a vivir en el infierno. Sencillamente, no estaba preparado para esa arriesgada labor diaria, entre hombres suspicaces, reticentes y permanentemente acostumbrados a evasivas y disimulos. Me sentí molesto desde el primer día de mi entrada allí; percibí al instante que desconfiaban de mí. No sé qué me había figurado ni qué quería en realidad. Bueno, deseaba que los parientes y los conocidos me considerasen un hombre asentado, pero al mismo tiempo sospechaba que ese estado artificial no duraría mucho tiempo, que se acabaría pronto, que era todo provisional y que no me iba a pasar el resto de mi vida en esos despachos. No sé si mi primo se daba cuenta entonces de mi esfuerzo desesperado, si me veía. Creo que sí. Era él mucho más sesudo que yo en cuestiones humanas, juzgaba mucho mejor a la gente…

Cada día que pasaba yo estaba más rabioso. Sería por el desprecio de los funcionarios, por la rutina o porque la vida pasaba por delante de mí como algo turbio e insoportable. Aunque quizá esa explicación la he buscado yo mismo *a posteriori*. Pero también había cosas inexplicables. En mi fuero más íntimo me atormentaba el recuerdo de alguna humillación antigua e insoportable, algo que ni yo mismo era capaz de identificar. Cuando eso me pasaba, la vergüenza me oprimía el pecho y la garganta, me sofocaba, me asfixiaba; y casi me vencía. Pero lo peor de todo era la sensación de recordar algo indescifrable; algo que estaba ahí, pero que, por algún motivo, nunca comprendí. ¿De dónde procedía esa especie de vergüenza? No lo sabía…

La única persona con la que llegué a identificarme algo en la cancillería fue con el padre de Klémens. Sería porque el viejo militar, triste y vencido por sus achaques, llegó a estimarme sinceramente, tal vez por el recuerdo de su hijo. De vez en cuando se acercaba a mí y me decía:

—Muchacho, esto es un asco. Un verdadero asco… Somos hombres libres, mas vivimos como esclavos…

Entonces, me parecía que era capaz de leer en mi alma. Pero ahora creo que es más acertado reconocer en él a un anciano amargado. Y a medida que le trataba, me daba cuenta de los verdaderos motivos que tuvo Klémens para irse al ejército: su padre era el mejor ejemplo que representaba a la casta cristiana bizantina, segregada y humillada por los opresores agarenos. Seguramente, mi secreta e íntima vergüenza tenía mucho que ver con ese sentimiento.

Cromacio era curador, noble y rancio oficio heredado de Bizancio, pero que ahora apenas servía para nada. En la época de Heraclio, muchos de los títulos romanos estaban ya anticuados; y con la llegada de los árabes, en tiempos de Omar, la mayoría de los cargos eran nuevos o habían cambiado radicalmente de sentido y función, pero se mantuvieron con sus nombres latinos y griegos hasta el reinado de Abd al-Malik. Al padre de Klémens se le mantenía en el *diwan* porque tenía grandes conocimientos del ejército bizantino, el principal enemigo del califato. Él leía con meticulosidad los informes de los generales, traducía e interpretaba las cartas que llegaban desde Constantinopla y asesoraba en algunos asuntos militares que tenían que ver con las fronteras del Imperio. Quizá fuera este el principal motivo por el que estaba tan desencantado: se enteraba de muchas cosas, demasiadas, que le tenían permanentemente enervado. Para él, todo se hacía mal en los ejércitos del califa; y no podía hacer otra cosa que estar al corriente y cerrar la boca.

Pero a mí, en privado, me lo contaba todo y no dudaba en manifestarme sus opiniones. Por él supe que Siria pagaba con puntualidad tributos al emperador de los romanos y los griegos. Eso era un gran secreto que se guardaba celosamente en la cancillería. Solo lo conocían los más altos funcionarios, y sus vidas corrían grave peligro si de alguna manera se les ocurría revelarlo. ¿Por qué me lo dijo a mí? Yo entonces no lo supe. Aunque más adelante comprendería la razón.

El caso es que Cromacio me invitó a comer a su residencia, que era uno más de los avejentados y destartalados palacios de Bab Tuma. Me trató con mucho cariño, como solía hacer en la cancillería. Y me contó que Klémens se hallaba lejos, en las fronteras que hay más allá de Egipto, donde los ejércitos del califa aguardaban el momento para enfrentarse a los bizantinos en Cartago. Luego me manifestó la esperanza que tenía en que su hijo pudiera regresar un día a Siria.

—Si vencen los romanos, las cosas van a cambiar mucho… —dijo enigmáticamente—. La armada bizantina tiene nuevamente el poder en el Mediterráneo. Desde la batalla de Sebastópolis los califas pagan tributo al emperador de los romanos y los griegos. Los generales de los ejércitos de Siria no han vuelto a atreverse a ir contra Constantinopla… Temen al fuego griego…

—¿Qué es eso del fuego griego? He oído hablar de él, pero nadie ha sido capaz de decirme en qué consiste.

—Porque nadie sabe en realidad de qué se trata y cómo se logran con él una serie de explosiones y fuegos infernales capaces de incendiar desde la distancia una flota entera. En la historia de los ejércitos ningún arma fue tan misteriosa y trajo tantas victorias a sus poseedores como ese maldito fuego griego. Según dicen los que lo han visto, arde hasta debajo del agua… En un principio, esa sustancia misteriosa es arrojada desde las embarcaciones bizantinas hacia el área donde se encuentran los navíos enemigos; y basta una flecha en llamas para que el área se convierta en un ardiente infierno, tanto los barcos como la superficie misma del agua. No hay flota enemiga que pueda soportar un ataque con algo tan temible. Y le otorga tal ventaja al Imperio de los romanos y griegos que lo mantiene con el mayor de los secretos…

Después me contó que, en tiempos del califa Moawiya, la flota árabe atacó Constantinopla por mar, sometiendo la ciudad a un prolongado y duro asedio. Él estuvo allí y participó como oficial en el ejército sitiador. Pero cuatro años después los bizantinos lograron rechazar el cerco árabe en la batalla de Syllaeum, tras emplear el fuego griego. Ese mismo año los mardaitas se aliaron con el emperador de Bizancio, y tras unirse a ellos un gran número de esclavos huidos, prisioneros, y gente cristiana de todas clases, opusieron tal resistencia a los árabes que obligaron a Moawiya a firmar un tratado de paz con el emperador Constantino IV, con unas condiciones muy desfavorables para el primero, pero que aseguraba la paz durante treinta años. Los términos de esta tregua obligaron a los árabes a evacuar las islas que habían tomado en el mar Egeo y al pago de un tributo anual al emperador bizantino, consistente en cincuenta prisioneros, cincuenta caballos y tres mil *nomismata* (monedas de oro de gran valor). Los mardaitas (nombre siríaco que significa «rebeldes») eran un grupo de cristianos cuyos territorios, en la frontera del califato con Bizancio, se extendían desde los montes Amanus, que separaban Cilicia de Siria, hasta la «ciudad sagrada», Jerusalén. Formaban un muro que protegía Asia Menor de las invasiones árabes. Después de la derrota del ejército califal, los mardaitas invadieron el Líbano. Muchos esclavos, prisioneros y nativos huyeron hacia allí, de modo que en poco tiempo había muchos miles de rebeldes en las montañas. Cuando Moawiya y sus asesores vieron esto, decidió enviar embajadores a Constantino IV y pagar sin demora el tributo.

Abd al-Malik subió al trono califal en el mismo año en que Justiniano II era proclamado emperador de Bizancio. Las tropas mardaitas volvieron a asaltar Siria, consiguiendo avanzar de nuevo hasta el Líbano, lo que suponía una grave amenaza para el control árabe en la región. El califa se vio obligado entonces a firmar un nuevo tratado con el emperador para mantener la paz, y al pago de un nuevo tributo: mil *nomismata*, un caballo y un esclavo cada día.

—Hasta el día de hoy, ese tributo se sigue pagando —dijo Cromacio, bajando con cautela la voz, a pesar de que estábamos solos y en su casa—. El califa Walid lo paga cada año, por miedo a que los rebeldes mardaitas de los montes del Líbano vuelvan a levantarse en armas si no cumpliera el pacto que hizo su padre. Aunque eso lo mantienen en secreto sus funcionarios. Nadie puede siquiera hablar de ello. Está prohibido nombrar a los mardaitas, y si alguien lo hace es reo de muerte.

Después de contarme todo aquello, Cromacio me advirtió muy severamente de que no debía compartirlo con nadie, y mucho menos decir que había sido él quien me lo había revelado. Incluso me obligó a jurarlo poniendo mi mano sobre la Santa Cruz.

Y antes de que me despidiera de él para regresar a mi casa, me dijo con mucha solemnidad:

—Eres aún muy joven. Pero no por eso has de vivir en la ignorancia. Yo a mi hijo le he contado siempre todo... Parte de la desgracia en que vivimos los cristianos es consecuencia del miedo a llamar a las cosas por su nombre; y de esa dichosa manía que tenemos los viejos de ocultarlo todo, incluso el pasado. Lo cual es tal vez porque nos avergonzamos de todo...

Salí de allí y me encaminé por la calle principal de Bab Tuma meditando en lo que me había dicho. Llevaba una sensación extraña; una vez más me debatía entre la rabia y la confusión. Me pregunté por qué motivo Crisorroas nunca me había hablado de todo eso. Pero no podía preguntarle nada, porque había hecho un juramento.

16

Joannis Crisorroas no se parecía en nada a esos cascarrabias que habían envejecido entregando su vida a la cancillería. Por el contrario, había en él una templanza y una resignación hechas de pura fe. No era así en el resto de los funcionarios, sobre todo en los más ancianos, quienes parecían solo querer que el breve plazo que les quedaba de vida fuera una repetición de los años que dejaban atrás. Se enfurecían y se sulfuraban enseguida por cualquier causa y protestaban constantemente.

Llegué a pensar que esa clase de vida, entre cuentas y pergaminos, acababa agriando el alma de los hombres con el tiempo. Sería porque allí reinaba la envidia y todo se hacía en medio de la tensión provocada por la amenaza de los dardos de las críticas.

Hubo días que regresé deshecho a nuestra casa, desalentado por haber tenido que soportar durante horas aquellas miradas tercas, la intransigencia y el desprecio con que era tratado por el simple hecho de ser aprendiz. Entonces me quejaba con amargura y no ocultaba mi rabia delante de mi primo. Pero él, que a menudo era testigo de los desprecios que me hacían, en vez de defenderme de ellos, aprovechaba aquellas ocasiones para sermonearme sobre la necesidad de ejercitar la humildad y la paciencia en toda ocasión. ¡Qué difícil me resultaba seguir esos consejos! A mi edad, estaba más escaso de afecto que de recomendaciones.

Y ese aprecio que tanto creía necesitar finalmente vino a mí de una manera un tanto extraña.

En la sección correspondiente a las provincias asiáticas, en el departamento de los territorios, mandaba un oficial anciano de origen persa. Tenía uno de esos nombres raros orientales, con numerosos títulos y prefijos, por lo que abreviadamente le llamábamos el señor Farganes. Era un hombre del interior, seco, oscuro y antiguo como su vieja raza. Solo tenía un ojo. Decían que el otro lo perdió por ser demasiado curioso, cuando siendo mozalbete servía de paje en el palacio del gran mayordomo del califa y se aficionó a mirar a hurtadillas por los agujeros de las cerraduras. Percatado de su vicio, uno de los chambelanes eunucos le clavó una aguja desde el otro lado. Aunque es posible que esa historia fuera un bulo más, de los muchos que circulaban por aquella cancillería pérfida, donde los únicos entretenimientos eran la envidia, el chismorreo y la insidia. El caso es que, ya fuera por naturaleza o quizá por ser tuerto, el viejo tenía un genio insufrible. Todo el mundo le temía. Su único ojo parecía estar permanentemente encendido de furor, como un vigilante que no descansa atosigado por la ansiedad de la sospecha y el celo. Y a mí (no llegué a saber por qué motivo) me rondaba con especial atención, como si estuviera deseando verme cometer algún fallo. Su presencia, casi siempre próxima, me dejaba sin aliento; me impedía trabajar con soltura, me obligaba a ser patoso.

Con frecuencia se amontonaban las tareas. Sobre todo cuando se publicaban leyes o se emitían fetuas que debían ser llevadas por los correos hasta los últimos rincones del califato. Había que cortar los pergaminos con las diferentes medidas según la importancia del destinatario, copiar las fórmulas y sellar cada documento. Luego todo se revisaba con cuidado, se ordenaba y se daba traslado desde el Diwan alKhatam hasta el Barido.

En cierta ocasión, los ministros del califa publicaron un edicto con motivo de la celebración de las bodas de uno de los hijos del califa. Había prisa para enviar las cartas, porque era invierno y se pretendía que todos los territorios sometidos despachasen cuanto antes sus regalos. Durante tres semanas estuvimos trabajando sin descanso. Era pues normal que se cometieran errores. Y como el viejo Farganes se empeñaba en estar pendiente de todo, su temperamento de por sí agriado se endemonió de tal manera que, en vez de dirigir con tino, entorpecía con sus constantes gritos, idas, venidas y pataleos.

Yo me encargaba de derretir el lacre e irlo derramando cuidadosamente cada vez que alguien necesitaba plasmar un sello. Como eran muchas cartas y cada una de un tamaño, más de una vez me equivoqué y el viejo Farganes me propinó algún que otro pescozón. Aguanté porque a eso estaba más o menos acostumbrado. Pero mi poca paciencia acabó de esfumarse cuando se puso a mi lado sin parar de agitar sus manos secas y larguiruchas. Me gritaba constantemente junto a la oreja:

—¡Ahí no! ¡Idiota! ¡Ahí! ¡Deprisa!

Así que, con los nervios, cuando él tenía puesto su dedo sarmentoso señalando sobre el pergamino, le derramé sin querer el lacre ardiendo en la uña. Su ojo de fuego me traspasó. Luego me abofeteó y vomitó sobre mí una sarta de improperios en persa.

No sé lo que hubiera sucedido si en aquel instante yo hubiera obedecido al ciego impulso que pasó por mi mente: arrojarle a la cara el lacre derretido. Pero, gracias a Dios, quedé de momento como petrificado, mientras que alguien, compasivamente, tal vez adivinando mis pensamientos, se interpuso entre el viejo y yo.

Ese alguien después me sacó de allí y me llevó a su casa para consolarme de manera comprensiva. Era el jefe de las caballerizas del califa, llamado Hesiquio Cromanes, que era hermano del curador Cromacio y, por lo tanto, tío de Klémens.

Sería por el despecho y la rabia que aquella noche, por primera vez en mi vida, me dejé llevar por el vino hasta el punto de perder el conocimiento…

17

A la mañana siguiente, después de haber dormido durante toda la noche, desperté de repente desnudo y aturdido en una cama extraña. Me levanté antes del alba y caminé atolondrado, tanteando las paredes en plena oscuridad, con torpeza y cautela, buscando el camino hasta la puerta de aquella estancia, como si temiera que la más mínima luz me devolviera a la realidad de tener que encontrarme en una casa desconocida. Sentía la boca seca y un dolor agudo en las sienes. Era una sensación nueva para mí. Antes de salir, me envolví con la capa. Entreabrí luego la puerta y me asomé, encontrando en el exterior una penumbra mezclada con los primeros y débiles rayos de luz que atravesaban los huecos de una celosía. A esa hora temprana, se oían lejanamente los sonidos de las ruedas de los carros, el golpeteo de los cascos de los borricos, las toses de los madrugadores y alguna que otra voz suelta en los callejones. Antes de que el ajetreo fuera en aumento, salí y caminé con pasos ligeros envuelto por la oscuridad de un corredor. Entonces vi la silueta indefinida de alguien al final. Me sobresalté y retrocedí perplejo para ocultarme tras un cortinaje. Pasado el peligro, me aventuré de nuevo por el caótico entramado de pasillos y salas, avanzando cada vez más apresuradamente, temiendo la inminente salida del sol. Resoplando con cuidado, llegué al extremo de un patio y me detuve delante de una puerta antigua de bronce que permanecía cerrada. Sentía dolor y vergüenza al mismo tiempo, al pensar en el trastorno y la preocupación que estarían sufriendo mi madre y mi primo Crisorroas porque yo hubiera tenido que pasar la noche fuera de casa. Pero, sobre todo, me hallaba embrollado al descubrir que en mi memoria había vacíos e imágenes vagas de lo sucedido la tarde anterior. El sabor del dulce vino todavía impregnaba mis labios. Empezaba a reconocer, aunque confusamente, que me había emborrachado por primera vez.

La puerta se abrió empujada desde su otro lado y apareció ante mí un esclavo eunuco, grande, de piel cetrina y ojos rasgados, que se sobresaltó al verme allí y soltó un «¡Ay!». Aunque enseguida reparó en que me hallaba yo aún más cohibido que él y se echó a reír, añadiendo afectadamente:

—¡Demonios, qué susto nos hemos llevado! ¿Buscas a mi amo?

No respondí y tuvo que insistir durante un rato, alterado, esforzándose para sonreír:

—¿Puedo hacer algo por ti? ¿Buscas a mi amo Hesiquio?

Como yo no contestaba, acabó diciendo con resignación:

—Bueno, allá tú... Yo tengo cosas que hacer. Si atraviesas esta puerta, encontrarás los jardines. Por aquí no se puede salir a la calle. Todo el palacio está rodeado por altos muros. Si lo deseas, te conduciré a las dependencias de los amos. Eres su invitado y ellos querrán asistirte como es debido.

Aunque... En fin, por lo que veo, lo mejor será que tomes antes un baño.

No resultaba difícil percatarse de que aquel eunuco era de toda confianza en la casa, y que él mismo era consciente de ello, por lo que en su actitud había un poco de esa impertinencia propia de los criados que saben que son queridos y que todo se les perdonará. Y eso, unido a mi dolor de cabeza, hizo que me sintiera aún más incómodo. Así que me quedé allí plantado, mirándole sin saber qué hacer. Entonces él, con mayor descaro si cabía, añadió:

—¡Vamos, sígueme! Se te pasarán esos efluvios del vino que todavía te tienen atontado.

En mi estado de aturdimiento, no fui capaz de resistirme a la autoridad insolente del eunuco. Le seguí por un corredor y después descendimos los peldaños de una empinada escalera que se precipitaba bajo la penumbra de unas bóvedas saturadas de vapores. Apenas se veía, hasta que apareció entre el vaho una pileta llena de agua, en la que estaban sumergidos hasta el cuello los cuerpos grandes, blancos y fofos de Hesiquio Cromanes y su esposa Tindaria Karimya.

Entonces el criado, de un tirón, me quitó la capa que me envolvía, dejándome tan desnudo como vine a este mundo. Luego, con suaves empujones, me hizo introducirme en la piscina. El agua estaba caliente y me resultó muy agradable. Mis anfitriones me miraban sin decir nada, sonrientes, amigables y enternecidos.

Al descubrirlos allí, adormilados, desmadejados, brotaron en mi mente los recuerdos de lo que había sucedido la noche anterior, cuando Hesiquio me sacó de la cancillería después de que el viejo Farganes me hubiera abofeteado. Entré en aquella casa estando todavía aturdido, rabioso e incapaz de abrir la boca para hablar. Por el camino, Hesiquio no había parado de decirme:

—Ese maldito viejo loco se cree que es el dueño del *diwan*. ¡Mira que ponerte la mano encima! Ganas me han dado de arrancarle de un tirón su asquerosa barba de chivo. Alguien debería hablarle al califa de ese condenado y añejo persa. Sí, habría que decirle al califa que no le conviene mantener ya en su servicio a esa orgullosa e histérica casta oriental.

Me consolaba mucho que Hesiquio se solidarizara conmigo de aquella manera, haciendo suya mi ira. A fin de cuentas, yo apenas le conocía. De él sabía solo que su familia y la mía conservaban desde inmemoriales tiempos lazos de amistad y colaboración, y que incluso había habido matrimonios antiguos que unieron nuestras sangres. También él se había criado en Bab Tuma, en una casa muy cercana a la nuestra, dos esquinas más abajo en dirección a la basílica de Santis Joannes. Quizá por eso, al llegar al umbral de su palacio, antes de entrar, me abrazó cariñosamente y me dijo al oído:

—Tu abuelo, el sapientísimo Mansur ibn Sarjun al-Taghlibi, ha debido de removerse en su santa tumba, como si en su propia cara hubiera recibido la bofetada que te propinó ese viejo y asqueroso persa. Pero, muchacho, no sufras por ello, aquí me tienes a mí para reparar el agravio con todo el cariño que pueda darte.

Esas palabras, dichas con apariencia de franqueza, me dieron mucha seguridad en un momento de tanto dolor y confusión. Pero todavía no podía yo imaginar siquiera que en mi vida de joven atolondrado estaban a punto de entrar unas personas que iban a significar mucho. O mejor será decir que era yo quien iba a entrar en la vida de esas personas.

La residencia de Hesiquio Cromanes estaba en las traseras del palacio del califa. Se accedía a la puerta principal por unos jardines, siguiendo un camino ancho flanqueado por oscuros cipreses. En los tiempos de Bizancio, en aquel lugar se hallaba la fortaleza del exarca; de ella todavía permanecían en pie los altos muros de más de tres siglos de antigüedad, con algunas columnas de mármol. El nuevo edificio era un caserón grandioso, cuyo interior estaba dispuesto a la manera de las viviendas de los árabes, sin apenas ventanas hacia fuera, con dos patios, un huerto y las estancias de las mujeres en la parte trasera. A decir verdad, aun siendo aquella una familia cristiana, hacían una vida casi en todo semejante a la de sus vecinos agarenos. Incluso tenían baños subterráneos, donde acudían cada día a asearse, y eran muy aficionados a las esencias, perfumes y aromas de todo tipo, tan fuertes que a veces resultaban mareantes. También quemaban romero, incienso y otras hierbas olorosas en los patios a media tarde, lo cual, unido a los guisos especiados, saturaba el aire exterior. Los ropajes que usaba Hesiquio, en cambio, eran a guisa de bizantinos, muy coloridos, largos y anchos, con caídas y pliegues estudiados, broches, bordados y aderezos de gemas y laminillas doradas. Vestido de esa manera, tenía él una estampa poderosa. Debió de ser en su juventud un hombre muy fuerte, musculoso, pero ahora destacaba en su cuerpo sobre todo la gran barriga, aparatosa, que parecía precederle cubierta de brillante seda, sobre la cual oscilaba un medallón de oro. En su cara, no obstante una inicial franqueza natural, aparecían de vez en cuando rictus recónditos; y en los ojos con frecuencia le brotaba un brillo melancólico. Lucía una barba larga y espesa, que se acariciaba melifluamente, haciendo relucir entre ella los preciosos anillos de su mano derecha.

Desde que atravesamos el umbral de su casa, me trató con mucha deferencia y ceremonia en el recibimiento. Los criados trajeron una jofaina, un jarro con agua y una toalla de hilo fino. El propio Hesiquio se postró a mis pies y me los estuvo lavando al modo antiguo, y me ofreció luego con cortesía sus posesiones y esclavos mientras estuviera allí. El jefe de su servidumbre era un anciano solemne, consumido y terroso, de ojos oscuros y barba gris, con rasgos singularmente vagos. Puesto también de hinojos delante de mí, dijo con voz grave:

—Conocí a tu abuelo, señor… Un hombre cristiano, justo y bondadoso. Dios lo tenga feliz consigo y premie su rectitud y piedad, virtudes propias de aquellos tiempos de nuestros antepasados, antes de la ruina del Imperio cristiano… ¡Bienvenida la sangre de Sarjun!

Ser tratado así, y oír ensalzar una vez más de manera tan respetuosa mi linaje, me conmovió. Hesiquio lo advirtió, se alzó de su postración, me abrazó de nuevo y me cubrió de besos. Entonces me eché a llorar como un crío, sintiendo, como nunca hasta ese instante, nostalgia y añoranza de una época que no había conocido.

En ese momento apareció Tindaria Karimya, la esposa, una mujerona casi tan alta como su marido, de ojos oscuros, chispeantes, expresión intensa y una espesa melena, negra, brillante y rizada, que le caía hasta las caderas como una cascada. También ella se postró con reverencia ritual ante mí. Y tras alzarse, mirándome vivamente de arriba abajo, dijo con vehemencia:

—Tan hermoso como podía esperarse de tu casta. Mi esposo me había hablado de tus cabellos rubios, pero… ¡cómo imaginar que serían oro puro! ¡Esos ojos azules son un pedazo del mar que hay más allá del Líbano!

Me ruboricé, no solo por el piropo, sino por la manera en que vino hacia mí, me tomó las manos y luego me abrazó vigorosamente. Sus fogosos labios se posaban en mi cuello y mis sienes, y todo su cuerpo exhalaba un perfume dulzón, hechicero.

Luego ella se volvió hacia Hesiquio y le reprochó:

—¿Por qué no me avisaste? Si me hubieras dicho que ibas a traer al nieto de Sarjun, habría estado prevenida.

—Anda, mujer —replicó él—. ¡Cómo se te ocurre decir eso! En esta casa siempre estamos prevenidos.

Tindaria soltó una sonora carcajada. Me echó su brazo grande por encima de los hombros y me condujo hacia el interior, regalándome algunos besos más por el camino, como si me conociera de toda la vida.

Nada encontré en aquella vivienda que me resultase familiar. Era diferente a lo que siempre había visto en el viejo palacio de mis antepasados. Pero pensé que tal vez hubo un tiempo en que los míos vivieron con un lujo semejante. Las paredes estaban revestidas con telas púrpuras y adamascadas, y las alfombras cubrían completamente el suelo; había lámparas de bronce, estatuillas de plata, grandes vasijas doradas y columnas de alabastro. Todo resultaba suntuoso, impresionante. Entramos en el salón donde esperaba dispuesta la mesa para la cena, con mantel, platos y divanes alineados alrededor. Los ventanales, abiertos de par en par, dejaban ver el misterioso jardín. Menguaba la luz de la tarde. Un joven esclavo entró sigilosamente y se puso a encender todas las velas y lamparillas de aceite. Un instante después, las llamas y espejuelos dieron un nuevo aspecto a la estancia, haciendo resplandecer los extremos y arrancando brillos de las colgaduras.

Mis anfitriones se sentaron frente a mí. Empezaron a

beber vino y a hablar, ambos a la vez, sin darme siquiera opción a que hiciera otra cosa que prestarles atención. Entusiasmados, seguían glorificando a mis ancestros. Invocaban las décadas pasadas como si hubieran transcurrido ayer mismo. Anidaba en sus recuerdos la misma nostalgia ansiosa que en el resto de los patricios de Damasco. Sin embargo, a ellos la vida no los había tratado nada mal. Bastaba para darse cuenta con echar una ojeada a todo lo que los criados iban depositando sobre la mesa: bandejas de oro, copas de vidrio labrado, vajillas de plata y porcelana fina... La mezcla del añorado Bizancio, la decaída Persia y la exultante Arabia se hacía visible en la exhibición de objetos y adornos que saturaban hasta el último rincón del salón. Y mis ojos, que nunca antes habían estado rodeados de tanto fasto, lo observaban todo, como extasiados, mientras mi mente se quedaba absorta, endulzada por los elogios y las manifestaciones de cariño de aquel insólito matrimonio. Y así permanecí, como atontado, hasta que Tindaria, con fingido enojo, me recriminó:

—Muchacho, ¿qué demonios te pasa? ¿No comes? ¿No bebes? ¿Acaso no te gusta eso?

Ni siquiera me había fijado en que los criados habían servido ya la mesa. Entonces vi delante una gran fuente con diversas carnes asadas: pierna de chivo, tajadas de ternero, aves enteras... Todo ello dorado y humeante, aderezado con diversos adobos y acompañado por apetitosas verduras.

—¡Come, Efrén! —me instó Hesiquio—. ¡No seas tímido! —Y al mismo tiempo que me acercaba la copa, insistía—: ¡Y bebe! ¡Qué demonios! Bebe, muchacho, bebe para alegrarte y olvidar la bofetada del viejo Farganes. El dulce vino curará la herida de tu orgullo.

Y fui obediente. Tenía apetito y aquella cena exquisita

me pareció la mejor que había probado en mi vida. Así que comí en abundancia. ¡Y bebí! No es que el vino fuera algo nuevo para mí, ya que se bebía a diario en mi casa, pero demasiado rebajado con agua. En cambio, este que se servía en la mesa de Hesiquio era fuerte, aromático, puro… Penetraba en mí como un fuego encantador y sanador, hasta conseguir despertar en mi espíritu una placidez desconocida y una nueva y prodigiosa ansia de felicidad.

No puedo recordar en qué momento perdí la noción del lugar donde me hallaba y de lo que estaba sucediendo. Mi último recuerdo algo preciso es la agradable sensación que experimenté cuando la mano de Tindaria me acariciaba suavemente la nuca… Más allá de eso, todo quedó borrado. Hasta que desperté desnudo al día siguiente en una cama extraña, en aquella casa que parecía estar ideada toda ella para el placer.

18

En muchos aspectos, mi madre era extraordinariamente cuidadosa. Pobre mujer. Sería tal vez porque yo era su único hijo. Cuando por fin regresé a casa, después de haber pasado dos noches en el palacio de Hesiquio y Tindaria, al verme, rompió a llorar. Se organizó una escena que merecía verse: ella se echó de rodillas sollozando, mientras los ancianos sirvientes gritaban dando alabanzas a Dios. Y al mismo tiempo, mi primo Crisorroas permanecía hierático, demudado, vestido con un sayón tan blanco como su rostro. Todos ellos habían temido y sufrido por mi causa. ¿Cómo hacerles comprender lo que yo sentía en ese momento? Porque aquella ausencia, en cambio, la vivía como una gran bendición para mí. Y volviendo la vista atrás, a pesar de reconocer el gran disgusto que les di a los míos, sigo creyéndolo así. Hay cosas que solo suceden en esa etapa loca y desconcertante a la que llamamos pubescencia. Cosas que, si todo sigue su orden lógico, ya no te vuelven a sobrevenir. Cierto es que la vida puede llegar a convertirse en un constante sobresalto, y que permanentemente estamos obligados a tomar decisiones, a escoger el camino por el que debemos seguir, pero la manera en que un joven ve su existencia resulta única e irrepetible. Digamos que es una cuestión de energía, de una fuerza interior que no depende de ti. Es como si otra persona empezase a cobrar entidad dentro de uno, hasta llegar a apoderarse totalmente de cuanto se siente, de lo que se es, o mejor, de lo que uno creía que era.

Algo se murió desde aquella escapada: el niño. O mejor dicho, alguien lo mató intencionadamente: yo mismo. Y desde entonces todo en mi casa empezó a resultarme ajeno e insoportable. Identifico muy bien el preciso instante en que se inició ese sentimiento: el llanto y los gemidos de mi madre arrodillada a mis pies, los estertóreos aspavientos de los criados y la impávida mirada de mi primo. Experimenté una rabia y una rebeldía que eran del todo nuevas para mí. La penumbra y la tristeza del viejo caserón me causaron vergüenza. Todo allí lo veía ahora turbio y ajado: los estucos desconchados, los muebles opacos, las humedades de las paredes, la mortecina luz de las escasas lámparas… Y más que todo eso, empezaba a molestarme la insulsa conformidad de una manera de vivir. Sería porque Hesiquio y Tindaria habían sido capaces de despertar en mí el orgullo de la casta y el anonadante fulgor de la vanidad. Desde ahora, una aguijoneadora pregunta ya no me iba a dejar tranquilo: ¿cómo hemos llegado a esto? ¿No somos acaso los descendientes preclaros de la sangre griega que vino con el gran Alejandro?

Muy pronto mis nuevos amigos comenzaron a ejercer una gran atracción en mí. Al principio era un sentimiento que me resultaba contradictorio. No podía determinar con claridad la índole de la fascinación que me causaban: si se trataba de afinidad o si, por el contrario, era obra de la pura curiosidad inherente a la edad. Pero, a estas alturas de mi vida, no ocultaré que identifico los modos y los frutos propios de una verdadera seducción. Antes de que saliera de su palacio para volver con los míos, Hesiquio puso auténtico empeño en convencerme de que su esposa y él me habían cogido mucho cariño. Lo repitió delante de ella más de una vez:

—Aquí tienes tu casa. No es un cumplido. Puedes venir siempre que lo desees. A nosotros nos harás muy felices. ¿No es verdad lo que digo, Tindaria?

—Claro, mi muchacho. ¡Vuelve! Tu compañía nos es muy grata.

Y a la vez que decían estas cosas, con un tono y un sentimiento que me parecían del todo auténticos, ambos me rodeaban con sus brazos y me cubrían de besos.

El consuelo, la ternura, el cariño, todo eso que tiene tanta facilidad y tanto poder para dominar un alma todavía tierna, envolvió la mía y sembró en ella el vivo apetito de ser deseado. Lo viejo y lo nuevo, la opaca sombra de la austeridad y el resplandor dadivoso, la pobreza irrevocable y la riqueza se entrelazaron de forma fantástica en esa extraña etapa de mi vida. Y sucedió que muchas veces, durante la primavera, me hallaba en mitad de una comida, celebrada en el luminoso comedor, provisto de las numerosas ventanas que daban a los jardines y con las paredes forradas con telas de seda. Porque ya entraba y salía yo, a cualquier hora del día o de la noche, por la puerta principal del lujoso palacio que un día perteneció al exarca de Damasco. Y el eunuco Albesan, el primer mayordomo, se inclinaba a mi paso con gesto ceremonioso, para luego otorgarme amablemente el privilegio del mejor asiento en el diván, desde donde se contemplaba la parte superior de la madreselva que crecía enfrente del porche. Y también, en el lugar que yo ocupaba en la mesa, veía de repente, a través de otra de las ventanas, una pasmosa y excitante visión. Allí aparecía, durante un momento, la figura de una bella muchacha, con su traje blanco, ondulado por el impulso de su caminar etéreo, magníficamente bendecida por las cintas de luz solar que dejaban pasar los árboles; sus miembros dispuestos en una actitud curiosamente despreocupada, sus bellos e imperturbables rasgos vueltos hacia el azul cobalto del cielo de mediodía, como si fuera uno de esos ángeles paradisíacos que flotan con la mayor facilidad, envueltos en los pródigos pliegues de sus prendas, en las cúpulas de las iglesias…

Y resultó inevitable que me sucediera lo que es tan corriente a esa edad. Aunque todavía no había cruzado una sola palabra con esa desconocida joven, me enamoré de ella absolutamente. Fue un sentimiento repentino y apabullante. Amar con toda el alma y abandonar lo demás al destino se convirtió entonces en mi más sencilla norma de vida. Aunque, aparte de verla a ella por la ventana, cierto es que otras cosas me dejaban embobado: una tórtola remontándose por un cielo cárdeno en cierto atardecer de primavera; un relámpago en una noche calurosa sobre una lejana hilera de árboles; el ardor de la arena parda en los pies descalzos; una flauta languideciendo en alguna terraza oculta… Todo eso me desgarraba por dentro, como si sintiera que en el curso de unos pocos años perecería la parte tangible de aquel mundo que empezaba a descubrir con una extraordinaria conciencia y una luminosidad indescriptible. Siempre me he preguntado si tales sentimientos serían una espléndida preparación para soportar las pérdidas que sufriría después…

19

Tindaria Karimya era una mujer peculiar. Amaba la conversación. Cuando su espíritu antojadizo e indiscreto se desbordaba, lograba hacerme ruborizar. Disfrutaba halagándome y no tenía reparo alguno a la hora de ensalzar lo que ella decía ver en mí; eso a lo cual nombraba como «la antigua e inmortal belleza». Me miraba con dulzura y me acariciaba los cabellos mientras decía:

—En las familias rancias y tenaces, como la tuya, ciertos rasgos faciales suelen ir repitiéndose, como indicadores y marcas de sus orígenes. Lo hará Dios, tal vez para que no se pierdan. La nariz de los Sarjun, por ejemplo, la de tu abuelo, es del tipo griego, con una suave punta respingada y, de perfil, con una leve curvatura cóncava; en cambio, la nariz de los Flavianos de Pisidia, por ejemplo, la de tu madre, es un bello órgano de raíz romana, con una terminación algo torcida, visiblemente marcada y encarnada. Los Sarjun tienen cejas rubias en ángulo, vellosas en el centro, y tendentes a desaparecer doradas camino de las sienes. Sin embargo, la ceja romana tiene un arco más fino y es poco poblada. En ti veo con claridad y sobre todo la sangre griega de los Sarjun. Aunque, por otro lado, descubro a las mujeres de la estirpe de Pisidia, como tu madre, bellas muchachas con ojos azul pálido y esas pequitas en las mejillas...

Al escuchar esto último que decía su mujer, Hesiquio dejó escapar una risotada que hizo temblar su prominente barriga.

—¡Qué cosas le dices, esposa! —le recriminó con hilaridad—. ¡Mira lo rojo que se ha puesto el muchacho!

—El muchacho es bello y debe saberlo —contestó ella—. La belleza es don del Altísimo.

—Sí, pero él es varón... Y eso de las pequitas y los ojos azul pálido referido a las muchachas de Pisidia... En fin, lo has dicho de una manera...

—¡Qué bobo eres, marido! Bien se nota lo viril que es Efrén. Me refería solo a la hermosura y no a otras cualidades.

Después de decir esto, Tindaria se levantó inesperadamente de la mesa y salió por la puerta que daba al patio. Un momento después, entró trayendo de la mano a la bella muchacha que yo solía contemplar desde la ventana. La condujo hasta el centro del salón y la presentó impetuosa:

—Esta es Dariana. Aquí la tienes. ¿Nos dirás acaso que no estabas deseando verla de cerca, muchacho?

Miré a Hesiquio, buscando alguna explicación para aquel repentino comportamiento de su esposa. Y él, al ver que me había ruborizado todavía más, se recostó en el diván soltando una nueva tormenta de carcajadas.

Entonces me dio por pensar que aquello lo habían tramado entre los dos. Y mi suposición quedó confirmada, porque, entre risitas cómplices y suspicaces guiños, salieron de la estancia dejándome a solas con la enigmática muchacha.

Ella debía de estar tan acobardada como yo. Hubo primeramente pasmo y mudez. Nos mirábamos como paralizados. Tendría una edad cercana a la mía. La larga cabellera, lisa, lustrosa, que me había parecido bajo el fucilazo solar brillar con capas alternas de castaño rojizo y azabache intenso, en la sombra resultaba ahora de un azul-negro uniforme, cayendo en crenchas que le cubrían el marfil de sus hombros ligeramente alzados. Aprecié el reflejo del incendio invadiendo sus mejillas. Era realmente guapa, mucho más que en la distancia. Tenía ojos grandes de iris oscuro, bajo la frente anchurosa. Aun en su gravedad, unos hoyuelos proporcionaban gracia a su expresión. No había visto nunca a nadie, ni siquiera fruto o porcelana, de piel tan blanca y transparente; ni tampoco, a decir verdad, persona o cosa en el mundo que lograra azorarme tan frecuente y sustancialmente. Me afligí, por la debilidad que me dominaba, y por una ola de adoración que ascendía desde mi vientre hasta la boca del estómago y que me elevaba hasta el paraíso. ¡Qué alegría de libertad recién adquirida!

Entonces ella, apoyando la rodilla desnuda en el diván colocado bajo la ventana, agarró las pesadas cortinas rojas y las corrió haciendo que la penumbra nos cubriera. Llevaba el vestidito de algodón claro que me gustaba tanto ver en movimiento, desde la ventana, cuando la observaba furtivamente en un pasado tan próximo. Ahora el tejido era apremiante, en los primeros días del verano animoso, pegado al cuerpo firme y bello. Esas pequeñas cosas se recuerdan mucho más claramente que las grandes, las graves, las fatales. Por ejemplo, unas pequeñas perlas nacaradas en su cuello, y el sol que penetraba por la rendija de la cortina y prendía una línea de oro en su escote. También el hecho de que yo fuera una criatura todavía neutra y pura, aunque estuviera, por supuesto, encendido. La maravilla, el esplendor, el aroma de aquella presencia abrasaban mis sentidos, y siguieron ejerciendo sobre mí el mismo intenso efecto hasta mucho después, cuando fui descubriendo en Dariana otras fuentes de acabada dicha. Pero, en ese primer encuentro, el deseo era demasiado fuerte, invencible.

Ella por fin sonrió y me enseñó el deleite puntiagudo de su lengua roja. Sentí la súbita indignación por notar que me ruborizaba aún más si cabía. Pero una fuerza más poderosa que mi pudor me impulsó a abrazarla en ese momento. Y como si ya lo viniera haciendo desde mucho antes, desde siempre, comencé a acariciarla con una maña que a mí mismo me sorprendió; la enlazaba, como los pámpanos de una enredadera se abrazan a una columna, estrechándose cada vez más, apretando cada vez más… Y quizá también sorprendida, ella se puso rígida, severa; y así aguantó hasta que más tarde, con un mordisco atrevido, amoroso, acabé por disolver su fuerza en suavidad abatida.

Nada más diré. Me doy perfecta cuenta de la delicadeza del asunto. Son cosas misteriosas de las que no se debe hablar demasiado y mucho menos ponerlas por escrito… Cosas misteriosas, no solo en su aspecto moral y místico… Si me he atrevido a confesarlo, aun con vergüenza, ha sido solo porque lo considero necesario para que quien ha de leer esto llegue a intuir el alcance de lo que sucedió algunos días después.

20

Como quien se ha visto obligado a exiliarse del paraíso, regresé una vez más a mi casa, lánguido, apesadumbrado. Y los míos me recibieron como ya era costumbre: mi madre, con sollozos; los ancianos criados, con persignaciones, y mi primo Crisorroas, con brillo de escarcha en el rostro. ¡Cuántos lamentos, y lágrimas, y besos pegajosos, y qué tumulto de innumerables reproches! ¡Y qué sospechas! Y mientras era agobiado por todo eso, mi indiferencia, mi seguridad y mi recién descubierta libertad en el amor empeoraban la situación. Ellos despertaban en mi alma sentimientos enfrentados: lástima, conmiseración, aburrimiento, rabia… ¡Cómo detestaba el tufo añejo de los oscuros rincones del viejo caserón! Las humedades, la tristeza, la rutina y los desmayados rezos me repugnaban. Pero no quería causarles más daño. Así que callaba, no respondía a sus preguntas y me negaba a dar cualquier clase de explicación.

Cuando se agotó el llanto de mi madre y los criados se tranquilizaron un poco, mi primo me echó un frío brazo por el hombro y me condujo por el corredor principal hasta los patios. Bien sabía yo que me llevaba a la sombra de la palmera, para hacerme reflexionar y seguramente sermonearme. No me equivocaba. Ese entrañable lugar, que tanto me emocionó en otro tiempo, también ahora había llegado a causarme empalago. Me costaba orar, y más todavía escuchar razonamientos reprensores. ¿Cómo pensar en moderación, templanza o atrición cuando todo yo ardía de deseo? Él hablaba y hablaba; se explicaba maravillosamente. Por algo le llamaban «orador de oro». Pero sus palabras, aunque bien comprendidas por mí, no llegaban al centro de mi corazón, que estaba poseído por otras persuasiones. Y no solamente por la piel, los cabellos y las muchas gracias de Dariana; me refiero al ansia de otra vida: la intensidad, la aventura, la emancipación, el albedrío; toda esa avidez que alumbra el impaciente ánimo de los jóvenes. Así que, mientras él disertaba sobre la fugacidad del tiempo presente, la esperanza y la confianza en bienes más altos, yo me mantenía muy quieto pensando en cosas más cercanas: la libertad, el palacio de Hesiquio y los placeres recién descubiertos. Hasta que sucedió lo inevitable: Crisorroas era clarividente y se dio cuenta de que mi alma estaba en las nubes mientras él malgastaba su saliva. Así que calló de repente, para, un instante después, inquirir:

—¿No te interesa lo que te digo? —Seguí mudo y él mismo acabó respondiéndose—: Ya veo que tus pensamientos están lejos y que será inútil hacerte entrar en razón.

A continuación hubo un largo silencio en el que nos estuvimos mirando y fue como si nos habláramos sin palabras. Era mediodía y una luz brillante, esplendorosa, caía sobre el jardín, la palmera, las tapias, la cúpula de la iglesia, las lejanas terrazas... Pero esa luz ya no despertaba efectos espirituales en mí. La quietud dio paso a los cantos de los almuédanos llamando a la oración de los muslimes; las voces se intercalaban, hasta que en el minarete más próximo el potente canto tapó a los demás. Entonces, dijo mi primo:

—Lo que hayas decidido, hazlo ya. No me interpondré entre tú y el camino que deslumbra tus ojos.

No esperaba esa reacción suya y me turbé. A punto estuve de echarme a llorar. Pero él me abrazó y me dijo al oído:

—No te preocupes. Me encargaré de tu madre. Le haré comprender que ya no eres un niño.

—Gracias, gracias, hermano —murmuré agradecido.

—Vamos, te ayudaré a recoger tus cosas.

Y apenas una hora después, como si acabase de escapar de una ciudad incendiada o de un reino en ruinas, volvía al palacio de Hesiquio para instalarme en él. Dejaba tras de mí el eco de los gemidos de mi madre y los lamentos de los criados, que apenas me causaban una leve turbación. Ahora sí que sentía que empezaba una nueva vida. Y esta vez la apreciaba en verdad como propia.

Tindaria Karimya celebró enardecida mi decisión de irme a vivir con ellos. Después de hacer impetuosas fiestas de halagos y abrazos reencontrados, pasó al estadio siguiente de su enloquecida impaciencia. Me detuvo en el atrio diciéndome que antes de cualquier otra cosa era preciso que me diese un baño matutino. (Todo en aquel palacio se celebraba con un baño previo). Una deslumbrante sonrisa, corriente en ella, con mayor justificación en este caso, iluminaba sus labios. Los largos cabellos negros le caían sobre la clavícula y la espalda. De pie, a su lado, y con la cabeza inclinada, su esposo la miraba entusiasmado por verla tan feliz.

—¡Aprisa, aprisa! —exclamaban ambos—. ¡Al agua!

Los seguí hasta las cálidas profundidades de los subsuelos. Todo estaba dispuesto, pues los sábados a esa hora acudían a sumergirse en la placidez cálida y vaporosa de la terma. Y allí estaba ella, Dariana, inclinada sobre la pila. Su presencia adorable, luminosa junto a las lucernas, me paralizó. Hesiquio y Tindaria se dieron cuenta y nos dejaron solos. Y, un instante después, mis manos llegaban a la raíz de su dócil y brillante pelo, y quedaba atado, tragado, entre los labios familiares, incomparables, dejando escapar una larga queja de liberación:

—¡No podía ni pensar desde que me separé de ti! ¿Qué puedo decirte? ¡Te adoro! Nunca, hasta el día de mi muerte, amaré tanto a nadie como a ti. En ningún tiempo, en ningún lugar… Ni en la terrenidad, ni en la eternidad, ni en ese cielo a donde dicen que van nuestras almas…

Había leído esas palabras pretenciosas en algún poema profano y me brotaron solas. Así de loca es la pasión…

21

Recuerdo que ella reía, y que luego suspiró de repente, visiblemente inundada de felicidad. La fúlgida luz del mediodía bajaba condensada en rayos que se colaban entre los árboles del jardín, como colgaduras, cayendo sobre ambos, y las sombras ondulaban sobre su cara y continuaban oblicuamente sobre sus hombros, mientras un sol esplendente reposaba en la pared. Y como me ocurría con frecuencia —aunque esta vez fuera de un modo más diáfano que nunca—, sentí de improviso la extrañeza de la vida; la extrañeza de su hechizo, como si por un instante se hubiera abierto una de sus misteriosas ventanas y yo hubiera vislumbrado de repente su insólito y guardado secreto. Cerca de mí estaba aquella mejilla suave y casi velada, cruzada por las sombras; y cuando de pronto ella, con reservada perplejidad y un brillo vivaz en los ojos, se volvió hacia mí y la luz recayó en sus labios, cambiándola extrañamente, aproveché la libertad absoluta de ese mundo del jardín para tomarla por los codos. La aproximé con delicadeza, la apreté contra mi pecho y volvió a suspirar. Son recuerdos que jamás se borrarán de mi memoria…

Dariana hablaba poco. Ahora, pasado tanto tiempo, me da por pensar que todo lo decía con sus ojos, con sus silencios, con sus mohínes y suspiros. Sin embargo, aun en medio de mi dicha, frecuentemente, esa actitud llegaba a desesperarme. Porque yo quería saber más sobre ella: quiénes eran sus padres, dónde había vivido, cómo había sido su existencia antes de venir a aquella casa y por qué se hallaba allí… Y resultaba inevitable que le hiciera preguntas. Aunque no eran preguntas directas, sino considerados juegos de palabras con los que trataba de conseguir que me diera explicaciones.

Por ejemplo, le decía:

—De un tiempo a esta parte, empiezo a tener la sensación de que mi vida acaba de empezar. Desde que me vine a vivir a tu lado, todo lo que antes me ha sucedido se va borrando y no tiene ya importancia. Aunque no quiero olvidar quién soy ni de dónde vengo. En cierto modo, me siento un hombre nuevo aquí. Todo esto es diferente para mí. Pero mi vida de antes, en la casa de mis parientes, forma parte de mí. Por eso te he contado cómo era esa vida y la angustia que me producía. En cambio tú no me dices nada de tu vida de antes. Dariana, ¿te das cuenta de que no sé nada de ti? Solo sé que eres una mujer guapa, impresionante… Con una capacidad auténtica para dar amor… Y ahora, ¿por qué te has ofendido? ¿Qué te ocurre?

—Déjalo. Hay cosas que nunca comprenderás —contestó irritada—. Te he dicho que no quiero hablar de mí. No tengo nada de particular que contarte.

—No digas eso. Tienes más o menos mi edad. A todo el mundo le han sucedido cosas que necesita contar. Sobre todo, cuando se está enamorado. ¿Será acaso que no estás enamorada de mí?

Se echó a reír de momento. Pero luego se puso muy seria y, señalando hacia lo alto, dijo:

—En vez de preguntar tanto, será mejor que eches una mirada a esa ave que vuela muy alta encima de nosotros. Si te fijas bien la podrás ver entre los árboles, girando sin mover las alas.

—Hace rato que la he visto.

—¿Quieres decirme por qué algunas aves vuelan altísimas haciendo círculos en torno al astro? Nadie lo sabe…

—Y tú, ¿acaso lo sabes?

—No. Pero, si cierro los ojos, tengo la impresión de que me elevo y vuelo junto al ave, uniendo mis pensamientos a los suyos, y que lo adivinaré dentro de un momento.

—Eso es absurdo. Un ave no tiene pensamientos.

—Sí, sí que los tiene. Por eso busca la luz. La luz, en comparación con la oscuridad, es la salvación. ¡Mírala cómo describe círculos!

—¿Debo entender por tus palabras que antes vivías en la oscuridad? ¿Que no eras nada dichosa?

Respondió tapándose el rostro con las manos. Estuvo llorando durante un rato ante mi estupefacta mirada. Entonces decidí no hacerle más preguntas, porque además comprendía que su vida anterior debió de ser horrible. Pero ella, en cambio, me sorprendió revelando de repente:

—Soy una mujer yazidí.

Entonces comprendí su silencio, su reserva y ese misterio raro que la envolvía. Porque los llamados yazidíes son un pueblo que profesa una religión ancestral que tiene su origen en las antiguas religiones persas. Creen que Dios creó el mundo y lo confirió al cuidado de siete seres santos, conocidos como ángeles o Heft Sirr (los Siete Misterios), cuyo jefe es Melek Taus, el ángel del pavo real, que es considerado por algunos musulmanes y cristianos como Satanás o el Diablo. Quizá por eso fueron perseguidos en las diferentes épocas, y sobre todo en este tiempo por los agarenos, que son especialmente intolerantes y crueles con ellos. Por esa razón los yazidíes ocultan su fe si está en peligro su vida.

—Yo no se lo diré a nadie —le aseguré—. Así que no debes temer por mí.

—Lo sé —dijo sonriente—, confío en ti. Pero me angustia pensar que tu corazón pueda albergar algún recelo…

—Lucharé contra ello.

—Si es así, te estaré siempre agradecida. Y te ruego que nunca más volvamos a hablar sobre esto.

—Te lo juro.

Después la besé para sellar el pacto.

22

Al principio no me hice demasiadas preguntas. Pero, cuando fueron transcurriendo las semanas y los meses, en la casa de Hesiquio no solo Dariana resultaba un enigma para mí. Junto a los placeres coexistían otros misterios y silencios. Era Tindaria la que se ocupaba de todo, mientras su esposo estaba ausente la mayor parte del tiempo. Suponía yo que esas ausencias se debían a sus trabajos en las caballerizas del palacio del califa. Frecuentemente se iba de viaje y permanecía fuera durante semanas. Debía —decía— ir lejos para comprar y vender los caros caballos que adornaban las cuadras califales. Cuando regresaba me parecía que no era el mismo hombre: se le veía caviloso y reservado; casi no se comunicaba con nosotros y no participaba ni siquiera en las comidas de la casa. Recibía a hombres extraños a cualquier hora del día o de la noche, con los que se pasaba horas encerrado en sus dependencias privadas. Y cuando esas visitas se marchaban, él se quedaba nervioso, pensativo.

Además de todo eso, había otras cosas que me mantenían permanentemente en una duda meditada. Como el mismo hecho de que hubiera sido admitido en aquel palacio con tanta naturalidad, sin condiciones. No me unía parentesco con los Cromanes, ni vínculos algunos de cualquier otro tipo. Me había ido a vivir allí sencillamente porque sí. Por eso, en un momento dado, pretendí contribuir con algo para pagar mi manutención. Conservaba mi trabajo en el *diwan* y, cuando le quise entregar a Hesiquio ciertas monedas con las que fui obsequiado, él las rechazó con toda naturalidad, diciéndome:

—No, no tienes que darme nada. Guarda ese dinero que quizá un día necesitarás.

También en esa respuesta hubo algo enigmático, algo que yo percibí a un nivel simple, pero que más tarde, unido a otras dilucidaciones que fui haciendo, se convirtió en un algo más profundo: una general incertidumbre, que ya empezaba a causarme desasosiego.

Todos me proporcionaban cariño, pero no me daban explicaciones. Intenté hacerle preguntas a Hesiquio, con tiento, para no importunarlo. Y él se escabulló de ellas con sonrisas hilarantes, igualmente turbias. Así que llegué a una inevitable conclusión: en aquella casa, entre ellos, en su misma vida, habitaba un misterio; y no estaban dispuestos, al menos por el momento, a desvelármelo.

Pero no me resigné e hice nuevos intentos. Una tarde abordé a Tindaria, aprovechando que estaba sentada sola junto al pozo. Me senté a su lado y le manifesté mi agradecimiento por las atenciones que tenían conmigo. No me ahorré exaltaciones, emotivas manifestaciones de afecto sincero y todo aquello que busca ablandar un corazón para obtener de él algún beneficio. Y ella me escuchó complacida, blanda, mimosa.

—Te queremos —dijo—, te queremos mucho, ya lo

sabes, muchacho. No hemos tenido hijos y ya no vamos a tenerlos... Tú has venido a ocupar en esta casa un lugar que estaba vacío.

Esa respuesta, que por otra parte encerraba cierta lógica, no era suficiente para sacarme de mis dudas. Así que volví a la carga.

—Yo también os quiero —manifesté con la mayor sinceridad que pude—. Es verdad que os amo. Me habéis regalado una vida nueva y feliz, una vida que hace unos meses ni siquiera podía soñar.

—Me alegra mucho oírte decir eso. Tu felicidad es la nuestra.

—Lo sé, lo compruebo cada día. Y ello me empuja a querer hacer algo por vosotros.

—¿Algo? ¿Qué quieres decir? —preguntó con apreciable confusión—. ¿Cómo que quieres hacer algo por nosotros? —Rio—. ¡Qué tontería!

—Sí, algo, algo por puro agradecimiento...

—No tienes por qué hacer nada, muchacho. Con tu sola presencia en esta casa nos das mucho.

Entonces, llegó el momento de ir al grano. Me puse todo lo serio que pude y le dije:

—Pues, si es así, me gustaría que fueras sincera conmigo...

—No te comprendo... ¿Piensas que no soy sincera? Te amamos, te amamos de verdad.

—Sí, pero... ¡Oh, Dios, cómo decirlo!

—Habla, habla de una vez. ¿Qué te sucede? ¿Piensas que oculto algo?

—Sí, de eso se trata. Os portáis conmigo muy bien, eso es verdad, pero en esta casa percibo mutismo y siento que hay ocultos asuntos de los cuales no se me hace partícipe.

Se puso lívida. Se hizo un silencio entre nosotros que fue como un precipicio. De la ternura Tindaria pasó a la tristeza. Por un instante, eludió la mirada impaciente e interpelante que yo tenía puesta en ella. Pero después la afrontó. Suspiró como para infundirse ánimo.

—No eres un niño —dijo con gravedad—. Veo que fuera y dentro de ti ha crecido ya el hombre que todo varón lleva dentro... Y tienes razón, entre nosotros hay secretos. Pero yo no soy quién para revelártelos...

Se puso en pie, se acercó al brocal del pozo y se asomó, como si con ello quisiera expresar el abismo que se le había abierto dentro. Suspiró de nuevo, volvió a mirarme, con mayor intensidad ahora, y añadió:

—Ten paciencia, dentro de muy poco se te dirán algunas cosas... Pero te ruego que no sepa mi esposo que hemos estado hablando... Tampoco se lo digas a Dariana...

23

Transcurrieron algunos meses sin preocupaciones. Durante todo ese tiempo, mi antigua y punzante vergüenza pareció mitigarse; mi rabia se atenuaba. Permanecían esos sentimientos turbadores, pero latentes. Sería porque otras cosas los solapaban; cosas agradables, nuevas y atrayentes. En el palacio de Hesiquio bebíamos, comíamos y disfrutábamos de placeres que nunca antes pude ni siquiera imaginar. Amaba a una mujer que me tenía encantado. Había reunido un pequeño caudal a base de las monedas de oro que me daban en la cancillería. Y nada tenía que pagar: ni el buen vino ni la música. El amor lo pagaba con amor, el rencor con rencor. Qué diferente era aquello de la manera en que mis amigos los gemelos se buscaban la vida en los arrabales. De vez en cuando los veía y me confesaban su sana envidia... Y mi primo Crisorroas, por otro lado, logró que mi madre respetara mi libertad. ¿Qué más podía pedir siendo tan joven? A esa edad cualquiera tiene que espabilar para salir adelante o escapar de las complicaciones. Aunque, a decir verdad, yo seguía conservando un enemigo: el viejo y antipático Farganes. Pero me bastaba con no cruzarme en su camino. Por lo demás, mis compañeros de oficio me resultaban indiferentes. Era gente sin maldad, pero asimismo sin ilusiones. Gente que solo a ratos me causaba alguna emoción o estorbo. Y en aquella vida por fin le daba las gracias a Dios por haberme llamado al mundo.

Aprendí a montar en los fabulosos caballos que Hesiquio tenía en sus cuadras. Al principio, él venía conmigo. Pero luego me aficioné a salir solo en largas cabalgadas por las afueras de Damasco. Me colmaban de entusiasmo los maravillosos amaneceres de primavera, cuando el sol salía para retozar como un chiquillo, derramando por el horizonte centelleos y colores. Me dejaban boquiabierto los calmosos ocasos, cuando la tierra exhalaba su ardentía purpúrea y el viento coqueteaba con los campos olorosos para refrescarlos, mientras unas neblinas canosas vacilaban colgadas sobre el cauce del río Barada. ¡Y sobre todo las noches!, abigarradas de estrellas, embelesadoras, de plateados reflejos que caían en los árboles y tejían tapices floreados de luna sobre las terrazas, cuando el silencio convertía el aire en una masa pastosa. Mi lozanía transcurría entre aquellos regalos y aquellas maravillas, envuelta en deseo e incertidumbre, como un alma loca que de pronto ha sido llevada a una leyenda. Y, aunque sentía que en mi cabeza bramaba un vendaval de preguntas, a menudo el placer de vivir me robaba el aliento. De vez en cuando, los ojos se me empañaban sin que viniera a cuento. Por ejemplo, si Dariana me obsequiaba con una sonrisa tierna y me acercaba sus labios tersos. Aunque seguían pronunciándose pocas palabras entre nosotros, había cariño espontáneo, que yo podía hallar fácilmente a sabiendas de que no era fingido. Así los días simples y las noches atolondradas pasaban con indolencia, como si alguien me los hubiera regalado en recompensa por algo. Y por encima de todo ello, de la tierra y de las nubes, por encima de mi llevadera incertidumbre, crecían una intuición y una añoranza: algo estaba por venir; tal vez esa peripecia trepidante que aguarda manifestarse en la vida de todo hombre.

Hasta que, de repente, mis arcanos presentimientos se hicieron realidad. Aunque esa realidad no tenía nada que ver con lo que yo había soñado... No fue como en las leyendas: no surgieron aventuras maravillosas, ni asombrosos cambios en la vida y en el mundo; novedades que anunciasen una era naciente y diferente. Más bien lo que sucedió se parecía a las antiguas tragedias de los griegos.

Todo empezó de forma inesperada una preciosa tarde de primavera. Sobre Damasco lucía ese cielo alegre tan característico de los días de mayo, y el calor ya hacía sudar a los mercaderes, que todavía no se habían librado de sus mantos pesados de invierno; pero en el interior de los edificios, en los bazares y a la sombra de los soportales seguía haciendo fresco. Hesiquio y yo habíamos ido a cabalgar después de un almuerzo ligero y estuvimos bañándonos en el río, a una milla de la ciudad, en un recodo donde se formaba un cómodo banco de arena. El agua estaba fría aún, pero el chapuzón a esa hora resultó muy agradable. Regresamos antes del ocaso y descabalgamos en el arrabal, fuera de la muralla, como solíamos hacer, puesto que el Pacto de Omar nos prohibía a los cristianos entrar a caballo en Damasco. Eso era privilegio exclusivo de los árabes agarenos. Incluso Hesiquio, que era el jefe de las caballerizas del califa, lo tenía prohibido.

Yo había trabajado todo el día y, como era nuestra costumbre durante toda aquella milagrosa primavera, decidimos quedarnos bebiendo vino en las tabernas del suburbio hasta entrada la noche. Cuando el muecín más cercano anunció la última oración del día, cenamos una sopa de pollo y cardamomo, sentados bajo un sicomoro, mientras la oscuridad se condensaba en las huertas que nos rodeaban.

Entonces oímos aquel ruido... Al principio no era más que un débil retumbar, una perturbación en el suelo que me hizo pensar en un trueno lejano, como si se estuviera formando una tormenta en algún lugar de los montes. Yo sorbía el caldo y vi de soslayo que Hesiquio se disponía a decirme algo; pero, en vez de hablar con voz normal, tranquila, me agarró un brazo con un repentino gesto de sobresalto.

—¡¿Qué es eso?! ¡Escucha!

Agucé el oído y me hice más consciente de ese retumbar que se hacía más fuerte.

Y él repitió, ahora gritando:

—¡Escucha eso! ¡Vienen! ¡Vienen caballos!

Pasaron unos instantes y comprendí que, en efecto, era el ruido de cascos de caballos; muchos, como una estampida que se aproximaba hacia donde nos hallábamos. Enseguida la gente del arrabal se sobresaltó igual que nosotros: corrían errando, sin saber qué hacer; mientras algunos permanecían como paralizados, otros salían de las casas gritando y preguntando:

—¡¿Qué pasa?! ¡Escuchad!

—¡¿Qué es eso?!

—¡¿Qué ruido es ese?!

Estábamos cerca de las murallas, pero en la orilla contraria; el río nos cerraba el paso. Vimos que en las torres y las almenas empezaban a congregarse muchos hombres. Entonces arreciaron las voces, cargadas ahora de mayor ansiedad:

—¡Es un ataque! ¡Mirad!

Montamos en los caballos y, antes de haber recorrido cincuenta pasos en dirección al puente más cercano, eran ya visibles en la distancia miles de caballos viniendo hacia nosotros, por la gran extensión donde se levantaba el campamento del ejército. Podía distinguirse bien la sorpresa de los soldados, el ataque de los jinetes, la refriega y el desorden de los hombres corriendo entre el polvo y la confusión.

—¡Corre! —me gritó Hesiquio—. ¡Debemos entrar en la ciudad antes de que cierren las puertas!

Lo conseguimos cruzar, a pesar de tener que bregar en el puente contra la multitud que tenía ese mismo propósito. Pero no tuvimos más remedio que descabalgar y abandonar nuestros caballos. Entramos y se cerraron las puertas. Poco después vimos por encima de las almenas un resplandor rojo y amarillo que latía contra el cielo negro. Todo el arrabal debía de estar en llamas. Oíamos gritos de guerra, el fragor del combate, y luego el inconfundible sonido de los alaridos humanos.

Yo estaba como paralizado, más por la sorpresa que por el pánico, y veía a Hesiquio que seguía corriendo por los adarves, aumentando constantemente la distancia entre nosotros. Pero, una vez que llegó a una plaza, se detuvo. Yo también conseguí llegar, abriéndome paso entre la muchedumbre aterrada que se había echado a las calles. Nos quedamos confundidos e inmóviles entre la masa humana, viendo cómo los guardias de la ciudad se apresuraban hacia sus trabajos de defensa en las murallas, mientras todos los almuecines se desgañitaban en los alminares anunciando el ataque.

—Vamos a casa —propuso Hesiquio—. Nada podemos hacer aquí, detenidos y sin saber qué está sucediendo.

Se volvió hacia la parte este de la ciudad, donde estaba su palacio. Entonces hice ademán de seguirle. Pero él me retuvo diciendo:

—No. Ve a Bab Tuma, a tu casa. Los tuyos deben de estar preocupados. Mañana nos veremos.

Obedecí el consejo y me encaminé hacia el barrio cristiano, que estaba cerca de allí. Nada más llegar al caserón, encontré a mi primo Crisorroas en la puerta, con una expresión terrible. Inmediatamente salió mi madre y, al verme a salvo, me abrazó sollozando y dando gracias a Dios.

Supuse que mi primo estaría informado y le pregunté:

—¿Quién nos ataca? ¿De dónde han venido todos esos hombres a caballo?

—Son los mardaitas del Líbano. Hace tiempo que los espías vienen avisando de que pronto se produciría un ataque... Pero nadie creyó que eso pudiera llegar a suceder...

—¿Y ahora qué va a pasar? —le pregunté.

Se quedó pensativo. Al cabo, respondió:

—Las murallas de Damasco son muy poderosas. Por numerosos que sean esos rebeldes no podrán entrar en la ciudad. Aunque, por desgracia, habrán podido vencer y matar a las tropas que estaban acampadas fuera. Pobre gente del arrabal... El grueso del ejército está lejos, en la frontera, y tardará unos días en enviar refuerzos...

Esa noche no nos acostamos. Permanecimos en vela orando, entre la incertidumbre y las noticias que llegaban. El pánico mantuvo despierto a todo Damasco hasta el amanecer. Me sentí como si acabara de presenciar el fin del mundo...

24

Los mardaitas no hicieron el menor amago de asaltar las murallas de Damasco. No habían venido con ese propósito y además eran conscientes de que conquistar la ciudad resultaba imposible para ellos. Se conformaron con matar a cuantos soldados pudieron y con saquear e incendiar el arrabal. Ni siquiera se acercaron a los puentes del río Barada para evitar que les pudieran alcanzar las flechas.

A pesar de ello, y previniendo que el ataque pudiera durar varios días, dentro se preparó la defensa lo mejor posible. Se llevaron muchas piedras y sacos de tierra a las almenas para reforzarlas. También se dispuso que una fuerza de doscientos hombres a caballo y otros tantos peones se aprestaran para salir a hacerles frente en las pendientes que hay fuera de la ciudad, donde sería fácil rechazarlos cayendo sobre ellos por sorpresa, aprovechando la cuesta abajo. Pero nada de eso resultó necesario. Al amanecer que siguió al ataque, los mardaitas se marcharon por donde habían venido.

Por la mañana sobrevino una calma extraña. La gente

hablaba en las calles de lo sucedido, algunos con brutalidad, otros con temor.

—¡Malditos mardaitas! ¡Satán los lleve al infierno!

Más tarde, cuando ya hubo seguridad de que los feroces rebeldes se habían marchado, se abrieron las puertas de la ciudad y se pudo apreciar el desastre que habían causado en el arrabal norte: estaba convertido en cenizas y sembrado de cadáveres. Entonces todo Damasco estalló en furor y lamentos. Los agudos gritos de las mujeres herían los oídos y los hombres bramaban invocando la ira de Alá.

Se sucedieron unos días tórridos, de aire fétido, inmóvil, asfixiante, en los que se vivía como en el más oscuro e insufrible de los infiernos. Hubo que enterrar a tantos muertos y hacer tantos funerales que los muecines no se daban descanso aullando:

—*La jaulá ua Alá Kuwuata il la bil lájil aliyul adzime!* ¡No hay fuerza ni poder excepto en Dios, el Altísimo, el Magnífico!

Las gentes pululaban enlutadas por las calles, con las cabezas cubiertas de ceniza, exacerbadas, gimiendo y pidiendo venganza. El ambiente en Damasco se ensombreció mucho. Y no me refiero solo al aire, sofocante, detenido e impregnado por los olores de la carne abrasada y putrefacta; se apreciaba el enrarecido espíritu de los habitantes, el odio en las miradas y la escabrosa proliferación de la sospecha. Lo noté en los vecinos y en los mercados, en las tumultuosas reuniones que se formaban en las plazas y en las multitudes que entraban y salían en las mezquitas... Algo estaba germinando; algo todavía torpe e impreciso, y podía adivinarse que estaba siendo alimentado por la desconfianza y la duda siniestra.

Cuando con mayor claridad me di cuenta de ello fue al

regresar a la cancillería, dos días después del ataque. Los funcionarios estaban muy alterados, divididos en corrillos, cuchicheando y lanzando en torno furtivas y recelosas miradas. Enseguida supimos que el consejo había sido convocado y estaba asesorando al califa. Uno de los chambelanes principales del palacio deambulaba por las dependencias del *diwan* despotricando a voz en cuello: echaba toda la culpa a Bizancio y al emperador de los romanos y los griegos, al que nombraba como «el puerco hijo de los demonios y de la ramera Constantinopla».

Estuvimos toda la mañana sin saber qué hacer, esperando a que los ministros despacharan las órdenes oportunas para escribir las cartas, sellarlas y ponerlas en manos del correo.

Después de la segunda oración del día, una inmensa multitud se fue congregando en torno a la fortaleza. Se oía el denso murmullo, sobre el que las voces enardecidas de los ulemas llamaban a la guerra santa. Un poco más tarde entró un mayordomo y nos anunció que el califa iba a salir del palacio para consolar al pueblo fiel. Se formó un gran revuelo entre los funcionarios, que se apresuraron para ir a los jardines y buscar el mejor lugar para verlo. Me uní a ellos y fuimos en grupo hasta una escalera que nos condujo a las terrazas que miran al poniente. Se dominaba desde allí el palacio y el amplio mirador donde ya estaba puesto el estandarte blanco y dorado de Walid.

Un escalofrío me sacudió de la cabeza a los pies cuando los muecines enloquecieron proclamando a gritos la grandeza y la ira de Alá en todos los rincones de la ciudad. La guardia acababa de aparecer frente a la Puerta de Bronce y marchaba en orden levantando polvo junto a los altos muros del alcázar, bajo el estruendo de los tambores. Miles de soldados habían llegado temprano y habían levantado sus tiendas en el campamento del arrabal, en el mismo sitio donde los mardaitas habían hecho la masacre. La multitud ocupaba todos los alrededores, moviéndose pesadamente por las calles adyacentes, en las plazas y al pie de las murallas. Una especie de violenta efusión, como un vendaval de cólera y bestialidad, sacudía a la población.

Se necesitaba una suerte de reparación para saciar la sed colectiva de venganza. Y con ese fin, como solía hacerse en tales situaciones, se recurrió a una terrible ceremonia: el tormento y la ejecución pública de todo aquel que pudiera tener una mínima relación de culpabilidad con el ataque. No se había podido capturar a ningún mardaita, pero las cárceles de Damasco estaban llenas de presos considerados espías al servicio de Bizancio, traidores y rebeldes de todo género. Entre horrorizadas y jubilosas, las turbas abrieron paso para que los guardias pasearan entre ellas, de manera denigrante, a una larga fila de famélicos hombres desnudos y cubiertos de negro cieno y excrementos. Un pregonero iba delante, proclamando a voces la sentencia. La gente escupía y cubría de improperios a esos desdichados.

Sin demora, y con ademanes histriónicos para resaltar su crueldad, los verdugos sacaron ojos, cortaron lenguas, orejas y manos. Los reos que no morían desangrados quedaron expuestos a la curiosidad, crucificados en los muros. Los muertos se abrasaban envueltos en alquitrán ardiente. Olvidados de toda compasión, los damascenos hacían cola para pasar delante y ver de cerca retorcerse de dolor los desgraciados cuerpos.

Los muecines bramaron cuando apareció en el mirador el califa con el gran cadí y sus magnates. Se hizo entonces un silencio impresionante. Toda la ciudad puso su mirada trémula en quien evocaba para ellos el poder y también la venganza. Porque era el comendador del justo Alá y su profeta. A muchos de ellos con solo verlo les temblaban las rodillas y los invadía el omnipresente temor de ser contados entre los cobardes y traidores. El estruendo de los tambores arreció. La multitud se agitaba y se removía por todas partes, tornándose cada vez más densa. Entonces los músicos que estaban apostados en las torres echaron mano de sus bocinas de cobre y lanzaron al aire resonantes trompeteos. A la vez que los muecines clamaban:

—*Al Láju Akbar! Subjana Laj! Al Jamdú lil láj!* ¡Dios es el más grande! ¡Gloria a Dios! ¡Alabado sea Dios!

El califa, vestido de oro de arriba abajo, estaba hierático, impávido y distante.

En el impresionante silencio que reinaba en torno, la voz poderosa de uno de los pregoneros tronó:

—¡Alá maldiga a los infieles rebeldes! ¡Que la maldición de Alá caiga sobre los mardaitas hijos del diablo! ¡Malditos sean hasta el día del juicio final!

La muchedumbre estalló en un espontáneo griterío, que se fue convirtiendo en una especie de rugido unánime, cargado de odio y ansiedad, en el que resultaba imposible distinguir las invocaciones, los insultos y las maldiciones.

El pavoroso clamor de las masas corrió por todo Damasco durante un largo rato. Persistió con igual intensidad hasta el momento en que el califa extendió los brazos, para que los ulemas proclamaran en su nombre las suras del Corán que llaman a la yihad, la terrible guerra santa.

Se os ha mandado combatir contra los no creyentes, aunque os sea odioso, pero puede que os disguste algo que sea un bien para vosotros y que améis algo que es un mal. Alá sabe y vosotros no sabéis.

Vida por vida, ojo por ojo, nariz por nariz, oreja por oreja, diente por diente y la ley del talión por las heridas. Y si uno renuncia a ello, le servirá de expiación. Quienes no decidan según lo que Alá ha revelado, esos son los impíos…

SEGUNDA PARTE

Si el futuro no existe aún, ¿dónde lo han visto los que predijeron el futuro? No es posible ver lo que no existe. Y los que narran el pasado no contarían cosas verídicas si no lo vieran con la imaginación.

San Agustín de Hipona
Confesiones, XI, c. 17, 22

25

Roma

Los ciudadanos de Roma recelaban de los godos exiliados de Hispania. No solo los patricios y la chusma ociosa, resultaba penoso escuchar lo que murmuraban hombres de la curia que por su oficio debían ser comedidos y tolerantes. La *civitas* siempre fue amiga de novedades y rumores, por más que esté acostumbrada al ir y venir de extranjeros, y los refugiados hispanos fueron la comidilla durante el Adventus. Muchos parecían disfrutar denostándolos. En fin, nadie parecía dudar de que Hispania, sus súbditos, ciudades, tierras y ganados se habían perdido entregados a un pueblo bárbaro y cruel que venía desde los desiertos empujado por la cólera divina. Ellos y solo ellos, los godos, eran culpables del mal que había caído sobre sus cabezas. Las luchas intestinas entre nobles y reyes usurpadores y familias reales adulterinas y despóticas habían llenado de corrupción toda la Hispania goda. Y ahora, por tales pecados e iniquidades, la cristiandad era mutilada en aquel lugar, el más extremo del Occidente, conocido como el *Finis terrae*, adonde un día llegó la predicación del evangelio en cumplimiento de aquella profecía del propio Jesucristo: «Id y predicad la buena noticia, bautizándolos en el nombre del Padre, del Hijo y del Espíritu hasta el fin del mundo». Pero Roma no veía en aquellos godos huidos a hermanos de fe, sino a degenerados. Si en verdad hubiera sido capaz de ser fiel a su vocación de *caput mundi*, habría comprendido la Ciudad Eterna desde el primer instante que los recién llegados estaban envueltos por la desolación y el miedo, y que no tenían mayor esperanza presente que acogerse tras los muros del papa. Pero el gobernador y las autoridades civiles resolvieron en principio que resultaba un tanto peligroso abrir sin más las puertas a una muchedumbre de costumbres tal vez desconocidas y hasta perversas. Hasta que se enteraron de que los refugiados traían oro consigo; entonces, la cosa cambió…

Una mañana de aquellas, sería quizá una semana después de la llegada de los godos, uno de los secretarios vino a avisarme de que el papa quería verme. Enseguida me acerqué hasta el Laterno. El venerable Constantinus no estaba en sus dependencias. Lo encontré en un rincón de la iglesia mayor de Santis Joannes. Se había sentado allí, en la oscuridad, preguntándose qué hacer. Cuando me dio permiso con un gesto de su mano, me senté a su lado. No dije nada para no violentar su silencio y evité sacarle de sus meditaciones. Durante un largo rato estuve simplemente orando junto a él, y mientras tanto, me pareció escuchar el eco de sus preocupaciones. Hasta que más tarde, en un determinado instante, emitió como una especie de hondo suspiro, se volvió hacia mí, me puso la mano en el hombro derecho y me atrajo hacia sí para besarme en el lado izquierdo de la frente.

—Efrén —murmuró entristecido—, ¡qué misterio, qué

gran misterio…! ¿Hasta cuándo tendrán que sufrir los hijos de Dios? Esto parece no tener fin; a una tribulación sucede otra, a una persecución otra mayor… Satanás está resuelto a no darnos descanso…

Estimé que sería muy inoportuno contestar a esa profunda queja. Si él se lamentaba en voz alta era desde luego porque necesitaba desahogarse. Aunque yo sabía por qué liberaba su alma delante de mí; porque un momento antes me parecía estar leyendo sus inquietos pensamientos. El buen papa se acordaba de Siria, nuestra tierra, y a buen seguro había estado rememorando nuestra propia tribulación y la equiparaba a lo que estaban sufriendo los cristianos godos. Tal vez por eso me dijo luego:

—Nadie mejor que nosotros podrá comprender a esa pobre y desdichada gente. Nosotros los sirios ya tuvimos que pasar por ello. Para una cultura antigua y cristiana resulta muy doloroso ver que todo se desmorona, que se hunden los fundamentos y los cimientos que con tanto esfuerzo y sacrificio pusieron nuestros antepasados. Igual que un día nosotros tuvimos que salir de nuestra tierra, ellos ahora se han visto obligados a dejarlo todo y huir. Lo mismo que nos tocó vivir les toca a ellos. Aunque yo era un muchacho imberbe, recuerdo muy bien el pánico de los nuestros y la terrible decisión de abandonar Siria. Tuvimos que salir con lo puesto, aprisa y sin titubear. Luego estaba el mar en la negrura de la noche, las olas, el frío… y, finalmente, una desierta y extraña playa de Grecia. Lo poco que llevábamos de valor nos lo arrebataron gentes sin compasión… Casi desnudo llegué a Italia…

—Padre santo —dije—, Dios cuidó de ti. Como también se ocupó de mí cuando tuve que escapar a mi vez de allí.

—Sí, Él tiene planes más altos y misteriosos que los

nuestros. Y hoy no podemos hacer otra cosa que estar agradecidos al mismo Dios que nos libra de los peligros por pura misericordia. Y por eso debemos tener compasión y ser misericordiosos nosotros con esos hermanos nuestros que han corrido una suerte semejante.

—Cierto —asentí—. Los romanos los desprecian y los hacen culpables de sus propios males. ¿Qué podemos hacer con ellos para aliviarlos, venerable padre?

—Por eso precisamente te he mandado llamar. He sabido que algunos de esos godos desdichados han traído consigo parte de sus riquezas y que gente codiciosa y despiadada de la ciudad saca provecho de ello, extorsionándolos, cobrándoles precios abusivos por el pan y estafándolos. He dado órdenes a mis secretarios para que hablen con los tesoreros de la Iglesia y vean qué se puede hacer... Pero no me fío del todo... Así que te mando que vayas al campamento de los godos y te enteres bien de lo que les está sucediendo.

—Sabes que puedes confiar en mí, venerable padre —manifesté besándole con sumisión el anillo.

26

Roma

El campamento de los godos de Hispania estaba a una milla de la muralla, junto a la vía Appia, en una zona de antiguas villas en ruinas; un paraje umbrío, húmedo y saturado de frondosidades, donde corre un arroyo y manan un par de fuentes limpias. Desde la distancia, se veían clarear entre los árboles las lonas de las tiendas de campaña y el humo de las hogueras ascendiendo. En los alrededores, desparramados en los prados y a los lados de la vieja calzada flanqueada por cipreses, se amontonaba la leña puesta a secar, los escombros, las basuras y los excrementos de personas y animales. Una empalizada a medio construir y un arco hecho con mimbres trenzados servía de puerta a la pobre aldea improvisada en un claro del bosque, desde donde se divisaban a lo lejos los muros de Roma, las torres, los altos edificios y las colinas rematadas por blancas y solemnes construcciones. Cerca pululaban ya los mercachifles, buscavidas y oportunistas que acudían a sacar provecho cada día de los refugiados. No paraban de llegar borricos con alforjas cargadas de castañas, panes, legumbres y frutas, pregonadas a gritos por los quincalleros; y fisgones que sencillamente se quedaban a distancia para curiosear los movimientos de los extranjeros.

Descabalgué y me acerqué a la rudimentaria puerta y les dije a los hombres que la vigilaban que venía enviado por el papa Constantinus. El guardia le dijo algo a un joven y este echó a correr como enloquecido a través de los arbustos; de vez en cuando tropezaba, caía, volvía a levantarse y reanudaba la carrera. Al tiempo que corría, gritaba en una jerga desconocida para mí, y pronto hasta el último hombre había abandonado el abrigo de sus tiendas y observaba la aproximación del vigía con tenso interés.

—¿Quién es vuestro jefe? —le pregunté al centinela.

—Señor —respondió lleno de nerviosismo—, el metropolitano de Toletum fue invitado a vivir dentro de la ciudad por el santo papa de Roma.

—Lo sé —dije—. Pero necesito saber quién manda entre vosotros en el campamento.

—¡El dux Genulfo y su gente están acampados junto al pozo del sur! Puedes entrar e ir hacia allí.

En torno se iba reuniendo cada vez más gente. Un suave murmullo, como viento entre los árboles, recorrió el grupo de los que habían salido de sus tiendas para ver lo que sucedía; se miraban unos a otros sin decir palabra. Pero uno de ellos, un estirado anciano, se aproximó y me besó las manos y la orla del manto mientras decía:

—Yo te conduciré hasta la tienda de Genulfo. Está muy enfermo, pero te recibirá en atención a quien te envía.

Anduvimos por en medio del campamento, acompañados por una multitud silenciosa que seguía aumentando. Varios muchachos se empeñaban en llevar las riendas de mi caballo. A medida que nos adentrábamos, las tiendas eran mejores, y se veían incluso cabañas más sólidas, construidas con vigas y ladrillos seguramente sacados de las villas ruinosas que ocultaba la maleza. Fuimos a detenernos en una especie de plaza, donde estaba levantada una tienda grande, adornada con estandartes y cruces de plata labrada. Desmonté en la rampa que conducía a la puerta de entrada. Como antes hiciera el anciano que me guiaba, la gente que estaba allí se acercó a mí para besarme las manos y la orla del manto. Después supe que eran los criados del dux godo. Se manifestaban sonrientes y afables.

—Es el enviado del papa de Roma —anunció el anciano—. Viene a ver al dux.

El vasallo de más edad me dijo:

—Veré, señor, si las mujeres han terminado de asearlo y ponerlo presentable para ti.

Tuve que esperar un buen rato. La indumentaria, los aderezos de las mujeres y la general presencia de cuantos iban llegando me hicieron comprender que aquel pueblo era altivo, refinado y orgulloso. Pero me sorprendió aún más la estampa de su jefe. Se hallaba el dux Genulfo tendido sobre su amplio lecho de madera de cedro, bajo un cobertor forrado de piel de lobo. Era un hombre grande y fornido, de majestuosa presencia, a pesar de hallarse muy enfermo según me dijeron nada más entrar. Lo habían envuelto en una túnica azul con franja dorada, y habían ceñido su frente y sus sienes con una hermosa diadema de oro. Un lado de su cara estaba surcado por una rosada cicatriz aún no del todo curada, y el otro lado azuleaba, debido seguramente a algún golpe. Unas vendas limpias envolvían sus manos. Lo contemplé sin decir nada, haciéndome consciente de sus dolores y del hecho de que seguramente habría sufrido un grave accidente. Al pie del lecho se hallaba tendido un lebrel, con la mirada perdida y el hocico entre las patas; y un poco más allá, sobre una suerte de lujoso posadero, una hermosa y tranquila ave de presa. ¡Qué apego a su dignidad tendría aquel noble para cargar con sus animales en la huida!

En torno estaban las mujeres, con esa serena solemnidad de quienes han decidido aceptar su destino. Todas eran extraordinariamente bellas, desde las niñas hasta las ancianas. Detrás de ellas, como aguardando a ser útiles, un buen número de criados inclinaban las cabezas. Un viejo chambelán, pulido y blanco como la plata, se apartó del grupo y avanzó hacia mí, anunciando con ceremonia:

—Mi amo y señor es dux católico de los tarraconenses, sobrino del rey Wamba de los godos, de la sangre del rey Sisenando de Caesaraugusta y de los reyes de Toletum.

Genulfo levantó la cabeza y, llevándose las manos vendadas al pecho, dijo con dignidad:

—Señor, no me lo reproches; no puedo levantarme para inclinarme ante ti. Mis heridas y mis muchos dolores me mantienen en la cama como un anciano. Aunque has de saber que hace apenas tres meses yo luchaba en la batalla para defender nuestras tierras de los agarenos. Mis hijos, mis hermanos y muchos parientes murieron en la guerra. ¡Ojalá Dios me hubiese concedido a mí ese honor! Pero el Altísimo, en su divina providencia, ha preferido ver mi humillación en este penoso exilio.

—No te esfuerces —le dije—. El venerable papa Constantinus me envía para tratar contigo sobre ciertos asuntos. Pero, si no te encuentras bien, tal vez prefieras que regrese en otra ocasión.

—¡No, por el Dios de los cielos! —exclamó—. ¡Hablemos hoy!

Dicho esto, se volvió hacia las mujeres y los criados y

con un elocuente gesto les ordenó que nos dejasen solos. Obedecieron. Las mujeres me miraron de soslayo a la salida. Pero olvidaron a la más vieja de ellas, que permanecía arrodillada y medio recostada en el lecho.

—Tú también debes salir, madre —le dijo el dux con dulzura.

Me dirigí hacia ella y la levanté, pues las rodillas entumecidas le flaqueaban. Nos miramos a los ojos. Humilló luego su frente y se dispuso a salir. La ayudé cogiéndola del brazo, que no era más que pellejo blando sobre hueso frágil. En la puerta volvió a poner en mí sus ojos, como desde un abismo de tristeza y desolación, se estremeció y sus arrugas se hicieron más profundas cuando me preguntó:

—¿Es verdad eso que dicen los romanos de nosotros? ¿Es cierto que el santo papa de Roma nos considera gente pérfida y desleal? ¿Acaso somos nosotros los godos de Hispania el pueblo más cobarde y ruin de la cristiandad?

—¿Quién te ha dicho eso, mujer? —le pregunté a mi vez.

—Solo hay que ver la forma en que nos miran los romanos y el desprecio que manifiestan hacia nosotros…

—¡Madre, basta! —le suplicó el dux—. Te ruego que nos dejes solos.

La mujer suspiró hondamente y se despidió besándome las manos. Solo dijo antes de salir:

—Dios y el papa de Roma tengan misericordia. ¡Santa María nos ampare!

Aquella anciana me recordó a mi propia madre. En las casas cristianas hay pilares inconmovibles que resisten todos los embates.

—Discúlpala —me pidió Genulfo, con exasperación—. No tengas en cuenta esas palabras que ha dicho. Es una noble y anciana mujer que nunca en su vida recibió una sola afrenta. Su alma no está acostumbrada a las miserias de los hombres…

—Lo comprendo. Cuando ella hablaba recordé a mi propia madre…

—¿Ella vive? —me preguntó él.

—No lo sé. Quiero sentir que está viva. O mejor será decir: Dios me ayuda a sentirlo. Porque la dejé allá en Siria, en Damasco, hace cinco años. Desde entonces no sé nada de ella. Cada día rezo a la Virgen María para que la cuide.

El dux se santiguó. Luego abrió unos grandes ojos que miraron hacia lo alto. Oró:

—¡Bendito seas, Señor de los mundos! Siempre piensa uno que es el más desdichado…

Hubo un silencio, en el que nos estuvimos mirando y buscándonos el uno al otro. Entonces descubrí en él un alma grande y piadosa. Pero él quiso saber más de mí y me preguntó:

—¿Eres sirio de nacimiento?

—Sí, lo soy. He vivido allí desde que vine al mundo… Pero, como acabo de decirte, hace cinco años tuve que huir.

—¡Oh, Dios! —exclamó—. ¡Perdóname! Cuando entraste por esa puerta malpensé de ti. Supuse que eras uno de esos patricios romanos presuntuosos… Creí que eras uno más de los que nos insultaron desde las murallas el día que llegamos a Roma… Estoy enfermo y muy cansado. Estaba dispuesto a aguantar la humillación, pero supliqué a Dios que apartara de mí ese cáliz…

—¡Cómo iba a despreciarte! —Sonreí—. Sentí mucho que os ultrajaran a las puertas de la ciudad. Aquello fue una vergüenza para Roma. Y no todos los romanos estuvieron de acuerdo con el miserable agravio. Por eso me envía el venerable papa, para que os transmita su comprensión, su afecto y su misericordia. Constantinus es sirio, como yo, y un día tuvo también que huir él de nuestra tierra. El papa no os considera cobardes ni más pecadores que al resto de los cristianos. Él quiere que sepáis que participa de vuestro dolor y quiere hacer algo por vosotros. Estoy aquí para conocer vuestras necesidades y buscar la manera de aliviar vuestra situación. Así que tú, como jefe de los exiliados, deberás contarme vuestra peripecia y transmitirme todo aquello que pidáis del venerable papa de Roma.

Genulfo se emocionó y se cubrió con el cobertor para que no le viera llorar. Pero luego me mostró de nuevo su enrojecido rostro y exclamó:

—¡Bendito y alabado sea Dios! ¡Gracias, gracias, gracias, hermano! ¡No sabes cuánto bien me hace oír eso!

27

Roma

El jefe de los godos hispanos parecía tener más curiosidad sobre mi persona que la que yo pudiera tener sobre la suya —le dije al papa, cuando fui a contarle el resultado de mi visita al campamento de los refugiados—. Durante un buen rato estuvo preguntándome cosas sobre Siria. Quería saber cómo había sido nuestra vida bajo la dominación de los califas ismaelitas. Manifestaba tantas dudas…

—Esos desdichados hispanos han visto cómo todo su mundo se venía abajo —observó él—. Y si además de eso está herido…

—Ese pobre hombre está muy enfermo; ¡quiera Dios que no muera pronto! Me contó que había luchado en una gran batalla contra los invasores agarenos cerca de la ciudad llamada Caesaraugusta. Allí fue herido varias veces y se salvó de puro milagro. Moribundo, pudo ver desde un monte próximo la derrota y la muerte de muchos de sus compañeros de armas, entre los que estaban sus propios hijos, sus hermanos, amigos y parientes. Me confesó con una sinceridad fuera de toda duda que deseó perder la vida y así se lo rogó a Dios una y otra vez. Pero después le abandonó el sentido y fue llevado por los suyos que habían sobrevivido en una carreta hasta Tarraco. Allí, en el mismo puerto, los médicos cosieron sus heridas abiertas y le aplicaron ungüentos curativos. Semiinconsciente, fue embarcado en la flota que zarpó con destino a la costa de Italia.

El venerable Constantinus sacudió la cabeza.

—Horrible, debió de ser horrible —murmuró—. Resulta difícil llegar a comprender que una nación tan grande y poderosa se haya derrumbado en tan poco tiempo...

—En apenas tres años —precisé—. Me contó que nadie lo esperaba, que siempre pensaron que el avance de los agarenos se iba a detener y que podrían reorganizarse para hacerles frente y expulsarlos. Pero al ver que caían las ciudades del sur, una detrás de otra, y que la invasión alcanzaba en pocos meses Toletum, la ciudad regia, cundió el pánico. El dux Genulfo es un guerrero que conoce bien las artes militares y todavía no da crédito a lo sucedido.

—¿Y qué fue del rey godo y sus magnates? —quiso saber el papa.

—Genulfo me dijo que nadie pudo dar noticias ciertas del rey Roderico, que se enfrentó a los agarenos en una gran batalla en un valle. Unos dicen que murió y otros que consiguió huir. Los magnates se dispersaron y el reino quedó deshecho.

El venerable Constantinus se quedó ensimismado. Luego, como pensando en voz alta, dijo:

—Todo esto es un misterio muy grande... Muy a menudo la vida parece ser un enredo de dudas e interpelaciones difíciles... Sin pretender cuestionar el amor de Dios y su poderío... Pero, para entenderlo, resulta necesario hacernos algunas preguntas, difíciles para mí, por cierto... ¡Qué gran misterio el designio divino!

—Sí, venerable padre. Esa gente parece haber sido abandonada por Dios... Pero son cristianos, ni mejores ni peores que los demás de nuestra Iglesia. Es triste ver cómo, además de su infortunio, son rechazados, despreciados, insultados por los romanos. Por eso el dux se sintió tan aliviado cuando le expresé tus sentimientos de compasión y afecto.

—Los romanos también están desconcertados —dijo el papa, enarcando las cejas—. Cuando la gente no halla respuestas a sus grandes dudas y temores reacciona con violencia. Muchos ven cómo crece el poder de los ismaelitas y llegan a temer que en verdad puedan un día dominar el mundo... El terror engendra locura...

Me estremecí al oírle decir aquello. Y mis propias dudas me impulsaron a preguntarle:

—¿Y tú, padre santo? ¿Qué piensas tú?

—Humm... Nosotros vimos caer Siria, la tierra cristiana más antigua... Y ahora los ismaelitas dominan ya Hispania, el extremo de Occidente, que es el fin de la tierra... Ciertamente, los signos de los tiempos son terribles... Pero, a pesar de ello, no debemos dudar ni sentirnos desolados y confundidos hasta el punto de dejar de confiar en el plan que Dios tiene establecido desde el principio del mundo y hasta el fin de los tiempos.

El buen papa tenía deseos de hablar y no los reprimía. Pensé que ello se debía a la necesidad de manifestar en voz alta sus propias reflexiones. Y agradecí que fuera yo el escogido para oírlas. Sus palabras, tan sabias, tan bien medidas, articuladas con lógica y perspicacia, me proporcionaban una visión del mundo y su historia llena de esperanza. Y recuerdo que, en un determinado momento, me dijo algo ciertamente revelador:

—A muy pocos les he contado el verdadero motivo por el

que escogí para mí el nombre «Constantinus» cuando me eligieron papa. ¿A ti te lo he contado? —me preguntó.

—No, venerable padre. Nunca me dijiste el porqué.

—¿Y no imaginas el motivo?

—Supongo que en honor a Constantino I el Grande, a quien nombramos como Equiapóstolico, por el gran beneficio que hizo a la Iglesia de Cristo.

—No —negó sonriendo el papa—. No fue para honrar al emperador Constantino.

—¿Entonces...? —dije, atreviéndome a dejar escapar un alocado pensamiento—. ¿Acaso elegiste ese nombre al recordar la profecía de Metodio de Patara?

Él me miró muy fijamente. Su sonrisa fue complaciente al decir:

—En verdad eres un joven muy inteligente. Has recordado la antigua profecía y tal vez has pensado que yo estaba atisbando el final de los tiempos en el momento de ser elegido papa. ¿No es así?

—Así es, venerable padre. Ayer precisamente estuve recordando la profecía de Metodio y el vaticinio que hace sobre aquel a quien nombra como «Constante», el rey que devolverá la paz al mundo antes del regreso de Cristo.

No solía el papa Constantinus hacer visibles sus estados de ánimo, ni en su rostro ni en sus gestos, sino que parecía ser un hombre impasible. Pero en aquel momento dejó escapar una risita, para enseguida regresar a su estado hierático. Se quedó circunspecto y después dijo:

—No, hijo mío, no soy tan pretencioso ni tan inconsciente como para creerme inscrito en una profecía. Como dice el salmo, no pretendo grandezas que superan mi capacidad... Escogí el nombre «Constantinus» simplemente por su significado, por aquello que me transmite esa palabra y las obligaciones que para mí dimanan de ella. «Constantinus» es un nombre latino, patronímico de Constantius, de *constans*, que significa «constante, perdurable». Al escoger dicho nombre, yo pensaba en el pasado, en el presente y en el futuro. Claro que pasó por mi cabeza aquel emperador Constantino el Grande, pero también recordé a Agustín de Hipona. Y al recordarlo, no tuve más remedio que llegar a una conclusión: para que yo no mire lo que se ve, necesito no mirar lo que se mira, necesito mirar lo que no se mira, lo que no se ve. Eso te parecerá un sofisma, pero es sencillamente la fe. Ni más ni menos que eso es la fe: mirar hacia lo invisible... Lo que pasa es que con frecuencia miramos demasiado todo esto que se ve, lo que sucede en el mundo, y nos desalentamos al ver esas sombras; esa imagen deformada hecha de ansiedades, dolor y desesperanza... Y aquello que no se ve, lo espiritual, que es lo que verdaderamente importa, nos parece inexistente o irreal... Precisamente por eso pedí el don de la constancia en la fe, esa fe perdurable que se mantiene a pesar de los desastres, el horror, el mal, la muerte... Sabes a qué me refiero, ¿verdad?

—Sí, padre santo. Tú sabes que yo he sufrido mucho y que tuve que atravesar por el oscuro túnel de terrores y peligros. Todo eso te lo conté en su momento. Y también perdí la fe y dudé... Sin ese don no se puede ir a ninguna parte...

—Dices muy bien: a ninguna parte. Pero no solo cada persona individualmente, sino tampoco la humanidad. Eso lo sabía muy bien san Agustín y lo explicó de una manera que no ha podido ser superada. Y lo hizo en un momento de gran angustia y desolación, cuando muchos creyentes, al ver lo que estaba sucediendo en el mundo, empezaron a perder la fe. Porque a los hombres de su época, que tuvieron que ver el ocaso del antiguo Imperio romano por el avance de los bárbaros, les parecía que todo lo conseguido se venía abajo... Es verdad que la era del emperador Constantino el Grande había significado para nuestra civilización un gran triunfo en lo institucional primero y luego en lo político. El Edicto de Milán, firmado por Constantino I y Licinio, sancionaba la libertad de religión para los pobladores del Imperio, concediendo tolerancia para el cristianismo, deteniéndose así las repetidas persecuciones a los fieles en Cristo de los anteriores emperadores. Además, se restituyeron muchos bienes confiscados a las iglesias. Eso fue bueno. Pero, después de aquello, pronto la Iglesia fue adquiriendo poder terrenal. Poco a poco la situación se invierte y pone a la Iglesia cristiana en situación de religión dominante, vinculada al poder y tentada rápidamente a hacerse opresiva e intransigente. Con el Edicto de Tesalónica, decretado por Teodosio, el cristianismo se convierte en la religión oficial del Imperio. Todo entonces se dio la vuelta y los que habíamos sido perseguidos nos convertimos en perseguidores de aquellos que habían decidido seguir siendo paganos. Tú y yo, Efrén, sabemos bien lo que es eso. Ambos somos sirios y hemos sufrido en propia carne el fanatismo, la intransigencia y la opresión.

—Sí —dije—. Los sirios sabemos mucho de eso, venerable padre.

—Y debemos ser comprensivos por eso, más que nadie. Los godos de Hispania acaban de empezar a sufrir... Pero no debemos ver en ello un castigo divino por sus pecados. Pues todos aquí somos pecadores. Su tribulación no es sino una más en el devenir de los tiempos y la historia. Eso es precisamente lo que hemos aprendido de san Agustín. El sabio obispo de Hipona escribió *La ciudad de Dios*, a mi juicio la más importante de sus obras, y la concibió a consecuencia del saqueo de Roma por parte de los hombres de Alarico, hecho terrible que conmocionó a todo el Imperio que era ya cristiano. Nadie entonces había imaginado siquiera que pudiera suceder algo así. Los creyentes enloquecieron desconcertados haciéndose preguntas sin respuesta: ¿Cómo Dios podía permitir eso? ¿Acaso no había supuesto la conversión del Imperio el final de las tribulaciones para los cristianos? ¿Para qué había servido entonces la sangre de los mártires? ¿No se había repetido una y otra vez, hasta la saciedad, que esa sangre era el cimiento de un mundo nuevo? ¿No se decía que la iglesia era el reinado de Dios? ¿Y por qué Dios no defendía a sus súbditos? El pueblo les planteaba estas incógnitas a sus pastores. Nadie era capaz de dar una explicación convincente. Nadie excepto Agustín. Ya que él se puso inmediatamente a desarrollar una obra comenzando con esta coyuntura; un gran tratado en relación con la reacción que generó aquel saqueo entre los pobladores del Imperio con respecto a su forma de entender al Dios de Jesucristo. Comenzó a escribirlo durante su vejez, acuciado por la prisa al ver el terror en las gentes y temiendo no poder concluirlo y morir antes de desgranar los esclarecimientos de su mente privilegiada. Sin embargo, aquel grandioso tratado, titulado *La ciudad de Dios*, contiene la madurez de su pensamiento teológico y del conjunto de su sabiduría. Consta de veintidós libros que constituyen una defensa del cristianismo y de nuestro Dios verdadero ante las quejas de los paganos y de los escépticos y descreídos, que culpaban al cristianismo del desastre del Imperio y del saqueo de Alarico. La justificación de tal acusación la explicaban de este modo: cuando los dioses romanos clásicos eran adorados, con ritos y sacrificios, estaban satisfechos de tal modo que su ira o cólera no recaía sobre Roma, manteniéndose la paz y el orden, tan aclamados por los antiguos historiadores. Pero, desde que el cristianismo se extendió y dominó la sociedad, abandonándose la veneración de los dioses de siempre, estos se enojaron y su cólera trajo el desastre. San Agustín contestó a esto en *La ciudad de Dios* manifestando que no percibía ninguna catástrofe, sino que los mismos pecadores se están castigando por sus pecados generados por el libre albedrío...

—Pero, padre mío —repliqué—, ¿quiere decir eso que los sirios fuimos castigados por nuestros pecados? ¿Y que ahora el castigo recae sobre los cristianos godos de Hispania? ¿Acaso no es eso mismo lo que dicen los romanos? ¿No dicen que su desgracia es el justo castigo que se merecen?

—¡No me refiero a eso! Solo he querido expresar que los males de este mundo son pruebas y que nadie se ve libre de ellas... Todo esto es una prueba de Dios, de la cual el individuo debe aprender. Roma debe aprender de todo esto a tomar en serio al cristianismo, y su reconstrucción debe tener en cuenta ese aspecto, para así esperar la venida de la Ciudad de Dios. Los que han tenido la oportunidad de escapar y sobrevivir son personas a las que Dios les da una segunda oportunidad. Mientras que los que murieron pueden ser diferenciados en dos grupos: los justos, que han pagado sus pecados aceptando la voluntad del Padre Eterno y ahora gozan de su presencia en el cielo; y los injustos, los cuales, por su excesivo vicio y pecado, sufren... Para san Agustín las invasiones bárbaras fueron producto de la providencia divina; fue una prueba divina para todos, tanto para los buenos como para los malos; para corregirlos...

—Venerable padre santo —dije sobrecogido—. Comprendo eso que dices y lo acepto. Tú conoces mejor que nadie lo que está escondido en la voluntad del Dios de los mundos… Pero, dime, ¿crees que podemos saber algo del futuro para estar preparados? ¿Debemos hacer caso de las profecías?

—La profecía es un don carismático de Dios. Después de Moisés en Israel, las Sagradas Escrituras hablan de «los cuarenta y ocho profetas y siete profetisas que profetizaron». Y entre los pueblos paganos se conoce la existencia de ciertos profetas. Sin embargo, no se adjudica a ningún personaje después de Jesús el prestigioso título de profeta. Porque la profecía calló tras Malaquías, al que llamamos «el sello de los profetas». Después de él, el profetismo se extinguió. Solo abusivamente se emplean los términos «profeta» y «profetismo» refiriéndose a los magos, adivinos o hechiceros de ciertas religiones y pueblos antiguos.

—¿Y la profecía de Metodio de Patara? ¿Acaso no parece estar cumpliéndose con la llegada de los ismaelitas hasta el extremo de Occidente, el fin de la tierra?

—¡Ah, Efrén, mi inquieto y joven Efrén de Siria! —exclamó con cariño él—. Cuéntame cómo llegaste a dar con la profecía de Metodio de Patara. Y después yo te diré lo que pienso sobre esos antiguos escritos.

—Padre mío, todo empezó justo después de que los mardaitas asaltaran el arrabal de Damasco.

28

Siria

Recuerdo las noches ardientes que siguieron al brutal asalto del arrabal norte por los mardaitas; el agotador ajetreo de la gente, el permanente voceo de los muecines, el calor aplastante y la insatisfecha necesidad de dormir profundamente, en medio de la permanente ansiedad y el terror que provocaba la incertidumbre. Ni un instante había de sosiego. Era como si se viviera esperando a que las piezas de un mundo roto volvieran a colocarse en su sitio. Los damascenos no alcanzaban a comprender lo sucedido. ¿Por qué se habían atrevido esos rebeldes montaraces a atacar Damasco? ¿Y por qué nadie lo había impedido? ¿Cómo era posible que hubieran aparecido tan de repente y por sorpresa? Estas preguntas estaban a todas horas bullendo en la ciudad, en los zocos, en las mezquitas, en las plazas, en las callejuelas y en los íntimos patios. La gente deseaba con verdadera angustia saber la verdad, y una suerte de desconfianza nueva germinaba en ese deseo. Bullían ecos de sospechas y los murmuradores propagaban un arrullo de voces confundidas.

Todo el mundo en Siria sabía quiénes eran los mardaitas, aunque ese nombre estuvo siempre contaminado por la leyenda y el temor. La idea que se tenía de ellos tenía que ver con hombres feroces, de costumbres extrañas, que vivían en las montañas sin someterse a ningún reino. La superstición de la gente muslime les había otorgado incluso poderes sobrenaturales, diabólicos, que los hacían invencibles. Aunque seguramente lo único cierto que conocíamos de ellos es que eran cristianos que habitaron en el pasado las regiones altas de los montes Amanus. En árabe se los llamaba también *al-Jarajima*, por ser algunos de ellos nativos de la ciudad de Jurjum en Cilicia. Sin embargo, ya no podía decirse que fueran un pueblo homogéneo, porque se les unieron más adelante esclavos griegos fugitivos, cristianos que se negaron a aceptar el Pacto de Omar y campesinos arameos. Su número aumentó tanto que los califas temieron que su rebeldía y tenacidad fueran un verdadero peligro, por lo que Muawiya les acabó reconociendo cierta independencia en torno a los montes Amanus. Y los mardaitas, a cambio, acordaron inicialmente servir como mercenarios para defender las fronteras. Pero no fueron leales al acuerdo y al final se pusieron al servicio de Bizancio. Se instalaron en los montes del Líbano y atacaban desde allí cada cierto tiempo las ciudades sirias para obtener botín. También se unieron como marinos a la armada bizantina causando grandes perjuicios en los puertos del califato. Pero nunca hasta la fecha se habían atrevido a atacar Damasco. Por eso el miedo flotaba ahora en el aire como un etéreo fantasma que viniera a atormentarnos.

Para colmo, el grueso del ejército se hallaba lejos, en Egipto. Había sido un grave error dejar una tropa tan menguada para defender la ciudad califal. Como tantas otras veces, se había confiado en las murallas que decían ser las más altas y poderosas del mundo. No hubo aviso del ataque y no dio tiempo a que los soldados del campamento entraran para refugiarse. Muy pocos se libraron de la masacre a causa de la sorpresa y el desconcierto. Se hacía pues inevitable un sentimiento general de desprotección.

Pero la cancillería y el servicio de mensajeros en Damasco funcionaban de forma admirable. Durante los días siguientes no dimos abasto escribiendo y enviando las cartas que pedían refuerzos y convocaban la guerra santa. Trabajábamos desde la primera hasta la última luz del día copiando los largos textos con las invocaciones, las fetuas y los lacres. Todo ello era supervisado minuciosamente por los estrictos ulemas, en un ambiente permanentemente saturado de irritación y fanatismo.

Entonces fue cuando, aunque todavía de forma muy sutil, advertí que crecía un extraño sentimiento de prevención y duda hacia todos aquellos funcionarios que no éramos muslimes. Nos miraban primero con desprecio, pero luego empezaron a hacernos reproches y no tardaron en perdernos el respeto. Nos insultaban y hasta nos maldecían. Los fanáticos no dudaban a la hora de hacernos culpables del desastre.

Uno de aquellos días aparecieron por allí algunos alfaquíes que acababan de llegar de Arabia para unos asuntos, y se sorprendieron mucho al ver que el califa Walid conservaba todavía cristianos en su *diwan*. El más joven de ellos se dirigió a nosotros frío y despectivo:

—¿Quién puede asegurarnos que no habéis sido vosotros, los *dimmíes* de la cancillería, quienes habéis puesto sobre aviso a los perros mardaitas de que Damasco estaba desprotegido?

Mi primo Crisorroas se fue hacia él con humildad y trató de convencerle de que éramos tan leales como el muslime más fiel. Le dijo que también nosotros habíamos sufrido las consecuencias del ataque y que en el arrabal habían muerto numerosos cristianos damascenos.

Entonces, el más anciano de los alfaquíes nos pidió que los disculpáramos y después regañó al joven delante de todos los funcionarios. Eso nos tranquilizó. Pero ya empezaba a hacerse inevitable un malestar e incluso un temor creciente…

29

Una cortina de polvo apareció a mediados de junio delante de Damasco, oscureciendo en parte el horizonte. De nuevo hubo temor, pero duró muy poco. Enseguida la gente empezó a clamar por la ciudad loca de alegría, porque corrió la feliz noticia de que llegaba el gran ejército de Maslama. Se disiparon de repente todos los miedos. Era como si se hiciera visible la salvación en aquella densa nube que velaba el sol de la tarde. Y en verdad había motivos para el contento; venía una colosal mesnada después de luchar contra Bizancio en Asia Menor: cien mil guerreros, doce mil jinetes, seis mil camellos y un número similar de burros. Al frente venía el príncipe Maslama ibn Abd al-Malik, el más prominente general de los árabes, de la sangre de los omeyas, medio hermano del califa Al-Walid, hijo de Abd al-Malik, que luchó y venció a los jázaros, convirtiéndose en un auténtico héroe; por lo que luego fue el encargado de comandar las expediciones anuales en territorio bizantino, hacia Melitene, Amasya y Pérgamo.

En los días siguientes, en una extensión hasta donde la

vista se perdía, los alrededores de Damasco se convirtieron en poco tiempo en una descomunal ciudad de tiendas. Y como los mardaitas lo dejaron todo arrasado en su ataque, no había edificios permanentes; solo se veían las lonas con forma de cúpulas blancas, una tras otra, diseminadas por el fondo del valle poco profundo más allá del río Barada. Levantadas en grupos, mayores o menores, las tiendas se distribuían a partir del río que penetraba en el collado de este a oeste. El espacio entre cada una aparecía atestado de pesadas carretas con ruedas de madera, mulas, bueyes, camellos maneados, borricos y tendales donde colgaba la carne al sol para preparar el tasajo. Aquí y allí se veían corrales para las cabras y las ovejas que servían para el sustento de tal cantidad de hombres. Por todas partes se elevaban las columnas de humo de los fogones. Y mucho más lejos, las recuas de equinos, los rebaños y las manadas vacunas se alimentaban con la poca hierba seca que ofrecían los agostados campos. No había árboles, y las suaves ondulaciones del terreno se extendían hasta el infinito.

No resultaba fácil sustraerse a la curiosidad que despertaba aquel ejército imponente. Los habitantes de Damasco salían diariamente a disfrutar con el espectáculo.

Los gemelos y yo fuimos una tarde a ver el campamento. Caminando entre la barahúnda de pertrechos y animales, no tardamos en llegar a una de tantas empalizadas de estacas de madera que nos llamó la atención más que ninguna. La cerca era tan alta como un hombre de mediana estatura y estaba levantada rodeando la base de un altozano junto al río. Dentro había cuatro tiendas más grandes que cualquiera de las demás; una de las cuales, todavía de mayor tamaño, ocupaba la parte más elevada, rodeada por las otras tres. Un reducido grupo de hombres de aspecto rudo descansaba bajo un sombrajo hecho de mimbres. Supimos que eran jinetes, porque tenían sus hermosos caballos amarrados un poco más allá. Los estuvimos observando en silencio. Los soldados vestían túnicas brunas y gorras negras de piel puntiagudas. Cada uno tenía al lado su espada envainada, colgada del cinturón que pendía de la empalizada. Conversaban, comían y bebían té. De vez en cuando soltaban alguna risotada.

Hasta que, de repente, repararon en nuestra presencia. Sus miradas torvas nos causaron cierta inquietud. Pero uno de ellos, de piel amarillenta y cabellos cenicientos, se puso en pie y se acercó hasta nosotros.

—¡Eh, muchachos! —dijo afable—. No temáis.

Se apresuró a abrir el sencillo portón para permitirnos el paso y añadió:

—Vamos, entrad y pasad un rato aquí con nosotros. No somos tan terribles como os pueda parecer.

Todavía algo confundidos, entramos a sentarnos con ellos. Enseguida nos ofrecieron té y unas nueces. Tal vez eran jóvenes, pero tenían el rostro tan curtido por el sol y la intemperie que resultaba imposible saber la edad real que tenían. Además, eran de una raza extraña. Sus barbas y bigotes, finos y largos, parecían hebras de estopa. Algunos de ellos, los que claramente eran más viejos, mostraban tantas cicatrices en las mejillas que no podía crecerles sino un débil vello hirsuto. Casi todos llevaban los cabellos muy largos y peinados en guedejas que les colgaban por la nuca hasta la espalda. Aunque esto no tenía nada de particular, nos sorprendió el hecho de que se afeitasen completamente la coronilla. Les preguntamos el motivo y nos dijeron muertos de risa que el sudor bajo la gorra les pudría el cabello en esa parte de la cabeza.

También quisimos saber el significado de otra cosa que nos sorprendió: un palo muy largo adornado con largas colas de caballo, en cuyo extremo había un cráneo humano pintado de azul y tocado con un yelmo empenachado.

—Es la cabeza del exarca de Tiana —nos explicó el de la piel amarillenta—. Nuestro escuadrón venció a su guardia cuando tomamos la ciudad hace tres meses. Gracias a este trofeo nos ha recibido el propio califa para felicitarnos y nos ha regalado esos caballos que ves ahí, de sus propias cuadras.

Luego nos contaron cómo había sido la batalla y el asalto a la ciudad; la manera en que habían trepado los muros con las escalas, los últimos combates, la cantidad de muertos a resultas de ellos y la victoria. Entusiasmados, quitándose la palabra unos a otros, describían la saña con que habían tratado a los enemigos, no dejando ningún varón de Tiana con vida; y el suculento botín que obtuvieron después del saqueo: oro, plata, vestidos y muchas mujeres de las que pudieron servirse a sus anchas. Esto último parecía ser lo que más les encantaba, porque no tenían reparos dando todo tipo de detalles soeces en sus explicaciones, entre albórbolas y risotadas.

Estando en esta conversación, salió otro hombre de la tienda principal; su túnica negra con ribetes de seda indicaba que era un oficial. Se dirigió a nosotros.

—Jóvenes damascenos, ¿por qué os conformáis escuchando esas historias de la boca de los soldados cuando vosotros mismos podríais contarlas? ¿Acaso no os gustaría ser guerreros del califa?

No nos esperábamos esa propuesta y nos quedamos en silencio, estupefactos. Hasta que yo me atreví a responder tímidamente:

—Somos *dimmíes* cristianos…

El oficial se echó a reír y contestó:

—¡Ya lo sé! Vuestra cara y vuestra vestimenta dicen quiénes sois. Nosotros también somos *dimmíes* cristianos. Nacimos y crecimos en las aldeas cristianas de Pisidia; pertenecemos a la Iglesia de Antioquía.

—Entonces ya no sois cristianos —repliqué—. Para ser soldados tuvisteis que renunciar a vuestro bautismo y os circuncidaron…

—¡Nada de eso! ¡Mirad!

El oficial se alzó la túnica, sacó su miembro y nos mostró el prepucio.

—Las cosas han cambiado últimamente. Ya no hay que circuncidarse; basta con hacer un juramento de fidelidad, cada uno según su fe.

Asombrados, los gemelos y yo nos miramos. Y al comprobar nuestra sorpresa, el soldado de la piel cetrina dijo:

—Se ve que sois mozos de buena sangre. Seguro que vuestras familias podrán compraros armas y un caballo. Si os interesa, venid mañana y os admitiremos entre nosotros. No encontraréis mejor lugar para aprender el arte de la guerra y lograr todo aquello que un hombre puede desear en este mundo.

Los gemelos se entusiasmaron al momento ante esta posibilidad que se abría en nuestras vidas. Pero yo no fui tan rápido para asimilar un cambio tan sustancial.

Nos despedimos de los soldados que tan amables habían sido con nosotros. Y luego, mientras íbamos de regreso a la ciudad, aquello me pareció una chifladura.

—¿No pensaréis en serio hacerles caso? —dije.

—No tendremos mejor ocasión para salir de aquí —respondió Iustino, loco de contento y muy convencido—. Klémens lo hizo. ¿Por qué no nosotros? Él fue capaz de levantarse contra nuestra realidad triste y resignada.

Su hermano se mostraba igualmente decidido a plantarle cara a su familia.

Por esa razón, tan solo por el placer de la rebeldía, se me despertó muy dentro mi vieja rabia. Eso fue lo que me llevó a concebir las reglas de la guerra, aunque nunca antes se me había pasado siquiera por la cabeza. Y cuando estuve al pie de las altas murallas de Damasco, antes de volver al interior viciado y ardiente de Bab Tuma, se fue depurando mi máscara de fidelidad y aceptación. No era solo el deseo creciente de la insubordinación, hubo algo más; algo oscuro y mal disimulado que arrastrábamos con nosotros.

Con ello pujando dentro de mí, me fui directamente a la casa de Hesiquio. Le conté lo que habíamos visto en el campamento y lo que nos habían dicho aquellos soldados. Él adoptó una expresión difícil de describir, debatiéndose entre el pasmo y la consternación.

—¡No! —gritó llevándose las manos a la cabeza—. ¡Ese no ha de ser tu camino!

—¿Y por qué no? ¡No aguanto más en Damasco!

Se echó sobre mí abrazándome.

—¡No, Efrén! ¡Ni lo pienses siquiera! Tú no puedes ser soldado…

Y yo, creyendo que reaccionaba así porque temía por mi vida, por el puro cariño que me tenía, insistí:

—¡Tengo que salir de aquí! ¿No puedes comprenderlo? ¡Es una necesidad!

Entonces, me tomó por los hombros, me clavó una mirada anhelante y dijo:

—Tenemos que hablar, hijo mío. Sí, ha llegado por fin el momento en que tú y yo debemos hablar.

—Hablemos —contesté—. Hablemos de una vez.

Suspiró, resopló e hizo un gran esfuerzo para reponerse. Seguía mirándome muy fijamente a los ojos. En ese momento supe que, por fin, iba a desvelarse ese gran misterio que yo intuí desde el primer momento que entré en aquella casa.

Pero Hesiquio iba a mantenerme todavía un poco más de tiempo en la incertidumbre.

—Es tarde —dijo—. Y el asunto que debemos tratar requiere calma y meditación. Ven pues mañana después de que los muecines llamen para la primera oración del día. Entonces iremos tú y yo a una casa en la parte más vieja de la ciudad, donde nos encontraremos con una tercera persona.

—Dime quién es —le rogué con inquietud.

—Te pido paciencia. Solo un poco más de paciencia… Mañana conocerás a ese hombre y te juro que tus ansias e intranquilidades pronto se aquietarán, porque quizá halles lo que tanto has estado buscando…

30

Las viviendas tradicionales de la vieja ciudad de Damasco tienen dos plantas que se organizan alrededor de uno o más patios con una fuente en el centro, que suele estar rodeada de árboles frutales, cítricos, parras de vides, melocotoneros y enredaderas de flores. Después de que el muecín llamara a la primera oración del día, Hesiquio me llevó a una de esas casas que se hallaba perdida en un dédalo de callejones. Todavía no me había dicho el motivo de esa visita y yo iba haciendo un gran esfuerzo para dominar mi impaciencia. Por fin llegamos delante de una portezuela de madera vieja que estaba entreabierta. Sin llamar, penetramos en una especie de corredor que nos condujo directamente al patio. Allí nos esperaba un hombre corpulento de barba canosa, vestido enteramente de negro; con ojos de mirada intensa y ademanes enérgicos, cuya general apariencia y sus gestos podrían ser los de un monje, aunque no llevaba la cruz colgando sobre su pecho. Curiosamente, me pareció haberlo visto antes en alguna otra parte, si bien no recordaba dónde ni cuándo.

Me extrañó que no hubiera saludos ni cualquier otra palabra. Aquel hombre solo hizo ademán de que le siguiéramos al piso alto de la casa. Nos sentamos los tres en una sala pequeña. Y durante unos instantes todo continuó resultándome bastante extraño. Él clavaba de vez en cuando sus penetrantes ojos en mí, y eso me causaba turbación.

A través del ventanal abierto soplaba una brisa un tanto fresca, con perfume de humedades, que levantó los visillos. Vi la cúpula de la basílica de Santis Joannes resplandeciendo sobre los tejados; y entonces logré tranquilizarme algo.

Habló primero aquel hombre que me resultaba conocido, pero no recordaba dónde y cuándo lo había visto antes. Empezó diciendo cosas que no debieron de ser muy importantes, porque no me causaron ninguna impresión y además las he olvidado. Luego guardó silencio y me lanzó una de aquellas miradas suyas que me hizo estremecer. Yo no podía determinar si mi presencia allí le importunaba, o si, por el contrario, despertaba en él cierto interés. Y no podía dejar de preguntarme por qué me resultaba tan familiar. Hasta que, de repente, el tono de su voz se volvió más grave, cargado de ansiedad, cuando dijo:

—Los signos ya están aquí; esos signos que hemos estado esperando tanto. Ha llegado al fin el momento de someter nuestras pobres vidas a los designios del destino. Ya pasó la hora de la conformidad, la hora de la mesura, la hora del sometimiento... Sí, todas esas horas ya pasaron; ese tiempo se queda atrás... Porque este es el tiempo nuevo...

Al acabar de decir aquello, el hombre barbado apretó contra su pecho las manos con los dedos entrelazados, elevó los ojos al cielo y suspiró profundamente. Tras lo cual, con voz rota, exclamó:

—¡La hora es ya inaplazable! ¡Hágase su voluntad!

Yo permanecía muy quieto, invadido por el asombro y la perplejidad. Comprendía el porqué de aquellas palabras. A un nivel muy profundo, algo vivaz, como un impulso, empezaba a despertarse en mi alma. Aunque no sabía aún que el momento más inquietante de mi vida estaba a punto de sobrevenir. De haberlo sabido, ¿habría podido preservar mi alma juvenil de dicha inquietud? ¿Habría sucedido todo de otra manera? Sí, de haber comprendido que llegaba ya, por fin, el tiempo intenso y turbador de mi existencia, lo habría recibido con una actitud más reflexiva. Pero ese relámpago dorado, esa profunda impaciencia espiritual que me sacudía, y que a mí me parecía envolvente, total, lo elevó a la altura de las fantasías que venían arrebolando mis pensamientos desde que se me metió en la cabeza irme con los guerreros.

Entonces, Hesiquio me agarró por los hombros y, con enigmática expresión en la mirada, me dijo:

—Efrén, querías saber y hoy vas a saber. Ya no se te puede mantener más en esa incertidumbre. Mi esposa Tindaria tiene toda la razón cuando me asegura que ya no eres un muchacho atolondrado, ni flojo… Gracias a ella he sabido que late dentro de ti el deseo vivo de hacer algo, de ser alguien, de tener una savia propia, esa vida fructífera que todo hombre debe tener. No se puede ser joven sin sueños —prosiguió con aire delirante—, ¡sin arder vivo por dentro! Los que tenemos una edad lo sabemos, porque un día también fuimos jóvenes… ¡La juventud es la potencia de la vida! Así como la vejez es la sabiduría. Pero, de un tiempo a esta parte, diríase que el mundo camina al revés: los jóvenes son timoratos y los viejos son necios… ¡Necesitamos hombres valientes! Por eso hemos venido aquí; por eso te he traído a presencia de este hermano nuestro, el monje Melesio, que tanto sabe de los misterios de la vida…

Me dio un vuelco el corazón. En ese instante lo reconocí. Le había visto una sola vez, hacía ya cinco años, en el monasterio de Maalula: Melesio, al que llamaban el Nervioso, monje de temperamento vehemente, con quien compartí muy poco tiempo de mi estancia en el monasterio, porque fue expulsado al poco de mi ingreso por motivos que nunca llegué a saber. Su cuerpo abultaba más y su cabello se había tornado grisáceo, pero, sin duda, era él, Melesio el Nervioso, maestro solista del coro. Recordaba su potente voz, conmovedora, en los cantos de los troparios.

El semblante de Hesiquio se encendió aún más al ver mi expresión de asombro, y se volvió interpelante hacia el monje, como esperando a que tomara entonces la palabra. Y Melesio, esforzándose para templar la voz, me dijo:

—Sé que estuviste en Maalula. También yo me instruí allí. Pero tuve que dejar el monasterio... Seguramente debimos de coincidir bajo su techo. No recuerdo haberte visto. Éramos tantos... Además, por entonces tú serías un crío...

—Yo sí te recuerdo —dije—. ¿Cómo olvidar tu voz?

Sonrió visiblemente complacido. Luego me preguntó:

—¿No quisiste ser monje?

—Mi preceptor escogió otra vida para mí. Trabajo en el *diwan* del califa.

Volvió a sonreír, aunque ahora con sarcasmo.

—Lo sabía... ¡Ah, tu pariente Joannis Mansur Crisorroas! El de las bellas palabras... También él fue hermano mío en Maalula. Abandonó el monasterio para servir al califa agareno. Y quiso que tú siguieras su mismo camino, el de tantos antepasados vuestros... Pero hay una diferencia hoy con respecto a aquellos hombres de ayer: los antiguos grandes varones de vuestro linaje sirvieron al Imperio romano y griego, al reino consagrado que un día abandonó los dioses paganos para glorificar a Cristo. Ahora, en cambio, esa casta patricia se malgasta administrando el satánico erario que sirve de yugo a los cristianos. Y encima lo hace en medio del desprecio de los ismaelitas. No es humildad, es pura y simple decadencia, humillación y acedía. ¡Dios nos pedirá a todos cuentas por ello!

Después de estas terribles palabras, se hizo un silencio impresionante entre nosotros. La sangre me ascendió hasta las sienes y palpitó en ellas acentuando mi confusión. Sin saber a qué venía todo aquello, la impaciencia me atosigaba. Pero un loco pensamiento que brotó de mis interioridades me obligó a replicar con rabia:

—¿Dices eso por mí? ¡Te engañas! A nadie le agrada que le traten de cobarde. ¡No sabes con quién hablas! Yo no he tenido una vida fácil. Me quedé huérfano y tuve que emigrar con mi madre al pueblo de los alfareros, en las orillas del río Barada. Allí, siendo todavía un niño, tuve que ver cómo los fanáticos agarenos arrojaron a mi padrastro al horno encendido. Él era un buen hombre, un buen cristiano que no había hecho mal a nadie. Se abrasó ante mis ojos. La terrible visión nunca se borrará de mi alma. Pero no se te ocurra pensar que aquello me hizo timorato y que me echo a temblar con solo recordarlo. Todo lo contrario: en mi alma quedó prendido algo tremendo, una efusión, como un ansia; pues sentí que la crueldad de esos locos agarenos fue una injusticia inhumana y diabólica. Y lo mío no es un simple deseo de venganza… Es como el presentimiento de un resarcimiento, una reparación…

Melesio no ocultó la alegría que causó en él esta reacción mía. Elevó los ojos y las manos al cielo y exclamó:

—¡El Espíritu mismo habla por tu boca, muchacho! ¡No sabes qué feliz me hace oírte hablar así! Es como aquello que proclamaba el profeta Isaías: «Fortaleced las manos débiles, robusteced las rodillas vacilantes; decid a los cobardes de corazón: ¡Sed fuertes, no temáis! Mirad a vuestro Dios, que trae el desquite; viene en persona, ¡Él resarcirá y os salvará!».

Luego me abrazó con efusión. También me abrazó Hesiquio, emocionado, mientras le decía a Melesio:

—¡Lo sabía! ¡Sabía que el muchacho no te iba a defraudar! ¿Has visto? ¡Él es aquel a quien estábamos buscando! Dios nos ha dado lo que tanto le hemos pedido…

Yo seguía sin comprender lo que pasaba por sus cabezas. Miraba al uno y al otro, apreciando sus expresiones emocionadas, sus gestos exacerbados, el delirio, el brillo de sus ojos…

—¡Os ruego que me deis una explicación! ¿Qué pasa? ¿A qué viene todo esto?

Entonces supe por qué me habían llevado allí: se disponían a desvelarme un gran secreto; lo consideraban oportuno porque, en verdad, confiaban en mí.

—Eres esa clase de joven que tanto necesitamos —empezó diciendo Hesiquio—. Mi hermano Cromacio, el padre de tu amigo Klémens, fue el primero que descubrió en tu persona ciertos signos y actitudes que consideró providenciales. Tú también, igual que su hijo, participabas del descontento y el hastío que cunde entre los cristianos *dimmíes* de Damasco. Sois ambos jóvenes que necesitabais hacer algo; rebelaros de alguna manera contra el destino que se os presenta por delante; es decir, cambiar las cosas. En vez de dejaros arrastrar por la decadencia… Pero mi sobrino Klémens creemos que se equivocó; se precipitó decidiendo por su cuenta y a su manera. Se fue al ejército y se dejó circuncidar como tantos otros que solo veían la salida en los ejércitos del califa. Por eso, cuando ayer me dijiste que pretendías seguir ese camino, creí llegado el momento de hacerte partícipe de algo que se viene tramando desde hace mucho tiempo... Y tú debes confiar en nosotros igual que nosotros confiamos en ti...

Mis más delirantes pretensiones volvieron a despertarse con esas explicaciones. Lleno de ansiedad escuché pronunciar aquella palabra que me hizo vibrar: conspiración. En efecto, no todo en Damasco era aquiescencia y resignación. Había hombres que durante décadas venían reuniéndose imperturbablemente para confabularse. Tenían secretos planes que de ninguna manera se basaban en métodos y propósitos descabellados; realmente contaban con una estrategia bien urdida, medida y aquilatada hasta en sus más nimios detalles. Mis sueños e intuiciones no eran pues tan locos; tenían fundamento.

—En efecto —dijo el monje Melesio—, somos ya muchos los que luchamos en secreto contra los ismaelitas. Y tú debes unirte a nosotros. Pero has de comprender que no todo se te va a decir ahora. No podrías asimilarlo. Igual que a los niños se les alimenta primero únicamente con leche, para darles después algo más sólido a medida que crecen. Siéntete todavía tú como un infante en la peligrosa vida que te espera a partir de hoy.

—¿Y qué debo hacer, pues?

—Dejarte conducir.

—¿Hacia dónde?

—De momento a un viaje —respondió Hesiquio—. Mañana, cuando abran las puertas de la ciudad antes del alba, partirás con el monje Melesio hacia un lugar lejano cuyo nombre no podemos decirte ahora. ¿Estás dispuesto a ello?

Solo lo pensé un instante antes de responder con firmeza.

—Sí.

—Pues no se hable más —dijo el monje—. Nada debes llevar, ni alforjas ni dinero ni comida para el camino. Yo me ocuparé de todo. Iremos a lomos de borrico, como sencillos y pobres monjes que transitan. Vestirás con túnica humilde y pobre durante todo lo que dure el viaje. Y no hace falta advertir que no debes decirle a nadie nada de esto.

31

Atrás quedaban los secos y polvorientos campos, los cenicientos caminos y las ásperas colinas; las laderas se suavizaban y el viento traía aromas desconocidos para mí. La mañana era espléndida y el horizonte brillaba como una orla plena de luz. Ascendíamos la chepa de un altozano y, de frente, brotó a lo lejos el contorno, recto y azul, que resultó ser una visión tan repentina como prodigiosa. ¿Qué era aquello? No necesitaba que me lo dijeran, porque lo supe enseguida, aunque nunca antes lo había visto y nadie me lo había descrito. Estaba representado desde siempre en algún lugar de mi imaginación. Y al decir «siempre», me refiero también a lo anterior al propio ser... Por eso no me alteré, ni me invadió mayor asombro, cuando el monje Melesio alargó todo su brazo y su dedo al señalar:

—¡He ahí el mar!

Luego detuvo condescendiente su cabalgadura, para otorgar algo de sosiego a la fascinación. Detrás de él, no tuve que frenar a mi borrico. Ya había saltado yo desde su lomo y el animal estaba parado. Me encaramé en lo más alto de unas rocas cercanas y me puse a descubrir aquella maravilla. La brisa me traía una amena caricia de sal. Estuve observando sin pronunciar una sola palabra referida al encanto que me producía. Y fue el monje quien, llegándose hasta mi lado, puso explicaciones al vacío de mis pensamientos.

—Hay días, o momentos de la vida, que no se olvidan nunca —dijo—. Como el rostro de esa hermosa mujer que abrió por primera vez una herida de amor en tu alma, o la separación definitiva de los padres... Seguro que tú nunca olvidarás esto que ahora ves... Porque nadie olvida su primera visión del mar...

Le asistía una razón profética al declarar tal sentencia. Ese instante de mi vida quedó guardado en la memoria, e incluso en los sentidos, como si no se alejase en el tiempo y habita desde entonces unido a mí. Y si cierro los ojos, regresa como una vigorosa realidad el añil luminoso, sin fin, como una franja rematada en una línea remota. Es una visión que tira de mis adentros desde entonces, a pesar de los años transcurridos desde aquel viaje. Recuerdo con nitidez el céfiro fresco, bajo el cielo que se dilataba sobre esa misteriosa anchura azul del mar recién descubierto, y mis jóvenes párpados no se movían, aún ahogados por tanta luz...

Solo un poco después descendió la mirada hasta la hondura escarpada por donde continuaba el camino. El mundo seguía allí delante: desnudas montañas, rudas sinuosidades, pendientes abrigadas de arbustos, valles arbolados, la costa... ¡Y esa luz!

Me entusiasmé entonces de una manera determinante. Como si todo mi espíritu quedase inundado de claridad. Me alegraba por haber emprendido aquel viaje; por acoger la audacia y la precipitación en mi vida frente a la quietud y la duda; pero, sobre todo, por romper definitivamente con la aquiescencia humillante de los míos. ¡Esto sí que era una nueva vida! Y la deslumbrante vista que se extendía delante de mí me hacía vibrar y renunciar a la tentación de arrepentirme. Nada del mundo podía ser mejor que esos momentos, en los que mi alma amaba solamente lo imaginativo y raro, lo que sentía aproximarse desde la distancia de un sueño, lo que los pusilánimes y los necios no pueden soportar. Era fiel al impulso primigenio que palpitaba en mí desde siempre, aunque en ciertos momentos lo aguantara simplemente latente, sabiendo que estaba ahí y que esperaba su hora para tener rienda suelta. Me pesaba si acaso no haberme podido despedir de Dariana.

Ahora era mi tiempo. Suave era el comienzo del verano, y más aún allí, sobre la montaña. Un águila volaba muy alta en el firmamento. Y allá abajo, con un destello traslúcido, las blanquecinas murallas, las casas y las atarazanas de una ciudad portuaria resplandecían frente al mar.

—Es Biblos —señaló Melesio—. El puerto más viejo del mundo.

¿Habíamos llegado pues a nuestro destino? No lo sabía, porque no debía hacer preguntas, siendo fiel al compromiso adquirido el día antes de partir. Después de viajar durante tres semanas desde Damasco, por diversas rutas, errando a conciencia. Alcanzábamos la costa. Y nuestro último trayecto había sido el más fatigoso, por el arisco desfiladero llamado Najr AlCalb, que significa en árabe «río Perro». Mientras transitábamos penosamente por él, el monje me refirió que, desde la más remota Antigüedad, fue paso obligado para llegar al mar, a pesar de ser muy angosto y arriesgado, por lo que los ejércitos que lo recorrieron dejaron grabadas en las rocas estelas con inscripciones que recordaban su peripecia.

Descubrimos la más antigua, con letras egipcias, del reinado de Ramsés II, aquel faraón que persiguió a los israelitas. También las encontramos asirias, griegas y romanas. Por aquellos parajes parecía percibirse el espectral vagar de los hombres de guerra de todos los siglos.

¿Y por qué estaba yo allí? ¿Cuál era el motivo de nuestro viaje? Podrá parecer absurdo del todo, pero he de decir que eso todavía era para mí un misterio más de tantos... El monje Melesio actuaba como si, constantemente, me estuviera planteando una tesitura. Y yo debía manifestar ante él un alma decidida y valiente. Debía en suma comprometerme con algo, aunque no terminaba él de comunicarme en qué consistía ese algo. Me decía y no me decía. Todo en él era velado y enigmático, medias palabras, entresijos, reservas, veladas explicaciones... Y yo que deseaba tanto alguna señal en mi vida, me aguantaba, pero también refunfuñaba de vez en cuando.

Solo una mañana el monje tuvo a bien decirme que íbamos a un lugar donde descubriría cosas que tenían mucho que ver con lo que más adelante se iba a pedir de mí. Luego me rogó una vez más que no le hiciese preguntas, que me conformara con tener plena confianza en él.

—Mejor es que no sepas nada más —dijo—. Eres muy joven. A tu edad se debe ir sabiendo poco a poco y a su tiempo...

32

Divisábamos Biblos allá abajo y podíamos llegar a sus puertas esa misma tarde. Pero el monje prefirió que pasáramos la noche en la montaña. Explicó que no era conveniente aproximarse a las ciudades cuando el día va de caída, y mucho menos a los puertos. Los visitantes nocturnos siempre despiertan sospechas.

Descabalgamos en un llano y extendimos nuestras esteras al abrigo de un cantizal. Comimos algo y bebimos unos tragos de vino. Melesio era un hombre reservado. Así que, huyendo de sus silencios, me aparté un poco y fui a sentarme en una piedra para recrearme con lo que se podía ver desde allí. La última luz del día empezaba a declinar. Estábamos todavía en la altura de las colinas. A no demasiada distancia, blanqueaba Biblos, enfrentada al mar cuyo color iba variando, tornándose más oscuro. Más tarde, cercano ya el crepúsculo, el cielo se enrojecía en el poniente y adquiría un tono violáceo en su lejanía. Una luna roja comenzaba a asomar tras la línea del horizonte. Vi una hilera de barcos anclados en el puerto, y pude distinguir los carromatos que se aproximaban a ellos para cargar y descargar pertrechos; el gentío se movía diminuto, como hormigas alrededor, y el bullicio de una concurrida plaza me tuvo absorto durante un rato. Después me admiró un airoso velero que salía a esa hora tardía de la bocana, rumbo al poniente, tal vez en dirección a la invisible y remota Grecia, dejando tras de sí una estela plateada sobre las aguas. De pronto me invadió un conmovedor anhelo: viajar a bordo de aquella nave que no sabía hacia dónde se dirigía. Y la idea volvió a despertar en mí esa honda sensación de aventura que un día me sacó de casa.

Esperé a que cayera la noche, viendo el pausado encenderse de las luces que lanzaban hileras trémulas reflejadas en la opacidad de la costa. No había otro ruido que el del viento entre los arbustos y el canto de las chicharras. Hasta que el monje empezó a roncar. A unos pasos de mí, bajo la manta, el bulto de su corpachón yacía acariciado por una reservada y tenue luz de luna, pernoctando en absoluta placidez a la intemperie. Una vez más me asaltó la curiosidad. ¿Qué misterioso designio me había unido a aquel extraño hombre? ¿Por qué viajé hasta allí dejándome guiar dócilmente por él? Rumiando estas preguntas fui a echarme en mi estera. Pero los ronquidos y la inquietud me impedían dormir.

Debía de ser muy tarde cuando me hallaba tendido panza arriba sobre el duro suelo. El aire de la noche era fresco, acariciador. Se había desplegado la negrura del firmamento, salpicada de eternos astros, y la luna declinaba ya en los montes. Entonces reparé en que aquellas no eran las primeras noches en mi vida que pasaba al raso. Hacía mucho tiempo, cuando todavía vivía en el Palomar, y regresaba con mi padrastro Auxencio Alfayyar del mercado de Damasco, a veces teníamos que dormir a la intemperie. Una de aquellas tardes uno de los asnos se lastimó una pata y nos demoramos. La oscuridad nos sorprendió todavía lejos. Una violenta tormenta se desató. Tuvimos que cobijarnos bajo un toldo improvisado y acabamos empapados y tiritando. Para el niño que era yo, aquello fue una experiencia aterradora. Pero mi padrastro me tranquilizó diciéndome que, pasara lo que pasara, acabaría amaneciendo. «Toda noche es como esta vida presente —añadió seguidamente—; se haga corta o larga, acaba siempre amaneciendo. Y la muerte es el crepúsculo que da paso al amanecer que es la vida eterna, la verdadera». Eso me tranquilizó mucho, pero, aunque acabó cesando la tormenta, el frío y la humedad no me dejaron conciliar el sueño.

En cambio ahora, al abrigo de los montes y en verano, la oscuridad resultaba incluso amena. Entonces recordé a mi padrastro y se me representó su imagen dentro del horno ardiente. Me sosegué pensando que el fuego habría dado paso a su alma hacia un prado jugoso, en pleno amanecer, con un torrente de agua para su refresco. Aquietado por esa imagen, la maravillosa bóveda celeste pareció envolverme. Hasta que, en un determinado momento, llegué a sentir que toda aquella majestuosa e infinita realidad bajaba, hasta hacerse una cobertura que cobraba una entidad cercana, protectora. Y mientras tanto, mi cuerpo flotaba y se elevaba, yendo al encuentro de una atmósfera rara, indescriptible. Sé que no lo soñé, porque era consciente de estar bien despierto. Fue como si todo miedo o angustia desapareciese repentinamente, dando paso a una serenidad inefable. Y mis amigables intuiciones de siempre, los presentimientos, acudieron enseguida más nítidos. Una voz desde ninguna parte me hablaba y me llamaba a la confianza, dándome a la vez innumerables explicaciones que venían a rellenar el cenagal sin fondo de mis dudas. Pero ¡qué lástima!, no puedo recordar nada. Como tantas otras veces me sucedía con semejantes emociones, a la mañana siguiente tuve que conformarme con un débil rescoldo de sabiduría, y con el consuelo de la seguridad y la ausencia de cualquier temor.

33

Rompió el día y me halló durmiendo. Melesio me despertó dándome unos golpes en los pies. Cuando abrí los ojos, él ya había recogido sus cosas y me decía alegre:

—¡Vamos, muchacho, que allá abajo nos aguardan indecibles secretos! En Biblos están los pechos primigenios de la sabiduría. Quien quiera esa leche prodigiosa debe acudir a mamar de ellos.

Me hizo gracia esa facundia temprana. Me imaginaba dos grandes tetas y una fila de ansiosos hombres yendo hacia ellas. Y el monje, que me vio reír, añadió:

—¿Te lo tomas a risa? Hijo mío, muchos quisieran tener la suerte que tú tienes. ¿Todavía no te has dado cuenta de que eres un elegido?

Vino a sentarse a mi lado y me estuvo instruyendo sobre la ciudad que inmediatamente íbamos a visitar. Me recordó cómo los fenicios fueron los grandes mercaderes del mundo antiguo; sus naves surcaron incansablemente las aguas del Mediterráneo, desde el Oriente al Poniente, hasta las columnas de Hércules; comerciando con las riquezas de

Egipto, Asia Menor, Grecia, Italia, África del Norte y Tartessos, navegando por las aguas del Egeo, el Tirreno, el mar Negro e incluso el océano Atlántico. Aquellos intrépidos mercaderes partían de un puñado de prósperas ciudades, entre las cuales hubo tres que destacaron siempre: Sidón, la metrópoli de la antigua realeza; Tiro, la gran capital del dios Melkart, y Biblos, la más antigua de todas ellas. Su nombre originario en cananeo fue Gubla o Gebal, la «Ciudad de la Colina». El comercio de la madera seguía siendo una de las fuentes de prosperidad de Biblos. En su puerto se vendían y embarcaban el olivo, la encina, el ciprés, el pino y, sobre todo, el preciado cedro, tan valioso para la construcción de palacios y templos. Sin embargo, la mercancía más genuina de Biblos era el papiro. Los egipcios desarrollaron la técnica y la utilidad de esta planta que crecía a orillas del Nilo, con la que se elaboraba un soporte ideal para la escritura. La ciudad de Biblos logró hacerse con el control del comercio del papiro en todo el Oriente y el Mediterráneo. Y esto llegó a tal punto que la ciudad llamada antes Gebal fuera también conocida como Biblos, nombre que los griegos daban al papiro egipcio.

Todo eso me llenaba de admiración y me sacudió por dentro. De nuevo adquiría conciencia de mi realidad y quería saber el porqué del viaje. Ya no me pude aguantar más. Me fui hacia Melesio muy serio y le pregunté sin ambages:

—Melesio, ¿por qué yo?

Clavó en mí sus ojos terribles. Creo que dudó si debía responder. Pero debió de comprender que aquel era un momento oportuno, así que, circunspecto hasta el punto de la solemnidad, afirmó:

—Eres joven. Estás en ese borde de la vida en el que hay que tomar la definitiva decisión: ahora o nunca. Perteneces a la sangre patricia de los Sarjun. Los huesos del valeroso general Flaviano estarán saltando en su tumba, allá en Pisidia. Porque un heredero de su casta conocerá muy pronto aquellos arcanos escritos que esperaban ocultos...

—No comprendo nada. Todo eso que dices sigue siendo una incógnita para mí. ¡Háblame claro, te lo ruego!

—¡Ah, qué sana impaciencia! Dentro de ti se despierta el ansia. Esa pujanza que brota del Espíritu... Te he dicho «muy pronto», y al decirlo, no me refiero a algo cercano pero indeterminado; hablo de días o tal vez de horas... De manera que no me preguntes más. Tú mismo hallarás las respuestas a tus interrogaciones interiores.

Dicho esto, se arrodilló y se puso a orar en silencio con las manos extendidas hacia donde salía el sol. También yo recé junto a él. Luego montamos en los borricos y empezamos a descender la cuesta en dirección a Biblos.

La visión de la ciudad portuaria más antigua del mundo era excelsa, irguiéndose desde el mismo mar, como una prolongada hilera de murallas, detrás de las cuales sobresalían fortalezas, torres y minaretes. Entramos atravesando una puerta que se abría hacia el sur y fuimos avanzando por los adarves, hasta un enredo de callejuelas, pasando por delante de un sinnúmero de tenderetes y negocios de todo tipo. Biblos es en verdad un gran mercado, más concurrido si cabe que el mayor de Damasco, y el conjunto de sus habitantes bramaba pregonando sus géneros: esclavos, bestias, cueros, tejidos, alhajas, vasijas, extendidas acá o allá, en el suelo, delante de las puertas o transportadas sobre lomos de diminutos pollinos. También las atarazanas hervían atestadas de gente, en torno a navíos de todos los tamaños, y no quedaba un palmo libre en los muelles, por tal cantidad de barcas como había amarradas.

Por en medio de todo eso llegamos a la plaza donde se alzaba la mezquita principal y el sólido edificio de piedra que servía de residencia al gobernador. Allí nos detuvimos y Melesio me dijo:

—Es preciso ahora aguardar aquí.

—¿Aguardar? ¿A qué?

—A que venga alguien.

Comprendí que no debía hacer más preguntas. Así que me senté en un poyete dispuesto a esperar a que se desvelase el misterio. El monje escrutaba la multitud, como buscando a ese alguien. Y pasado un corto espacio de tiempo, exclamó:

¡He ahí! Ya ha llegado.

Miré hacia donde tenía puestos los ojos y, para mi sorpresa, a veinte pasos de nosotros, venía Hesiquio montado en su soberbio alazán, acompañado por sus ayudantes de las caballerizas del califa.

Sorprendido, hice ademán de ir hacia él, pero Melesio me retuvo agarrándome por el brazo:

—¡Quieto ahí! Yo te diré cuándo debes ir.

Hesiquio pasó muy cerca de nosotros, nos miró sin detenerse y siguió su camino hacia el palacio del gobernador. Todo aquello me tenía desconcertado.

—Vayamos ahora al mercado equino —dijo el monje.

Abriéndonos paso entre el gentío, fuimos a las afueras, a una gran explanada donde se juntaban centenares de caballos y todos aquellos que acudían a comprarlos y venderlos.

Reinaba en aquel sitio una gran animación, entre nubes de polvo, montañas de paja y cercados de palos. Los pregoneros se desgañitaban y la gente bullía excitada, transitando por delante de los corrales. Eso mismo hicimos nosotros, deambular, aunque sin ánimo de negociar, sino tan solo por matar el tiempo.

Así transcurrió la jornada entera. Solo nos movimos de allí para ir a una iglesia pequeña dedicada a la mártir santa Aquilina. Allí los buenos fieles cristianos nos dieron para comer unos pedazos de pan. Estuvimos rezando y, más tarde, cuando se puso el sol, extendimos nuestras esteras en el atrio para pasar la noche.

34

Al amanecer, nos levantamos e hicimos nuestros rezos unidos a un grupo de mujeres y monjes. Luego recogimos nuestros borricos y volvimos al mercado. Nos sentamos frente a un gran tenderete.

—Aguardaremos aquí —dijo Melesio.

Muy temprano apareció Hesiquio con sus acompañantes. Se dirigió hacia el tenderete y permaneció un largo rato haciendo tratos con unos y otros. Desde la distancia observábamos la destreza y el poderío con que se dedicaba a su oficio. Y de vez en cuando nos lanzaba miradas, de las cuales me parecía interpretar que nos pedía paciencia.

Almorzó entre los mercaderes, y permaneció el resto de la jornada allí, desplazándose solo de vez en cuando hasta los corrales para examinar algún caballo. Pero, más tarde, cuando empezó a oscurecer, se despidió y se encaminó hacia la ciudad acompañado solo por sus criados. Entonces, me dijo Melesio:

—Anda, ve ahora con él.

Le alcancé antes de que entrara en una suntuosa casa.

Daba la impresión de que me esperaba, porque, con aire de satisfacción, me abrazó diciendo:

—Bueno, muchacho, al fin nos hemos reunido en Biblos.

—No comprendo nada —dije.

—Lo sé —rio.

—¿Me vas a explicar el motivo del viaje?

—Claro que sí. Esta noche lo sabrás. Pero antes ve a recoger tus cosas. Te alojarás conmigo aquí.

—¿Y el monje?

—No te preocupes por él. Melesio sabe lo que tiene que hacer.

Entramos en una lujosa posada. A Hesiquio lo trataban como a un rey. Todo eran reverencias y atenciones que llegaban a resultar empalagosas.

Cuando nos hubimos sentado en el rincón más confortable que había allí, me dijo:

—En Biblos se compran y se venden los mejores caballos del mundo. Los traen por tierra desde Arabia y por mar desde Hispania, Italia, Britania... Siempre me alojo aquí cuando vengo a hacer negocios. La primera vez vine con mi abuelo. También mi padre acudía dos o tres veces al año al mercado equino. Esto es como nuestra casa.

Luego nos sirvieron la cena en la terraza mientras caía la noche. Comimos viendo cómo el bullicio se iba apaciguando en el puerto y en los mercados. Era tarde cuando se hizo un silencio casi total. Mi impaciencia ya se había convertido en angustia. Entonces él, que hasta ese momento solo había hablado de caballos y de dinero, se puso muy serio.

—Podrías haber hecho el viaje conmigo, en mi comitiva —empezó diciendo—. Pero no hubiera sido lo más conveniente. Ya irás comprendiendo el porqué de algunas cosas...

Además, era preferible que Melesio te fuera conociendo por el camino. Eso era algo muy importante. El monje es fundamental en todo esto… ¿Qué tal te ha ido con él?

—Es un hombre muy raro. Apenas ha hablado. Para mí, todo esto es un gran misterio.

—Y en verdad lo es, es un gran misterio…

Apuró el vaso de vino y se puso aún más serio si cabía. Al menos eso me pareció. En la terraza había oscurecido y veía solo algo de su cara, iluminada por la tenue llama de una lamparilla de aceite.

—Aquí —añadió—, en la altura de esta terraza, nadie podrá oírnos. Mis hombres vigilan abajo la entrada a la escalera.

—¿Y qué podemos temer?

—¡Humm…!

Se aproximó a mí cuanto pudo, hasta poner su boca muy cerca de mi oreja.

—Hay mucho peligro, mucho… —susurró—. Si alguien llegara a oír lo que voy a decirte, estarían en grave riesgo nuestras vidas. Por eso, a partir de ahora debemos ser muy cuidadosos. —Hizo una pausa, llenó los vasos y volvió a beber, antes de proseguir—. Si recuerdas lo que dijo Melesio aquella mañana, en la vieja casa del antiguo Damasco, comprenderás que esto no es un juego. Nuestra existencia pende de un hilo, porque los signos ya están aquí; esos signos que hemos estado esperando tanto. Ha llegado al fin el momento de asumir los designios del destino. Ya pasó la hora de aguantar la opresión, la humillación y el castigo… Porque este es el tiempo nuevo. Que es nuestro tiempo, el tuyo y el mío. Por eso te admití en mi casa, atrayéndote mediante la mujer más hermosa que pude hallar. Porque yo conozco el ardor que hay en la juventud; sé de la intrepidez que anida en tu alma; comprendo que el amor puede a esa edad más que todo lo demás... Y yo necesitaba una persona como tú. Te necesitaba a ti, Efrén de los Sarjun de Damasco y de los Flavianos de Pisidia... En ti se juntan la antigua sangre de Grecia, la savia de Roma y la pasión de Bizancio... Perteneces a la tercera generación sometida al agravio de la dominación agarena. También yo pertenezco a esa descendencia, y aunque lo tengo todo, me falta lo principal, que es la libertad... ¿Empiezas a captar lo que quiero decirte?

—Estoy... Estoy abrumado... No sé qué responder...

—Es normal que así sea. Todo esto es nuevo para ti y ha de causarte ahora gran desconcierto. Te he sacado de Damasco para traerte hasta aquí porque lo que vas a saber no es cosa que pueda explicarse en unas horas. No, se necesita tiempo...

Después de decir aquello, se puso en pie y fue hasta el balaustre de la terraza para asomarse. Estuvo echando ojeadas en la oscuridad, hacia abajo, a los lados y enfrente, donde estaban las atarazanas del puerto. Regresó a mi lado aparentemente tranquilo, encendió otra lamparilla, suspiró hondamente y prosiguió diciendo:

—Yo he terminado el negocio que debía hacer en Biblos, que era comprar algunos caballos para el nieto del califa. Pero me quedaré por aquí algunos días más. Tengo que ocuparme de otros asuntos. Todo a su tiempo... Ahora para mí lo más importante es saber que puedo contar contigo.

—¿Y qué puedo hacer yo?

—Mucho más de lo que crees. Se aproximan horas de angustia y confusión. Yo sé que eres valiente y que no temerás, aunque inicialmente te asalte algún desconcierto.

—¡Habla de una vez! ¿Qué va a suceder?

—¡Chist! No alces la voz.

—Debes comprender que estoy muy impaciente. Hace días que vivo en el misterio...

—Anda, bebe —dijo sonriente, llenando los vasos—. El vino nos ayudará a entrar en situación. Esa impaciencia me gusta...

Veía su rostro inclinado sobre el mío. Distinguía en él una mirada tranquila y severa, bajo unas cejas negras. Y al mismo tiempo, escuchaba mi voz interior gritándome, con una emoción difícil de describir. Y el vino, en efecto, me exaltó todavía más.

—Hesiquio, te lo ruego —le supliqué ardiendo por dentro—, dime de una vez lo que va a pasar.

Suspiró de nuevo, como para reunir el aplomo que necesitaba, y luego contestó:

—Habrá una guerra. Tiene que haber una guerra...

—¡Una guerra...! ¿Quieres decir que...?

—¡Calla! ¡Déjame hablar!

Se hizo entre nosotros un silencio lleno de inquietud, en el que él me daba tiempo para que adoptase una actitud de total concentración en sus explicaciones. Luego, con aire terrible, dijo:

—Muy pronto el califa mandará destruir la basílica de Santis Joannes. Y esta vez nadie lo podrá evitar. El santo templo cristiano que edificaron nuestros antepasados será reducido a la nada y en su lugar se construirá la mayor mezquita de Damasco... Pero eso solo sucederá si Dios no lo remedia... O, mejor será decir, si alguien no lo remedia en el nombre de nuestro Dios, que es el único vivo y verdadero... Porque esta vez no habrá ya palabras, sino hechos... ¡Se acabaron las palabras!

Después de decir esto, apretó los labios en un rictus de

pesadumbre. Se mantuvo callado durante un rato, mirándome fijamente, escrutando el efecto que sus explicaciones habían causado en mí.

Yo estaba sobrecogido. Tuve que hacer un esfuerzo grande y fui muy sincero al decirle:

—Yo eso lo sabía... No me preguntes por qué... Solo podré responder que algo dentro de mí ha venido siempre anunciándome eso y otras cosas aún peores...

—Lo creo. Porque el Espíritu no puede dejar de suscitar entre nosotros profetas y hombres capaces de ver los signos de los tiempos. Ya sucedió eso antes, sucede ahora y no cesará. Todos los fieles en Cristo son de alguna manera profetas. Todos estamos llamados a interpretar nuestras más íntimas mociones espirituales. Aunque bien es verdad que siempre hubo hombres elegidos para transmitir los designios del Omnipotente.

—Eso que dices me llena de temor de Dios —manifesté turbado—. Me hablas como si fueras un monje. Sin embargo, hace unas semanas no hubiera podido imaginar siquiera que tu alma albergaba esos sentimientos...

Soltó una carcajada. Luego extendió la mano y la puso cariñosamente sobre mi hombro.

—En mi casa has vivido entre placeres —dijo—. Es comprensible que ahora te sientas confuso. Eso también es parte de este misterio. Es verdad que soy un pecador, que mi vida ha estado rodeada de lujos y goces. Pero mi esposa Tindaria y yo hace ya tiempo que decidimos cambiar de vida. Aún no hemos dado ese gran paso, porque no queremos despertar sospechas... Es mucho lo que está en juego. Somos cristianos y queremos vivir como tales. ¡Basta ya de engaños! Y sé que lo que digo podrá parecerte una incongruencia. Pero, aunque sea difícil de entender, hay veces en las que para vencer al mal hay que alejarse algo de Dios... He ahí el misterio...

—Creo que voy comprendiendo —dije—. Empiezo a vislumbrar que todo esto no va a ser nada fácil. Y no te preocupes por mí. Estoy dispuesto a hacer el más grande esfuerzo que se me pida, a afrontar cualquier peligro o sacrificio. Siempre he vivido con el presentimiento claro de que esta hora habría de llegar un día. Por eso me exasperaba al ver cómo los míos siguen en la misma conformidad, año tras año, generación tras generación.

—También yo he vivido con ese presentimiento. Muchos somos los que vivimos con él, aguantamos y seguimos adelante. Pero ha llegado la hora en que eso que sentimos se hará realidad. Porque cada una de nuestras intuiciones particulares, por pequeñas y locas que puedan parecernos, están ya inscritas en un destino más grande, más claro, más definitivo... En aquello que contienen las antiguas y sagradas profecías...

—¡Las antiguas y sagradas profecías! Esas son las cosas que necesitaba oír. Desde que estuve en el monasterio de Maalula no había vuelto a tener noticias de las profecías. Los monjes me hablaron de ellas. Los más ancianos confiaban en que muy pronto el cielo daría una señal. Había allí un maestro ya ciego, llamado Thoma, que recitaba en verso de memoria ciertas predicciones que vaticinaban el nuevo Imperio cristiano, la caída del islam, la paz duradera...

—Creo en esas profecías —afirmó con rotundidad Hesiquio—. Porque ya antes, de la misma manera, algunos profetizaron que la Gran Siria caería bajo el dominio de pueblos bárbaros e infieles. Es justo y necesario, pues, creer en lo que esos mismos profetas dejaron escrito sobre el final de la dominación.

—Quisiera conocer con detalle esas profecías. En el monasterio era todavía un muchacho atolondrado y no presté demasiada atención a los ancianos monjes. Pero algo de aquello quedó grabado en mi alma.

Hesiquio se echó hacia atrás en su asiento, henchido de satisfacción.

—Muy pronto podrás tener en tus propias manos los papiros donde están escritas las profecías.

—¡Bendito sea Dios! —exclamé.

—Sí, bendito y alabado sea. Pronto conoceremos las profecías. Se custodian muy cerca de aquí, en la montaña, en Ouadi Qadisha, el Valle Santo, donde crecen los sagrados cedros de Dios. Hay allá un buen manojo de antiguos papiros que hablan del futuro... Madrugaremos y emprenderemos el viaje temprano. Así que ve a dormir ahora. Necesitarás estar descansado.

35

¿Quién hubiera podido dormir? A mi cabeza retornaban tantas cosas... Hasta entonces, no había vuelto a detenerme a recordar las enseñanzas del anciano monje Thoma del monasterio de Maalula. Tal vez porque mi espíritu no estaba en sazón suficiente para asimilarlas. Pero ahora toda aquella sabiduría empezaba a adquirir sentido. Las antigüedades cristianas, las vicisitudes de nuestros antepasados y el ocaso infausto de toda una sublime cultura regresaban para dar vueltas en mi mente durante las horas que debían haber correspondido al sueño. Así que, durante toda la noche, estuve en vela, rememorando.

El cuarto año del reinado del emperador Heraclio, los persas sasánidas conquistaron Siria y Palestina, tomaron Jerusalén, destruyeron el Sagrado Sepulcro y sustrajeron la «Vera Cruz» del Señor, que se llevaron consigo a Ctesifonte. Luego ocuparon Egipto y Libia. La cristiandad quedó conmocionada. Heraclio se enfrentó a ellos en Thracian Heraclea, pero fue derrotado y por poco se libró de caer prisionero, huyendo perseguido a Constantinopla. Pero, en la primavera del duodécimo año de su reinado, el emperador partió de nuevo con sus ejércitos y venció al rey Cosroes de los persas, que dominaba la Gran Siria con crueldad desde hacía una década. Heraclio se llenó de orgullo y se arrogó el antiguo título persa de Rey de Reyes, y más tarde, el de Basileus, la palabra griega que designa al «soberano». Nadie sabe por qué prefirió este título por encima de otros anteriores, como el de Augusto, que le pertenecía como emperador romano. También adoptó el griego como lengua administrativa, por encima del latín. A partir de entonces, Bizancio adquirió un claro carácter helénico.

La derrota de los persas supuso el final de una guerra que había durado casi ocho largos siglos, desde que Alejandro Magno conquistara el imperio de Darío. Por eso Heraclio volvió como un héroe y entró triunfante en Constantinopla. Dos años más tarde, restituyó la Vera Cruz a Jerusalén, siendo recibido en una majestuosa ceremonia en las puertas de la ciudad santa, llevando la reliquia él mismo, a caballo y en sus propias manos. La noticia alegró a toda la cristiandad.

Los ismaelitas de Arabia también recibieron la noticia con alegría, no solo porque suponía la derrota de los idólatras, sino por el cumplimiento de una profecía hecha en el Corán por Mahoma. La predicción reza así:

> *Los bizantinos fueron derrotados por los persas en el territorio árabe más próximo a ellos, la antigua Siria; pero, después de esta derrota, ellos [los bizantinos] les vencerán. Esto sucederá dentro de algunos años. Todo ocurre por voluntad de Dios, tanto la anterior derrota [de los bizantinos] como su futuro triunfo. Y cuando eso ocurra, los creyentes se alegrarán (Corán, sura 30, capítulos 2 al 4).*

Tras su capitulación, el Imperio sasánida de los persas quedó en una situación de ruina y desconcierto de la que nunca llegó a recuperarse. Gracias a ello, los árabes seguidores del islam recién nacido pudieron ir apropiándose de los territorios que habían pertenecido a la antigua Persia. Porque, hasta entonces, las tribus de los desiertos habían estado demasiado divididas y luchando entre ellas desde el pasado, incapaces por tanto de unirse para formar un reino o estado. Pero el profeta Mahoma logró unificarlas. En su nueva situación, unidas y enardecidas por su reciente conversión a las enseñanzas escritas en el Corán, empezaron a constituir un poder a tener en cuenta. Sin embargo, el orgulloso y antiguo Imperio romano fue incapaz de considerarlo una amenaza. El profeta Mahoma incluso se atrevió a enviarle una carta a Heraclio, instándolo a convertirse al islam. Dicen que el emperador recibió al mensajero, leyó la carta, sonrió y la guardó, sin darle mayor importancia a lo que consideró la estupidez de un loco iluminado.

Al año siguiente, unos pocos fanáticos agarenos atacaron la provincia de Arabia Pétrea, siendo fácilmente rechazados. Pero, meses después, unas hordas mucho más numerosas fueron contra el Aravá, al sur del mar Muerto, logrando apoderarse de Al Karak. Luego penetraron en el Néguev, llegando hasta Gaza.

Recuerdo que el monje Thoma de Maalula nos contó algo realmente curioso: el propio emperador Heraclio soñó una noche con un nuevo reino de «hombres circuncidados» que iba a empezar pronto a dominar el orbe. Y contó el sueño a los patricios de su corte, que todavía ni siquiera conocían la nueva religión de Mahoma recién surgida en Arabia; y estos, que pensaron que los hombres circuncidados debían de ser hebreos, le aconsejaron que mandase decapitar a todos los judíos del Imperio. Esa monstruosidad nunca llegó a ejecutarse. Pero el sueño se cumplió: años después acudirían a Constantinopla mercaderes con noticias de las nuevas multitudes de agarenos de los desiertos que se dejaban circuncidar siguiendo una nueva religión.

El peligro era cierto y los seguidores de Mahoma acabaron invadiendo Siria y Palestina. Damasco y Jerusalén pasaron a sus manos. En poco más de tres años, todo el Levante mediterráneo era conquistado por el nuevo enemigo. Heraclio yacía gravemente enfermo y, en el momento de su muerte, la mayor parte de Egipto había caído en poder de los árabes. Solo entonces comprendió el significado de su profético sueño.

Durante los primeros años que siguieron al desastre, los cristianos sometidos al islam todavía contemplaron la posibilidad de volver a ser dueños de sus ciudades y sus campos. Pero la siguiente generación decayó en sus ilusiones. La tercera generación, la nuestra, ya ni siquiera tenía capacidad para soñar...

36

La pendiente era áspera, por un pedregoso sendero que zigzagueaba entre arbustos espinosos y peñascos, pero el silencio, la brisa limpia y los amargosos aromas de las plantas resinosas conferían un ambiente casi sacro a las laderas. Montado en su poderoso caballo, Hesiquio cabalgaba despacio por delante. Melesio y yo le seguíamos en nuestros borricos. A medida que ascendíamos fatigosamente, dejábamos atrás el mar, las concavidades boscosas de la costa y el puerto de Biblos. Luego nos fuimos adentrando en los ásperos montes, por la antigua calzada que conduce hacia Ouadi Qadisha, el Valle Santo.

Por el camino, Hesiquio me explicó con mayor detalle el motivo de nuestro viaje: beneficiarnos de los consejos del abad Sabbatio, el venerable y sabio anciano que gobernaba la más antigua y nutrida comunidad de anacoretas de Siria. Pero, sobre todo, para rogarle que nos dejara conocer las antiguas y sagradas profecías.

—En el Valle Santo se guardan innumerables secretos antiguos —me explicó—. Porque allá acudieron a retirarse multitud de hombres que llevaron consigo los viejos escritos de nuestros antepasados cristianos, entre los que están los libros proféticos. Los monjes los escondieron en cuevas para evitar que fueran destruidos. Ahora el abad decide quién puede leer esos escritos.

Melesio contó que el abad Sabbatio fue en su juventud un rico mercader libanés que prosperaba con otro nombre, navegando con su flota de barcos de puerto en puerto. Tuvo pues, antes de hacerse monje, una vida más terrenal y placentera, en el Líbano, Alepo, Emesa…, sin sospechar siquiera que, andando el tiempo, habría de encontrarse con otra vida muy diferente. Se convirtió a la verdadera fe en Alepo, estando en la iglesia de San Simón Estilita, conocida en árabe como Qal'at Sim'an, al sentirse conmovido repentinamente por el ejemplo del santo anacoreta que pasó treinta y siete años sin bajarse de una columna a veinticuatro codos de altura. Eran los aciagos tiempos del califa Moawiya, peligrosos para los cristianos. En esa época de confusiones y temores, acudían a retirarse a los monasterios y ermitas toda suerte de náufragos de la vida; hombres y mujeres que se sentían inconformes con su existencia; que se habían cansado de mantener la aquiescencia de una cristiandad dominada por el islam, mediocre y cobarde, y que veían en el retiro del mundo y la penitencia la solución a sus ansiedades.

No pude evitar pensar en mi propia vida y en la de mis familiares. Una vez más me asaltó mi antigua rabia y dije:

—¿Y no es también de cobardes huir del mundo para perderse en los montes…?

—¡De ninguna manera! —negó el monje Melesio, visiblemente indignado—. ¡Cómo se te ocurre pensar eso! Es una necedad lo que acabas de decir. En los apartados monasterios, cenobios y ermitas, en su tranquilidad, en su ambiente propicio para la reflexión, es donde el Espíritu suscita los signos del mundo nuevo que estamos esperando. Tú mismo lo vas a comprobar en el Valle Santo, durante el tiempo que permaneceremos allí. En ese sagrado lugar se atesoran los preclaros escritos que tan necesarios son para comprender todo lo que nos está pasando.

Al ver que el monje se encolerizaba, Hesiquio saltó en mi defensa:

—No te enfades con él. El muchacho es sincero. ¿Por qué no le cuentas lo que te sucedió a ti? Anda, cuéntale tu vocación.

—Mi caso fue muy diferente —respondió el monje—. En mi juventud fui soldado del califa; viví dedicado a las armas, a la guerra, a la obediencia al ejército. En todo esto me desenvolví sin mayores contratiempos, destacando por la gran fortaleza física con que Dios me dotó. No dudaba de que eso era lo que debía hacer. Fui un joven que no pensaba en otra cosa que en recorrer mundo de batalla en batalla, para acabar reuniendo la fortuna suficiente y poseer un día un palacio lleno de mujeres hermosas a mi servicio, con el fin de vivir el resto de mis días entre placeres. Pero ahora reconozco que siempre sentía, en el fondo de mi alma, como un poso de insatisfacción, merced al cual no era capaz de ser completamente feliz en el mundo, aun si llegara a tenerlo todo... Porque entre aquellos que realmente son llamados, la vía que los conduce al monasterio pasa por una verdadera conversión; una especie de perturbación en lo más íntimo, en virtud de la cual muere el hombre anterior que se era y nace una nueva voluntad, como otra persona, necesaria para emprender una nueva y diferente vida. En mi alma esta transformación vino germinando poco a poco, hasta que empezó a manifestarse en todos mis pensamientos y actos. Pero yo no sabía el porqué y ni siquiera se me pasaba por la cabeza la posibilidad de dejar aquella vida de guerrero violento e irracional. Hasta que un día, durante una batalla terrible en Egipto, me vi de repente aturdido, perdido en medio del fragor, los gritos y la muerte. Fue como si una voz me hablara por dentro, a pesar de tan enorme ruido, preguntándome: «¿Melesio, qué haces tú aquí? ¿Por qué peleas del lado de Satanás?». A pesar de ello seguí peleando y logramos la victoria. Pero yo no volví ya a ser el mismo. Y días después, cuando el ejército del califa regresó a Damasco, me concedieron un permiso y volví a la casa de mis padres, a la aldea de cristianos donde me crie. Allí advertí que mi gente era pobre y que vivía en la desesperación. Entonces comprendí lo que la voz quería decirme: «¿Qué haces tú aquí guerreando al lado de los que oprimen a tu pueblo?». Esa pregunta casi me hizo enloquecer. Pero el Espíritu me condujo hacia los bosques, a un apartado lugar donde se hallaban ocultas en la maleza las ruinas de un pequeño monasterio. La atmósfera sacra y protectora del sitio me retuvo y pronto me sentí invadido por una sensación misteriosa, como una secreta llamada, una atracción y un extraño deseo de quedarme. Intuyendo que Dios quería anunciarme algo, anduve entre los derruidos muros y di con el antiguo altar de piedra, bajo el ábside agrietado. Me arrodillé y me eché a llorar, sin saber por qué motivo. Allí me envolvió la oscuridad y pasé la noche arropado con mi capa. Sintiendo una paz grande, vine a comprender que en aquella soledad descubría mucho de lo que en el fondo era mi ser, de lo que sucedía en mi alma inquieta… Al día siguiente volví a mi casa. Permanecí en la aldea algunas semanas, haciéndome cada vez más consciente de la miseria y el dolor de la gente cristiana, que vivía oprimida por terribles impuestos. Luego tuve que regresar a Damasco, a mi oficio de soldado. Pero yo no era ya el mismo... Y después de una muy larga y madura reflexión, llegué a la conclusión de que debía hacerme monje, pues había experimentado esa transformación interior que los sabios llaman la verdadera *conversio morum*, que es lo que las reglas del monacato imponen como condición previa para el ingreso en un monasterio. Entregué a los oficiales todos mis ahorros, para comprar mi jubilación, y salí de los cuarteles sin saber hacia dónde debía dirigir mis pasos. Dios me condujo hasta Maalula, donde ingresé como novicio. No tardé en estar seguro de que mi anterior personalidad había muerto en mí, y que me despedía de mi vida primera, aceptando los votos y la regla del monasterio que me ligaban para siempre. Y pasados algunos años, cuando ya me supe un monje maduro y revertido de cierta serenidad, solicité del abad licencia para salir de nuevo al mundo a predicar.

37

Después de tres fatigosas jornadas de camino por intrincados vericuetos, por fin alcanzamos la cima desde la que se divisa, hacia oriente, como un paredón terrible, el monte Makemel, que domina Ouadi Qadisha. Quedé admirado contemplando la grandeza verde, oscura, del bosque sagrado, donde crecen los eternos árboles de Dios, aquellos cedros del Líbano que ensalzan los salmos. Colgadas del precipicio, brillaban las tres cúpulas del santuario, edificado entre enormes roquedales, rodeado por otras pequeñas construcciones, como ermitas menores apiñadas en torno. El conjunto, humilde, austero, tiene su origen en aquellos lejanos tiempos en que los eremitas eran llevados por el Espíritu a los montes más olvidados, cuando todavía los emperadores romanos permanecían obstinados en el paganismo, obedeciendo al demonio, afligiendo a los cristianos con persecuciones y martirios.

Descendimos hacia el valle por pedregosas pendientes, sobrecogidos por el silencio, hasta adentrarnos por el angosto desfiladero al que se asoman infinidad de terrazas cultivadas por los monjes. Era un hermoso santuario, como así debieron de desearlo siempre sus fundadores, que buscaron en aquel arrinconado y fragoso desierto el retiro del mundo. Y todo allí parecía llamar a ese peculiar destino: la quietud, las recónditas cuevas abiertas entre la maleza, los aromas a cera quemada e incienso... El lugar parecía solitario. Una calma total se abatía sobre él y no se oía sino, solo de vez en cuando, el entrecortado y tímido gorjeo de algún pájaro en los escasos árboles cercanos. Anduvimos entre los pequeños altares, contemplando las pinturas. Todo era humilde, parco, tosco casi. El verano propagaba en el ambiente una agradable calidez, adornando el cielo de la mañana con nubes de un blanco radiante. Confundido en medio de las formidables rocas de caprichosas formas, el templo principal parecía insignificante y tan viejo como la misma piedra y las montañas. En una de las capillas un bellísimo icono antiguo, con colores todavía vivos y oro viejo, representaba a la mártir Aquilina, orando con las manos juntas y una penetrante mirada. Todavía lo estábamos contemplando fascinados cuando apareció por allí un eremita pequeño, fornido y desaliñado, que, con medias palabras y gestos mesurados, nos condujo hacia donde estaba el abad.

Penetramos en el interior de la gruta que le servía de celda, porque afuera el sol de mediodía resultaba ya insoportable. Nos hallamos de repente envueltos por la oscuridad y acabamos sentados en el duro suelo. Y cuando nuestros ojos, antes deslumbrados, empezaron a ver algo, descubrimos frente a nosotros la silueta de un anciano diminuto, viejísimo, encorvado y de apariencia frágil. No obstante, su estampa tenía en conjunto un algo venerable, como un halo; sería por las velas que ardían a sus espaldas en lo más profundo de la cueva, frente a un pequeño tabernáculo. Ninguna comodidad apreciable ni nada más había dentro.

—Dios os trae a mí —saludó Sabbatio con voz rota y a la vez dulcificada, inclinado sobre sí, con los ojos fijos en el suelo—. Hijitos bienaventurados, amados del Señor, ¿qué puedo hacer por vosotros?

—*Abbá* bendito —respondió Melesio, a la vez que le besaba las manos—, hemos venido como peregrinos, para orar y hallar sabiduría en este santo lugar.

El abad suspiró, tosió, carraspeó y dijo:

—Hijitos, sea con vosotros la bendición del Señor de las Elevaciones. Pero debo advertiros de que el Espíritu necesita paz de corazón, humildad y paciencia para conceder sus dones...

—¡Bendito padre! —exclamó Melesio, yendo a besarle de nuevo las manos—. ¡El Espíritu nos trae!

Sabbatio se enderezó y nos miró con sorpresa. Luego gruñó sarcástico:

—¿El Espíritu...? El Espíritu es libre y sopla donde quiere.

Melesio contestó visiblemente azorado:

—Venerable *abbá* Sabbatio, ¡ayúdanos!

Se sostuvieron las miradas durante un rato y, al cabo, el anciano abad le dijo con severidad:

—¡No seas necio! La ayuda solo viene del Altísimo.

—Necesitamos el auxilio de tu sabiduría —insistió Melesio—. ¿Podemos ocupar una de las cuevas durante al menos una semana para beneficiarnos de tus consejos mientras tanto?

Sabbatio suspiró y respondió con calma:

—Sabes que sí. El monasterio pertenece al Todopoderoso... Y por lo tanto, a cualquiera de sus hijos... Anda, vayamos a rezar antes de nada.

Dicho esto, se puso en pie y, con mucho trabajo, salió de la gruta y se encaminó por el sendero precediéndonos hacia el santuario. Se apoyaba en el brazo de un monje joven. Entramos y nos arrodillamos bajo el ábside principal, en cuyo centro una soberbia pintura representaba el nacimiento de Jesucristo. Había allí una paz envolvente que infundía seguridad en el alma.

—Señor, ilumínanos —imploró el abad—. Tú que habitas en la inconmensurable presencia del Altísimo.

Hubo luego un silencio, en el que el joven monje estuvo incensando el altar. Después, visiblemente enfervorizado, el abad volvió a hablar.

—Nada es imposible para nuestro Dios. Cuando el arcángel Gabriel entró en el aposento de la Virgen María y comenzó a hablarle, ella preguntó humanamente preocupada: «¿Cómo se hará eso que dices?». Entonces, el siervo del Espíritu Santo le respondió diciendo: «Para Dios nada es imposible». Y ella, creyendo firmemente en aquello, dijo: «He aquí la esclava del Señor». Y al instante descendió el Verbo sobre ella, entró en ella y en ella hizo morada, sin que nada advirtiese. Todo parecía seguir igual, pero el Verbo ya estaba en ella. Lo concibió y en su seno se hizo niño, mientras el mundo entero estaba lleno de Él. Por eso, cuando oigáis hablar del nacimiento de Dios, guardad silencio. Nada es difícil para esa excelsa Majestad que, por nosotros, se ha bajado a nacer entre nosotros y de nosotros. Verdaderamente, nada es imposible para Él. Si no creemos eso, de nada servirá tener fe en cualquier otra cosa.

Tras estas palabras, permanecimos orando de hinojos. Mientras meditábamos, era fácil comprender lo que Sabbatio había pretendido con su pequeño sermón: infundir en nosotros un estado de humildad y confianza.

Pasó un largo rato de absoluto silencio. Después un monje cantor inició un himno en antigua lengua griega.

Señor y Soberano de mi vida,
líbrame del espíritu de indolencia,
del desaliento, la vanagloria y de toda palabra inútil.
Y concédeme a mí, tu siervo pecador,
el espíritu de castidad, humildad, paciencia y amor.
Sí, Rey mío y Dios mío,
concédeme reconocer mis faltas
y no juzgar a mis hermanos.
Porque eres bendito por siempre. Amén.

Yo conocía bien esa plegaria escrita por san Ephrain de Nisibe. En el monasterio de Maalula se solía entonar varias veces durante la Cuaresma. Tenía como finalidad hacer que el alma fuera capaz de reconocer su incapacidad para hacer el bien por sí sola. La indolencia lleva a la pusilanimidad, que es aquel estado de desaliento considerado por todos los santos padres antiguos como el mayor peligro para el alma. El desaliento es la tendencia del hombre al pesimismo; la imposibilidad de ver cualquier cosa buena o positiva. Es un poder demoníaco que actúa en nosotros para confundirnos. Porque el Diablo es fundamentalmente un mentiroso. Miente al hombre sobre Dios y sobre la verdad del mundo, llenando la vida con oscuridad y negación. La vanagloria surge cuando la vida no está orientada hacia Dios, cuando no se busca lo eterno, sino lo perecedero. Y la vida entonces se volverá egoísta y egocéntrica. El hombre es impaciente, porque, al ser ciego para sí mismo, está pronto para juzgar y condenar a los otros. Mide todas las cosas por sus propios gustos e ideas; y quiere que la vida sea exitosa, aquí mismo, ahora. La paciencia, sin embargo, es realmente una virtud divina.

Me di cuenta de lo sabio que era el anciano abad. Nos vio llegar soliviantados y llenos de impaciencia a su santo lugar; y no estaba dispuesto a desgranar sus enseñanzas de cualquier manera, sin darnos tiempo para que nos sosegáramos y tuviésemos en nuestras almas un estado propicio. Nos obligaba pues a orar y meditar primero.

Por eso, concluido el rezo, no dio opción a nada más.

—Hoy ya es tarde —dijo—. Mañana trataremos acerca de los asuntos que os traen a mí.

38

Pasamos la primera noche en una de las cuevas del monasterio. Nos levantamos antes del amanecer y fuimos a orar con los monjes al templo principal. Después, cumpliendo la palabra dada la tarde anterior, el abad volvió a recibirnos en su habitáculo y quiso saber el motivo de nuestra peregrinación al santuario.

Sin más preámbulos, Hesiquio tomó la palabra y empezó manifestando que muchos creían firmemente que se aproximaba la hora en que los cristianos de Siria íbamos por fin a ser liberados de la dominación agarena. Luego prosiguió preguntando:

—*Abbá* Sabbatio, ¿tiene reservado Dios un plan para Siria? ¿Podemos conocer algo de la santa y oculta voluntad del Todopoderoso? ¿O acaso será verdad eso que dicen otros, que los sirios hemos sido abandonados de la mano de Dios?

El abad clavó en él unos ardientes ojos, exasperados. Y un instante después, elevó la mirada al cielo para responder con exaltación:

—¡¿Abandonados?! ¡Cómo va a abandonarnos el Señor!

Los cristianos recibieron su nombre en Siria. Nuestro Dios, cuya sabiduría y designio son misteriosos, quiso que aconteciera en la ciudad de Damasco algo decisivo en la historia de los discípulos de Cristo. Saulo de Tarso, aquel joven judío, fogoso e intransigente, armado con su espada y el poder de los doctores de la ley de Israel, iba de camino a Damasco a perseguir y arrestar a los fieles del Señor, cuando fue sacudido por un rayo de luz del cielo, que le dejó ciego y aterrorizado. Iba allá a detener y encarcelar cristianos, pero, en vez de ello, él mismo fue apresado por el Señor, quien cambió no solo el destino de su vida, sino también el de los pueblos gentiles. Porque es verdad eso de que los propósitos de Dios no son los de los hombres y que sus caminos no son nuestros caminos…

—Sí, *abbá*, creemos en esa gran verdad. Pero necesitamos conocer algo de esos propósitos… Porque los signos de los tiempos nos confunden. La opresión de los ismaelitas dura ya demasiado. ¡Estamos confundidos! Y Dios no habla…

—¡Ah, para eso tenemos la Biblia! —contestó Sabbatio—. En las Sagradas Escrituras está la palabra de Dios. Para saber, pues, debemos orar escudriñando a lo largo de la Biblia, desentrañando el plan de Dios revelado a través de ella. Porque la Iglesia puede hallar el significado bíblico de nuestra tierra, de la Gran Siria, en la historia del pueblo de Dios.

A continuación, el abad, demostrando su hondo saber, nos explicó todo lo que estaba escrito en la Biblia sobre Siria.

—Cuando Dios llamó a Abraham, el padre de los creyentes, y le invitó a dejar Mesopotamia, le hizo viajar a Canaán por Alepo y Damasco en Siria, porque estas son las ciudades habitadas más antiguas en el mundo. A Labán, hermano de Abraham, se le llama el «hijo de Betuel el Sirio» y también «Labán el Sirio». Su hermana Rebeca casó con Isaac, el primogénito de Abraham, y su hija Raquel con Jacob, el cual fue también considerado como un «Sirio». Ocho de las doce tribus de Jacob tuvieron un origen materno sirio, mientras que las cuatro restantes fueron de las concubinas. El profeta Oseas dijo: «Y Jacob huyó al país de Siria, e Israel sirvió por una esposa, y por una esposa cuidó ovejas».

»Pasados los años, cuando las tribus de Israel fueron a vivir por obediencia a la tierra prometida, Dios les mandó que manifestasen su acatamiento y gratitud presentando los frutos de la tierra. En el sagrado libro del Deuteronomio se dispone: "Y responderás y dirás delante del Señor tu Dios: 'Mi padre fue un arameo errante y descendió a Egipto y residió allí, siendo pocos en número, pero allí llegó a ser una nación grande, fuerte y numerosa'".

»Es verdad que los antiguos reyes sirios atacaron frecuentemente al reino de Israel. Pero en el Libro de los Reyes se narra la manera sobrenatural con que Dios liberó a Israel y Judá de los ataques sirios. Dios incluso usó al profeta Elías para ungir al rey de Siria con el fin de obligarle a que cumpliera las profecías.

»Gracias al profeta Eliseo, sanó de la lepra Naamán el Sirio, capitán de las huestes del rey de Siria, del que dice la Biblia que "era un gran servidor para con su amo, honorable, porque por medio de él el Señor había dado la libertad a Siria. Era también un hombre poderoso en valor, pero estaba muy enfermo, era leproso".

»Después de la ascensión de Cristo a los cielos, cuando Saulo de Tarso iba camino de Damasco, allí solo había un número pequeño de cristianos. Pero Dios ya tenía dispuesto un plan para Siria. Saulo, pues, con poderes de la suprema autoridad judía, actuaba contra la Iglesia. Su mirada llena de celo e ira se dirige a Damasco, la celebérrima metrópoli situada al este del Antilíbano. Había allí una incipiente comunidad cristiana; "adictos al Camino" los denominan los Hechos de los Apóstoles. Y estaba en Damasco un discípulo de Cristo llamado Ananías, al cual habló el Señor en una visión. Dios le llamó: "¡Ananías!", y él respondió: "Heme aquí, Señor". Y el Señor entonces le ordenó: "Anda y ve a la calle que llaman Recta, y busca en la casa de Judas a un tal Saulo de Tarso, que está en oración, y ha visto en visión a un hombre llamado Ananías que entraba y le imponía las manos para que recobrara la vista". Ananías respondió: "Señor, he oído hablar a muchos sobre este hombre y cuántos males ha causado a tus santos en Jerusalén. Y aquí tiene autorización de los sumos sacerdotes para apresar a todos los que invocan tu nombre". Pero el Señor le dijo: "Ve, porque este es mi instrumento escogido, para ser portador de mi nombre ante los gentiles y los reyes, y ante los hijos de Israel; porque yo le mostraré cuántas cosas deberá padecer por mi nombre". ¿No os dais cuenta? Dios tenía un plan y ese plan continúa realizándose, pero en ese plan también entra el sufrimiento... Solo Dios sabe el porqué en su infinita sabiduría y bondad.

El abad Sabbatio, después de exponer con tanta elocuencia sus bíblicas razones, permaneció durante un rato en silencio, como esperando a que sacáramos nuestras propias conclusiones; silencio que rompió Melesio con una pregunta inesperada:

—*Abbá*, tú posees el don de la sabiduría, ¿crees pues que Dios tiene ya resuelto devolvernos la libertad?

—Deja a un lado la impaciencia —contestó Sabbatio—. Todavía no he dicho todo lo que quería deciros. Así como Dios habló al sirio Ananías, su discípulo en la ciudad de Damasco, quien estaba aterrorizado ante la misma mención del nombre de Saulo, Dios habla a su Iglesia de Siria para que deje de conducirse por el miedo. Siria deberá volverse al Señor... Porque la misma Biblia dice en los Hechos de los Apóstoles «los discípulos fueron llamados cristianos por primera vez en Antioquía»; la cual está en Siria, y se convirtió en el centro más importante para la primera Iglesia. ¿Cómo nos va, pues, a abandonar el Espíritu? Debemos orar y estar atentos a su voz...

—¿Dónde? ¿Cuándo? ¿Cómo? —inquirió Hesiquio.

—Ya os lo he dicho: aquí, ahora y con las Sagradas Escrituras. Aun en medio del dolor y la incertidumbre.

—Sí, *abbá* —asintió Melesio—. Hemos comprendido muy bien todo lo que nos has dicho. Igual que Dios le habló a su discípulo Ananías, que estaba aterrorizado por la presencia de Saulo en Damasco, Dios ha de hablar a Siria hoy. ¿Pero quiere decir eso que nuestros perseguidores ismaelitas acabarán convertidos a Cristo pronto? ¿De igual manera, de repente como Saulo? ¿Dios enviará su rayo para cegarlos y derribarlos del caballo de su fanatismo? ¿Se acerca el fin de esa opresión?

—Otra vez lo repito. Los caminos de Dios no son nuestros caminos... Nadie puede conocer lo que hay en la mente de Dios. Ya el propio san Pablo lo dijo en la primera carta a los Corintios: antes de crear el mundo, Dios tenía un plan en secreto, que luego quiso revelar para que podamos compartir su gloria. Pero ese plan inteligente de Dios no lo entendió ninguno de los gobernantes del mundo. Si lo hubieran entendido, no habrían colgado de la cruz a nuestro Señor, quien es el dueño de la vida. Como dice la Biblia: «Para aquellos que lo aman, Dios ha preparado cosas que nadie jamás pudo ver, ni escuchar ni imaginar». Dios nos dio a conocer todo esto por medio de su Espíritu, porque el Espíritu de Dios lo examina todo, hasta los secretos más profundos... Nadie puede saber lo que piensa otra persona. Solo el espíritu de esa persona sabe lo que ella está pensando. De la misma manera, solo el Espíritu de Dios sabe lo que piensa Dios. Pero Dios nos dio su Espíritu, por medio del cual podemos percibir todo lo que Dios ha hecho en su bondad por nosotros. Y cuando hablamos de lo que Dios ha hecho por nosotros, no usamos las palabras que nos dicta la inteligencia humana, sino que usamos el lenguaje espiritual que nos enseña el Espíritu de Dios. Los que no tienen el Espíritu de Dios no aceptan las enseñanzas espirituales, pues las consideran tonterías. Y tampoco pueden entenderlas, porque no tienen el Espíritu de Dios. En cambio, los que tienen el Espíritu de Dios todo lo examinan y todo lo entienden. Pero los que no lo tienen, no pueden examinar ni entender a quienes lo tienen. Como dice la Biblia: «¿Quién sabe lo que piensa el Señor? ¿Quién puede darle consejos?» En cambio nosotros tenemos el Espíritu de Dios, y por eso pensamos como Cristo.

—Pero... ¡*abbá*! —gritó Hesiquio impetuoso—, ¿es verdad o no lo que dicen las profecías del mártir Metodio? ¿Debemos creerlo?

—Esas profecías, como todas las profecías, deben ser interpretadas según el Espíritu que habita entre nosotros. ¿Acaso no estoy diciendo eso mismo?

El monje Melesio tomó entonces la palabra:

—Sí, *abbá*, pero debes comprender que sintamos la necesidad de hacer algo. Se cumplen ya setenta años desde que los ismaelitas invadieron Siria... ¿No es hora ya de hacer algo? ¿Y nos dices que nos dediquemos solo a rezar?

—¿Y qué quieres hacer?

—Rezar, *abbá* bendito…, ¡claro que sí, rezar! Pero también luchar.

Hubo una pausa, en la que Sabbatio movió la cabeza en signo de pesadumbre. Luego le dijo a Melesio:

—Eres monje, pero todavía tu hombre viejo conserva el alma del guerrero…

Melesio reflexionó y concluyó diciendo:

—Dios te ha dado sabiduría, *abbá*, y la paciencia de los hombres santos. Pero yo siento que ya va escapando de mí la poca juventud que me queda. No quiero envejecer y morir sin ver libre esta tierra.

El abad nos miró con ternura, hizo un gran esfuerzo para sonreír y acabó otorgando sin reserva alguna:

—Os dejaré leer la profecía del mártir Metodio de Patara.

Al punto se puso en pie con esfuerzo, cogió una vela, la encendió y, alumbrándose con ella, fue hacia el interior de la gruta. Un momento después regresó con un manojo de pergaminos.

—He aquí. Leed y sacad vuestras propias conclusiones.

39

Ávidos de escrutar su intrínseco misterio, Hesiquio y el monje Melesio se consagraron a la lectura de la antigua profecía de Metodio de Patara. Y con ese fin permanecimos en el Valle Santo una semana. Mientras tanto, tuve tiempo suficiente para conocer la clase de vida que llevaban los cenobitas, y de manera particular los anacoretas. Me sorprendió que, en general, andaban por aquellos montes libres como los pájaros del cielo. Aunque el abad Sabbatio gobernaba el conjunto, no había entre ellos eso que llamamos vida en común. En nada se parecía aquello al monasterio de Maalula, donde los monjes estaban sometidos a una disciplina conjunta, dentro del mismo edificio. En cambio, en Ouadi Qadisha cada pequeña ermita tenía su propia regla. Los eremitas se organizaban de manera autónoma, asentando su espiritualidad a su manera. Siguiendo, naturalmente, las Sagradas Escrituras, las máximas de los ancianos y las antiguas tradiciones monacales, cada uno consultaba sus fuerzas y obedecía el carisma que le dictaba la conciencia. Gracias a esta libertad de organización, se daban allí los más variados ejemplos de vida ascética. Desde el cenobitismo instruido hasta el anacoretismo irracional, todas las formas de ascesis cristiana se podían hallar en las soledades de aquellos montes. Y algunas de ellas me resultaron tan curiosas que considero oportuno enumerarlas aquí.

Estaban los llamados dendritas, nombre que procede de la palabra griega *dendron*, que significa «árbol». Porque estos santos varones viven en los árboles. Esta ocurrencia la tuvo inicialmente un anacoreta que vivía en un gran ciprés junto al pueblo de Irenin, en la provincia de Apamea. En Ouadi Qadisha las laderas del monte Makemel estaban sembradas de dendritas, que construían sobre las ramas una especie de cabañas para vivir en ellas. Resultaba incluso gracioso —dicho con todo el respeto— ver cómo esos monjes estaban permanentemente en peligro, porque, si no ponían cuidado, perdían el equilibrio y podían caerse. Por ello vivían con los tobillos atados con cuerdas o cadenas a las ramas. Y cuando de vez en cuando se caían, se quedaban colgados, esperando a que algún alma caritativa acudiera a auxiliarlos.

Por otra parte estaban los llamados acemitas, del griego *akemetoi*, que son «los que no duermen». Es decir, monjes que viven en pequeños grupos, turnándose con el fin de asegurar, día y noche, la *laus perennis* o recitación permanente del oficio divino. Esta forma de ascesis proviene de interpretar al pie de la letra las palabras de Jesús en el evangelio de Lucas: «Es preciso orar en todo tiempo y no desfallecer». Para cumplir con ello vivían junto al santuario principal y de continuo estaban en torno al altar entonando la salmodia.

Los nombrados como estantes o estacionarios se consagran a la *statio* o inmovilización absoluta. Es decir, se imponen como voto estar siempre de pie, sin tenderse siquiera para dormir. El problema sobreviene cuando envejecen. No pudiendo entonces conservar la posición vertical todo el tiempo, se valen de un bastón como apoyo, o se construyen una estrecha celda en la que se mantienen con su cuerpo en la pared para evitar las caídas. Vi en el Valle Santo algunos de estos que, debido a la *statio* prolongada, habían quedado anquilosados de tal manera que no podían caminar aunque quisieran. Otros, con el fin de mantenerse en pie, sobre todo cuando dormían, se ataban a un poste o se hacían pasar una cuerda debajo de los sobacos para estar suspendidos de una viga del techo.

También había allí un par de anacoretas pertenecientes a la espiritualidad de los llamados *boskoí*, monjes pastores de costumbres salvajes. Vivían a la intemperie, en pleno monte, como los animales, caminando a cuatro patas y alimentándose con hierbas que pacían a la manera de las ovejas. Tal vez su vocación obedece a interpretar al pie de la letra aquello que dijo el Señor: «Os envío como corderos en medio de lobos».

No vi, sin embargo, ninguno de esos ascetas conocidos como vagabundos, que deambulan de pueblo en pueblo, de casa en casa, para manifestar su condición de extranjeros y advenedizos en este mundo.

Sí que había estilitas, del griego *stylos*, o columna, que son los que siguen el ejemplo de san Simeón el Grande, que se consagró a vivir sobre una columna. Por toda Siria se propagó esta forma de anacoretismo, suscitando numerosas vocaciones.

También vivían entre los cedros de Dios muchos de los que no se cortan los cabellos, y asimismo algunos descalzos y desnudos (*gymnetai*). Dos había de los que no se lavan nunca (*aniptoi*), negros de pura roña adherida al cuerpo. Y otros dos de los que viven permanentemente cubiertos de barro (*rypontes*); también algunos de los silenciosos, que no hablan jamás, y uno de los que arrastran cadenas aferradas a los tobillos (*sideróforoi*).

No permite la regla del monasterio de Ouadi Qadisha monjes de los llamados dementes por Cristo, o *saloi*, es decir, necios o tontos por el amor de Cristo. Estos, para vivir la humildad total y el desprecio de sí mismos, vagabundean por los pueblos durante el día, haciéndose pasar por locos o poseídos del demonio, consagrando las noches a la oración solitaria. Son por ello los más desconcertantes anacoretas que puedan verse en Siria. El más célebre de ellos fue san Simeón el Loco, cuya biografía escribió Leoncio, obispo de Neápolis en Chipre, en un célebre libro. En él se cuenta que Simeón tuvo una solitaria existencia a orillas del río Arnón, en la región oriental del mar Muerto, hasta que, pasados cuarenta años, decidió dejar de estar solo y volver a Emesa, su ciudad natal. Entró a la iglesia en el momento en que se celebraban los santos misterios y se presentó como un loco, arrojando nueces a los fieles. Sus excentricidades le llevaron a fingir incluso conductas inmorales, para conseguir el desprecio y el maltrato de sus paisanos. Con ello buscaba únicamente ser apartado y lograr la total humildad, para, de esta manera, segregado del mundo, acercarse más a Dios. Ya referí en su momento que mi bisabuelo paterno, oriundo de Emesa, fue uno de los cuatro hombres que transportaron en parihuelas a su sepultura el cuerpo sin vida de Simeón el Loco. Solía contar que escuchó cánticos sagrados, misteriosos, mientras cargaba sobre sus hombros el cadáver; cantos que no venían de ninguna parte.

He dejado intencionadamente para el final el caso de los llamados hipetros, que reciben su nombre del griego *ypethrios*. Son aquellos anacoretas que viven siempre a la intemperie. Se encierran en recintos hechos de piedra, no cubiertos, donde los abrasa el sol en verano y los hiela el frío en invierno. Esta forma de ascesis la fundó san Marón, que vivió consagrado a ella en el períbolo de las ruinas de un templo pagano situado sobre la montaña de Qalaat Kalota, próxima a Alepo.

Algunos consideran todas estas curiosas formas de ascesis como auténticas locuras. Pero la tradición cristiana buscó siempre, desde sus orígenes, nuevos caminos para la vida religiosa. Y Siria fue el terreno fértil donde aparecieron las más originales manifestaciones carismáticas. El preclaro teólogo Teodoreto, obispo de Ciro, ya dejó constancia de ellas, hace más de dos siglos, y escribió un libro que todo monje sirio conoce. En él puede leerse:

> *El diablo, enemigo común de los hombres, en su pretensión de llevar la raza humana a su perdición, ha buscado múltiples caminos de perversión. Pero, al mismo tiempo, las criaturas piadosas, los buenos monjes, han descubierto diferentes escaleras para remontar los cielos. Innumerables de ellos se reúnen en grupos, otros abrazan la vida solitaria, hay quienes habitan en tiendas o cabañas, otros prefieren vivir en cavernas o en grutas. Aunque muchos otros no quieren saber de grutas, ni de cavernas, ni de tiendas, ni de cabañas y viven a la intemperie, expuestos al frío y al calor. Entre estos, hay quienes están constantemente de pie, otros solo una parte del día. Algunos cercan el lugar donde se encuentran con una tapia, otros no toman tales precauciones y quedan expuestos, indefensos, a las miradas de los que pasan.*

40

En el Valle Santo hallé sentimientos nuevos para mí: sosiego y control sobre mis apegos y aprensiones. En lo profundo percibí que se fortalecía la seguridad de mi relación con el mundo, y un algo misterioso que me defendía ahora de los estragos de mis antiguas dudas… Iba cada día al amanecer al pequeño santuario. Bajo la bóveda excavada en la pura roca, sobrecogido, contemplaba la resplandeciente pintura que representaba el nacimiento de Cristo; y, en las hospitalarias entrañas de aquella suerte de cueva sacra, entre los melifluos cantos de los monjes, experimentaba una calma especial y a la vez una misteriosa energía. A pesar de las excentricidades de algunos de aquellos eremitas, algo inexplicable en torno me preservaba de la locura de mis pensamientos juveniles. El tiempo se disipaba, permaneciendo tan solo lo eterno… Y después de la oración, pasada la hora tercia, me entregaba completamente al silencio.

A lo largo de la mañana los monjes y ermitaños se iban a cultivar los huertos y a pastorear los ganados, o se dedicaban a trabajar la madera y el barro en los talleres. Entonces, sobre el santuario se abatía una extraña soledad que acentuaba su misterio. Yo aprovechaba esos momentos para invocar la paz interior, dejándome guiar por los sabios consejos que el abad Sabbatio daba en sus sermones diarios, los cuales parecían estar hechos para mí: alejar de sí cualquier clase de desconcierto o impaciencia; olvidar el pasado; rechazar la angustia; vivir como si el futuro no existiera; abandonarse en Dios en el momento presente, como si nada más tuviese el mínimo valor, sin nostalgia, dócilmente, sin fogosidad, sin rabias...

Por la tarde, pasada la hora sexta, subía a las alturas del monte Makemel para ver de cerca los antiguos cedros de Dios. Caminando por los senderos que discurrían entre los solemnes bosques sagrados, conversaba con mis temores.

El sexto día de nuestra estancia en el monasterio, que fue el penúltimo, en vez de deambular como solía hacer, tuve que refugiarme bajo un pobre cobertizo, porque llovía. En la hondura del valle bramaban los truenos, retumbando en los barrancos, y los goterones pesados sacudían los matorrales, estremecían los viejos árboles y crepitaban en la maleza, levantando aromas de tierra mojada. Permanecí un largo rato a resguardo, por miedo a los relámpagos que centelleaban en el oscuro y saturado cielo. Hasta que más tarde cesó la tormenta y sobrevino esa misteriosa quietud, húmeda y fragante. Entonces acudieron a inquietarme mis premoniciones. Sentí más vivamente que nunca que se aproximaba en mi vida un período intenso, y que tendría que hacer uso de todas mis fuerzas. Ese pensamiento fue fulminante, como uno de los rayos que se alejaba rapidísimo entre dos montes en aquel mismo instante. Y deseé de pronto regresar a Damasco. Necesitaba poner a prueba allí mis nuevas energías. Pero, además, echaba de menos a Dariana.

Luego la voz de Hesiquio rompió el silencio llamándome desde el santuario:

—¡Efrén! ¡Muchacho, dónde te metes! ¡Ven acá!

Fui a su encuentro deprisa, pendiente abajo, haciéndome conjeturas, como si de antemano supiera que lo que iba a decirme tenía que ver con mis presentimientos.

—¿Dónde andas? —me dijo nada más verme—. Andas por ahí perdido y escondidizo, como esos ermitaños locos. ¿Acaso sientes la llamada del Valle Santo? ¿No estarás pensando quedarte a vivir aquí como un anacoreta?

Me eché a reír.

—¡Nada de eso! Lo que yo quisiera es regresar a Damasco.

—¿A Damasco? ¿Ya te has cansado de la aventura? ¿Tan pronto? ¿No querías conocer mundo? ¿Ya te quieres volver a casita?

—Allí está Dariana —contesté mohíno.

—Ah, es eso… ¡Cosas de enamorados! Pues ve aprendiendo que conciliar la aventura verdadera y la fidelidad a una sola mujer resulta casi imposible. Quien quiera tener esposa y casa, que se olvide de una vida viajera.

Volví a reír.

—¿Que más nos queda por hacer aquí? —pregunté.

Hesiquio se percató con sencillez enternecedora de que yo necesitaba ordenar mis pensamientos. Me dijo:

—Para poder comprender en todo su alcance el sentido de las antiguas profecías no basta con leerlas. Debemos estar persuadidos de que todo lo que podamos hacer es querido por Dios directamente. Solo Él podrá ayudarnos a hacer todo lo humanamente posible y aún más, gracias a su infinito poder. Recuerda aquella frase del Señor: «Sin mí nada podéis hacer». Por eso hemos peregrinado hasta aquí. En los santuarios se atesora una fuerza que no puede hallarse en ninguna otra parte.

Guardé silencio por un momento, haciendo mías esas palabras. Pero no pude evitar murmurar:

—Sé que tienes razón. Pero sigo sin saber qué pinto yo en todo esto...

—Es natural esa incertidumbre —aclaró él—. Y por eso te he llamado ahora. Porque ha llegado el momento de explicarte tu misión.

Contesté con sencillez:

—Eso mismo me dijiste antes de salir de Damasco y después en Biblos.

Él ensayó una sonrisa cargada de asentimiento.

—En efecto. Y voy acercándote poco a poco a la gran empresa que debes afrontar. No se puede sacar de casa a un muchacho atolondrado para lanzarlo al mundo así, de cualquier manera, sin antes prevenirle bien. También por eso estamos aquí. No pienses que has deambulado por ahí solo, por el bosque misterioso, siguiendo tus propios deseos. El Espíritu te ha llevado en medio de la tormenta para que te encontraras contigo mismo...

Después de decir esto se volvió para mirar el fondo del valle. Todavía estaba lloviendo, aunque de manera más suave. Extendió la mano y recogió algo de lluvia en su palma. Las gotas se estrellaron contra la piel, salpicando. No era todavía la hora nona, pero la tormenta mantenía oscurecido el cielo y parecía de noche. Suspiró y prosiguió juicioso, diciendo:

—Me gustaría que pudieras regresar a Damasco mañana mismo... Estás convirtiéndote en hombre. El muchacho que había en ti se queda atrás. Sería ideal emprender una vida cómoda y hermosa, al lado de una bella mujer, ya fuera Dariana o cualquier otra que llegase a ganarse de verdad tu corazón. Pero de esa manera no harías sino perpetuar la indecisión de nuestro pueblo. Eso es lo que hicimos tantos y se nos pasó la juventud esperando algo que nunca acabó de llegar… ¿Comprendes lo que te quiero decir?

Extendí también la mano y atrapé algo de lluvia; me la llevé a los labios y respondí:

—Lo comprendo perfectamente. No necesitas convencerme más de todo eso. Quiero hacer algo… Así que dime de una vez lo que esperas de mí.

—¿Estás dispuesto a enfrentar el riesgo y a poner incluso en peligro tu vida?

Sentí un estremecimiento. Alcé la cabeza como mirando al cielo y murmuré con calma:

—Sí, ya contaba con eso…

Él estiró el cuello, preguntándome:

—¿Dudas?… ¿Tienes miedo?…

Respondí ensanchando el pecho para que confiara en mí definitivamente:

—¡Siento que debo hacerlo! Percibo dentro de mí que debo ir a alguna parte y hacer algo. Sin embargo, temo y dudo… ¡Pero iré y lo haré! No temas por mí.

A él se le escapó una carcajada. Y yo respondí con una potente voz en la que puse el preciso acento de vehemencia:

—¡No te rías de mí! ¡Dime lo que debo hacer!

—Todo lo que te sucede es muy normal —contestó él sonriente—. Es algo que arrastras contigo desde hace muchos años… Tú mismo me dijiste que tenías presentimientos…

Vibré en mi interior, recordando los pensamientos que

había tenido estando solo hacía un momento, durante la tormenta.

—Así es. No puedo explicar por qué, pero sé que tengo una misión en este mundo…

—Y la tienes. Habrás de emprender otro viaje más adelante. Esta vez solo, para servir de emisario. Pero no temas —añadió él, con aire tranquilizador, poniéndome la mano en el hombro—. Nuestra confianza en Dios debe llegar a creer que Él es lo bastante poderoso y bueno como para defendernos del mayor de los peligros. ¿Crees eso?

—¡Lo creo! ¡Sólidamente! —afirmé mirándole a los ojos—. Haré lo que sea necesario. No tengo miedo.

—No debes tenerlo. ¿Recuerdas la tarde que los mardaitas atacaron el arrabal de Damasco?

—Claro que lo recuerdo. ¿Cómo me preguntas eso ahora? ¿Acaso podría olvidarlo?

—Ya sé que lo recuerdas. Me refiero a si recuerdas mi actitud. Porque he de decirte que yo sabía que se iba a producir ese ataque. Sabía el día y la hora aproximada. Por eso te llevé allí…

—¡¿A pesar del peligro?!

—Sí. Porque yo estaba muy pendiente de la puerta. Sabía bien que tendríamos tiempo suficiente para entrar. Por eso estuvimos tan cerca del puente.

—No acabo de comprender…

—Yo te lo explicaré —dijo él, con aire terrible—. Ese ataque fue cruel; murió mucha gente inocente. Pero era necesario. Gracias a que los mardaitas arrasaron el arrabal de Damasco, fue convocada la guerra santa. Y por ello regresó el grueso del ejército que estaba en la frontera. También regresarán pronto las tropas de Egipto. ¿No lo comprendes? Hay territorios del califato que quedarán desprotegidos, como Armenia en el oeste o África hacia el este. Entonces Bizancio podrá reorganizarse y junto con los mardaitas iniciar una guerra que será definitiva...

—Pero... ¡Bizancio y los mardaitas son enemigos de Siria! ¡Son nuestros enemigos!

—No, Efrén, son los enemigos del islam, que es el mayor enemigo de la cristiandad.

Me quedé silencioso y sobrecogido. Muchas de mis intuiciones parecían estar cumpliéndose. Otra manera de juzgar las cosas y de mirar el mundo se abría ante mis ojos.

—Ya es hora de que sepas la verdad —dijo Hesiquio—. Los mardaitas estaban avisados de que Damasco se hallaba desprotegida. Nosotros los advertimos. Y al decir nosotros me refiero a los cristianos que estamos confabulados en la conspiración. Y ahora, no se hable más del asunto. Por el momento ya tienes suficiente con lo que te he dicho. Poco a poco irás conociendo más cosas secretas.

Había dejado de llover y cayó sobre el bosque sagrado un espeso silencio. Estábamos empapados y nos pusimos a andar lentamente, contemplando con asombro los arbustos y las copas de los árboles que brillaban empapados. Hesiquio me miraba con serena expectación y creo que emití una especie de suspiro, como para aligerar mi pecho de la efervescencia que lo embargaba.

Luego le dije con tranquilidad:

—Debes explicarme todo con calma. Quiero cumplir la misión perfectamente.

—Hay tantas cosas, tantas cosas sobre las que tengo que hablar contigo...

Impulsado por la impaciencia, levanté hacia él nuevamente la cabeza. Sin embargo, no emití una sola palabra, como si respetara el momento o no encontrara nada que decir.

Los colores del bosque parecían más puros a esa hora de la tarde, después de la tormenta, y un tímido y último rayo de sol se posaba con suavidad en una ladera verde y lejana.

Hesiquio se detuvo, me miró fijamente a los ojos y añadió:

—Debes creerme: es para mí muy doloroso enviarte a un lugar lejano sabiendo que será un viaje peligroso. Pero no tengo a nadie más en quien confiar. Tú reúnes todas las condiciones para esa misión: has sido instruido; conoces las lenguas griega, latina, árabe y siríaca; y también algo del persa; eres decidido y valiente... Y lo más importante: estoy convencido de que la misma Providencia Divina te ha elegido.

—¡Parece que lees mis pensamientos! —exclamé.

Él permaneció en silencio durante un momento. Luego dejó que su mirada se perdiera en la espesura del bosque y dijo:

—Lo creo. Porque tras esos pensamientos está el Espíritu.

Anochecía y el bosque expandía ahora una brisa húmeda, perfumada y fresca. Inspiré profundamente esos aromas, como si buscara con ellos llenar mi ser de fuerza y confianza.

—Gracias por elegirme —manifesté con firmeza—. Gracias por confiar en mí. No te defraudaré.

Llegamos caminando a la cueva donde nos alojábamos, excavada en la pura roca frente a un claro. Hesiquio miró hacia el interior y después se volvió hacia mí:

—Ahora te daré la profecía de Metodio. El monje Melesio y yo ya la hemos leído y hemos recibido de ella el último impulso que necesitábamos.

—¿Entonces? —balbucí—. ¿Crees que debo leerla? ¿La comprenderé?

—Naturalmente —contestó él con seguridad—. Debes leerla, porque tu espíritu recibirá de ella energía y seguridad. No obstante, es importante que sepas una cosa: a pesar de conocer algo del futuro a través de la profecía, aun orando…, para obtener el arrojo que necesitarás en tu misión, para estar seguro de obedecer a la voluntad de Dios en tus decisiones, debes saber que no siempre tendrás seguridad total. A veces podrá ocurrir que Dios no responda. Pero ¡eso es normal! Porque Dios nos deja ser libres. ¿Comprendes eso?

—Sí. Y lo acepto. El futuro es incierto… Si el Señor nos deja así, en medio de la incertidumbre, será porque tiene razones para no manifestarse.

41

Aquella misma noche, el aceite se agotaba en la lámpara que iluminaba el rincón de la cueva donde leía ensimismado los escritos que me entregó Hesiquio. Mis fatigados ojos estaban muy fijos en las negras letras, que parecían bailar sobre el fondo ocre y opaco del pergamino. Era la tercera vez que completaba la lectura de la profecía y, no obstante, seguía inquietado. Solo de vez en cuando salía al exterior y alzaba la mirada, para dejarla descansar contemplando la inmensidad oscura, estrellada, del firmamento. Entonces meditaba sobre el contenido de aquel misterioso manuscrito, sin poder evitar una extraña e ininteligible sensación: que gran parte de lo que decía, de alguna manera, ya estaba antes en mi alma. Y esto no me causaba confusión alguna, sino que, por el contrario, parecía aportar luz al enigma de mis pensamientos más íntimos. Pero eso, aunque lo percibo con claridad, no puedo explicarlo. Baste decir que todo lo que la profecía anunciaba era reconocido por mi mente inquieta y permanentemente asaltada por la duda, como una verdadera intuición. Acababa de encontrar la más clara manifestación de mis propios sueños; y ello me provocaba una enorme impresión, la sacudida de un estremecimiento y el inmensurable consuelo, el bálsamo liberador de la esperanza, como un don imprevisto. Y mientras lo gozaba, me decía para mis adentros: todo esto ha de ser verdad; porque si no, ¿qué sentido tiene para mí seguir viviendo?

El manuscrito es conocido como *Reuelatio sancti Methodii de temporibus nouissimis* y también como *Apocalipsis de Methodius*. Es un libro raro, prodigioso, cuyas extraordinarias coincidencias de hechos y predicciones causan inquietud, pues se mezclan en ellas los relatos de la vida pasada y el anuncio del futuro. Está escrito en siríaco, sobre unos deteriorados pergaminos. Su autor dice ser Metodio de Patara, quien asegura haber recibido unas revelaciones en las que pasaron ante sus ojos todos los reinos del mundo, desde sus orígenes hasta el final de los tiempos. La historia comienza con Adán; sigue relatando la victoria de Gedeón sobre los ismaelitas; incluye la referencia a Alejandro Magno y a los pueblos bárbaros y crueles Gog y Magog, aquellos que atacaron el Imperio romano.

En general todo esto no es nuevo, porque la sucesión de los hechos y las épocas que describe difiere poco de lo que pudiera interpretarse en las revelaciones apocalípticas del profeta Daniel o san Juan Evangelista, pero lo verdaderamente sorprendente es que se les atribuye a los árabes ismaelitas la dominación del mundo y un reino de terror. Esto es lo que confiere todo su interés a la profecía, pues, en los lejanos tiempos en que la escribió Metodio, ¿quién podía imaginar siquiera que aparecería el profeta Mahoma para sacar de sus desiertos a los agarenos y esparcirlos hasta someter tantos reinos? El profeta anuncia no una, sino dos dominaciones de los árabes. Afirma que la primera de ellas será breve y que luego su orgullo quedará humillado, retrocediendo hacia sus desiertos de Yatrib. Pero que después saldrán de nuevo, inflamados de ira, para devastar la tierra, y la dominarán, desde el Éufrates hasta el Indo; desde Egipto hasta Nubia y, al norte, hasta Constantinopla y hasta el mar Negro.

Todos los pueblos quedarán sometidos como siervos a ellos y nadie se les podrá resistir.

En lo que atañe al fin del mundo, el relato se aproxima a las demás revelaciones. Al preguntarse por cuándo sucederá esto, vuelve sobre las palabras del apóstol Pablo: «Mientras subsista el imperio de los romanos, el Hijo de la perdición no aparecerá». Porque todos los reinos tuvieron su momento de gloria y a todos ha de llegarles su final, cuando sea el momento que les ha sido concedido. Y el reino de los ismaelitas, que desterró a los persas, destruirá a los romanos, tras lo cual, sobrevendrá el final. La conclusión es inevitable: si los hijos del islam se ponen en camino para dominar la tierra, se avecina el fin del mundo...

He aquí la traducción de las aterradoras palabras que lo predicen:

> *Llegará un momento en que los enemigos de Cristo se jactarán diciendo: «Hemos sometido la Tierra entera y a todos sus habitantes, y los cristianos no pueden ya escapar de nuestras manos». Entonces, un emperador romano se levantará con poder y furia contra ellos; y desenvainará su espada, que caerá sobre los enemigos del cristianismo y los aplastará. Entonces reinará la paz en la Tierra y los sacerdotes de Dios serán librados de todas sus angustias durante un largo tiempo.*

He aquí, pues, lo que me llenaba de esperanza y de emoción: la predicción de un emperador romano, santo y cristiano, que traerá la Iglesia y el cristianismo a su legítimo lugar entre los hombres, lo que lleva a un período de paz.

Como había anunciado Daniel, los imperios se han sucedido y todos han ido desapareciendo: el etiópico, el macedonio, el egipcio, el griego, el romano... Y después de la caída del imperio de los persas, los hijos de Ismael se alzan contra el Imperio romano y cristiano. El nuevo y definitivo enemigo es pues el reino de los llamados hijos de Agar, los que la Sagrada Escritura nombra como «el poder del sur». En este período los árabes oprimirán en todo lo posible al mundo sometido a ellos. Pero aquel a quien Metodio llama «rey de los griegos y los romanos», es decir, el rey cristiano, los vencerá, e impondrá por la fuerza la paz en el mundo.

Pero Metodio avisa de que, a pesar de esta victoria, no obstante la paz, la seguridad y la prosperidad, los cristianos comenzarán a ser laxos en su fe de nuevo.

> *Y habrá una última época, en la que los hombres y mujeres serán muy ingratos y no apreciarán la gran gracia de Dios, que les proporcionó un emperador, un largo período de paz y una generosa fertilidad de la tierra. En cambio, ellos se entregarán a una vida de pecado, orgullo, vanidad, falta de castidad, frivolidad, odio, avaricia, gula y muchos otros vicios. De modo que la iniquidad de los hombres apestará más que una peste ante Dios. Entonces muchos dudarán si la fe católica es la verdadera y si es la única que salva, y si los judíos están en lo cierto esperando todavía al Mesías, como si no hubiese venido todavía al mundo. Cundirán las falsas enseñanzas y el desconcierto resultante. Mas el justo Dios, en*

consecuencia, dará a Lucifer y a todos sus demonios poder para venir a la Tierra y tentar a sus criaturas que viven sin Dios...

Por eso afirma el profeta que ha sido voluntad de Dios el que los cristianos sean entregados una segunda vez a los ismaelitas, por su inconsistencia, por su falta de fe y por sus pecados. Brotará de repente un segundo califato. Vendrán, pues, persecuciones, bajo las cuales se pondrá de manifiesto quiénes han permanecido más fieles. Habrá terrores, muertes, crueldades y pánico entre las gentes que creían ya estar seguras.

Dice Metodio:

> *... De pronto, la tribulación y la angustia se levantarán contra ellos...*

Pero de nuevo se alzará el emperador justo:

> *El rey de los griegos y de los romanos saldrá contra ellos lleno de ira, como quien ha despertado de una borrachera, como uno a quien los hombres habían creído muerto y sin valor y ahora se levanta con toda su fuerza...*

Ese será el tiempo final. Y el profeta explica:

> *Cuando el Hijo de la Perdición aparezca, el rey de los romanos subirá el Gólgota, donde fue puesta la madera de la Santa Cruz, en el lugar donde el Señor se sometió a la muerte por nosotros. El rey se despojará de la corona que llevaba en su cabeza y la colocará en la cruz; y elevando sus manos hacia el cielo, entregará al reino de*

los cristianos a Dios Padre. Y justo cuando la cruz se eleve a lo alto del cielo, el rey de los romanos devolverá su espíritu. Entonces, todo principado y poder de este mundo serán destruidos para que el Hijo de la Perdición pueda manifestarse…

El Hijo de la Perdición es el Anticristo. Por causa de cuya venida el justo rey de los romanos y griegos entregará el poder en las manos de Dios antes de morir. Porque el combate final contra el Anticristo ya no será misión de los ejércitos humanos, sino de los ejércitos de Dios.

Tras la lectura del manuscrito comprendí por qué Hesiquio y los cristianos damascenos conjurados habían decidido conspirar contra el califa: estaban convencidos de que el emperador de los romanos y los griegos iba a liberarlos pronto del dominio agareno. Y ese emperador de los romanos y los griegos no podía ser otro que el que reinaba en Bizancio.

TERCERA PARTE

¿Será todo nada más que humo y viento? ¿No pasa y se va todo en veloz carrera? Y ¡ay de aquellos que se adhieren a lo que así pasa, porque pasan y se van junto con ello! ¿No es todo como un río que va en su carrera a precipitarse en el mar? ¡Ay de aquel que se caiga en ese río: será arrastrado al mar!

San Agustín de Hipona
Comentario al Evangelio de san Juan, 10, 6

42

Roma

Durante los días siguientes, el metropolitano de Toletum se estuvo reuniendo en Roma con el departamento dedicado a la redacción y a la expedición de las cartas y de los actos del papa, la Schola Notarium, con el fin de ampliar la información de lo sucedido en Hispania. Por otra parte, el *arcarius* se encargó de dar alojamiento y abastecer de alimentos tanto a él como a su gente; y el *sancellarius*, que se ocupaba de las pagas, les asignó oficios y sueldos a cuantos podían ser útiles; también el *vestiarius*, encargado del cuidado de los ornamentos litúrgicos y las ropas, proveyó para todos ellos lo necesario para que pudieran abrigarse durante el invierno que se avecinaba.

Una semana después, el compasivo papa Constantinus reunió a los principales de la ciudad en la sala primera del palacio del Laterno con el fin de abordar el asunto de los hispanos. Pero no se convocó ni al metropolitano de Toletum ni a ninguno de los suyos. Se prefirió que no estuvieran presentes para evitarles el sufrimiento de tener que asistir a las deliberaciones sobre su inmediato destino. Tampoco se dejó acudir a todos los hombres importantes de Roma, porque muchos de ellos repudiaban a los refugiados al seguir considerándolos cobardes y culpables de su propia tribulación. Incluso algunos de los que se hallaron presentes no ocultaron su desprecio. Bien es cierto que tampoco el mismo papa había considerado prudente reunir a todos los representantes de la ciudad, puesto que las decisiones que iban a tomarse podían sembrar la consternación entre algunos linajes patricios y sectores poderosos. Digamos pues que en la sala se encontraban únicamente los hombres de su estricta confianza y algunos que pidieron asistir y no se les pudo negar. Acudió el consejo al completo y las máximas autoridades. Entre estas, por fuerza se hallaba el noble Olympius, el representante del exarca de Rávena.

Al inicio de la sesión, este pidió la palabra y se quejó amargamente porque ninguno de los expatriados hispanos había ido a solicitar autorización al gobernador legítimo de aquella parte del Imperio romano. Olympius era un hombre facundo, aficionado en extremo a las largas peroratas y siempre deseoso de airear su prosapia bizantina y sus conocimientos de la historia del Imperio. Puesto en pie con arrogancia, su discurso tuvo el tono y la vehemencia de una lamentación:

—Bizancio quiso salvar a Hispania de la barbarie, pero Hispania no se dejó. Aquellos visigodos considerados un día *hostes barbarii* (bárbaros y hostiles) pasaron a ser *fratres fidei* (hermanos de fe). Pero no quisieron acogerse al único poder fundado, el del emperador cristiano y romano, el que desde Bizancio legítimamente conserva el cetro de Constantino el Grande. Hay que volver aquí sobre la obstinación de los reyes visigodos: soberanos católicos incapaces de ver la brillantez de la mejor época de Hispania. Como aquel rey Sisebuto, educado al estilo romano, que, a pesar de que siguió con la profunda transformación del reino, educando a su vez como romanos a sus súbditos, luego se hizo obstinado y ególatra. No supo reconocer cómo influyó Bizancio para esta transformación y que gracias a ella la población hispana ya no vio con desagrado a los reyes godos; sino que, todo lo contrario, la figura del rey visigodo, ataviado con sedas lujosas, coronas y joyas de evidente influencia bizantina, les causaba respeto y veneración. Pero Sisebuto fue quien atacó impunemente la ciudad de Carthago Spartaria, a la que los bizantinos denominábamos Justina; la ciudad más importante de toda la provincia hispana, que cayó por la traición de alguno de sus habitantes que abrió las puertas al rey visigodo. Y Sisebuto fue quien ordenó la destrucción de las murallas y de todas las defensas de la ciudad, tal vez para que no pasase lo de Corduba, que había vuelto al mando bizantino luego de ser conquistada por Leovigildo, o tal vez para escarmentar a la población, demostrando así que el verdadero, el único rey poderoso y romano era él. ¡Qué necedad! ¡Y así ha pasado! ¡Qué desastre! No supieron mantener unido el reino y véase cómo lo han perdido ahora. Rechazaron el cristiano Imperio para caer en poder de esos feroces mahométicos. Su suerte es su castigo.

El papa le dejó sermonear un rato más y luego se puso en pie y dijo con autoridad:

—Ya basta. Eso son historias viejas que no vienen ahora a cuento.

Y no obstante esta reprensión, Olympius volvió a tomar la palabra y añadió con solemnidad:

—Venerable papa de Roma, siempre será bueno aprender de la historia. El pasado nos enseña que…

—¡Basta, he dicho! —gritó enérgicamente el papa, poniéndose en pie.

Se hizo un impresionante silencio y todas las miradas quedaron pendientes de él sin el más leve parpadeo. La presencia digna y serena de Constantinus, su rostro de piel blanca y el purpúreo *camelaucum* que adornaba su preclara testa adjudicaban peso a sus palabras, en la misma medida que el hecho de que todos allí reconocían que era el más sabio de los presentes.

Entonces intervino una voz apenas audible desde un extremo del estrado:

—Honrado y virtuoso padre santo de Roma, quisiera hacer una precisión.

Había pedido la palabra el secretario principal de la cancillería, Claudentius, hombre menudo, de larga barba negra y ensortijada. El papa le observó un instante y esbozó después un gesto de aprobación con la cabeza. El secretario se puso entonces de pie y dijo:

—Padre santo, puesto que vas a referir ante esta asamblea una serie de hechos de suma trascendencia para el buen gobierno de esta ciudad y su santa, católica y apostólica Iglesia, estimo conveniente que tus palabras sean anotadas, una por una, en los libros de la cancillería, de acuerdo con la tradición. De manera que solicito tu permiso para que se inicien los oportunos escritos.

—Hágase como dices —sentenció el venerable Constantinus—. Quede constancia del relato de la gran tribulación sufrida por nuestros hermanos de fe de Hispania. Porque, además, en aquellos penosos sucesos hubo iniquidades, pecados y manifiestas deslealtades.

Los presentes intercambiaron entre sí miradas graves y cargadas de asentimiento. Todos comprendían perfectamente que estas aseveraciones, aunque expresadas en términos ponderados, iban dirigidas contra individuos muy concretos que iban a ser ineludiblemente protagonistas de la crónica que iba a redactarse. Y entre ellos pudiera ser que se encontrase el metropolitano de Toletum y algunos de los que con él habían llegado a Roma.

Entonces el papa añadió con tristeza:

—Pero debemos ser comprensivos... Una cosa son las debilidades humanas y otra la misericordia... Todos aquí sabéis que yo soy de origen sirio. Mis abuelos vivieron en una patria cristiana y en ella criaron a mis padres. Pero después los ismaelitas árabes invadieron aquellas tierras. Muchos tuvimos que huir. Yo entonces todavía era un niño, pero recuerdo el dolor y la desesperación... Debemos pues acoger a esos hermanos nuestros en Cristo. Si yo no hiciera eso, sería un desaprensivo, incongruente con mi propia historia.

43

Roma

En un principio me sorprendí por que me eligieran precisamente a mí cuando el metropolitano de Toletum rindió cuentas ante el papa y su consejo. Pero muy pronto comprendí que fue una decisión personal del venerable Constantinus. Yo era sirio como él y podía entender mejor que nadie la dolorosa situación de los godos hispanos refugiados.

Se me pidió que hiciera de notario. Recuerdo el rostro empalidecido, macilento, del obispo Sinderedo, a la luz de un pequeño candelero de tres lucernas. Vestido este con sencilla túnica grana, pensativo, miraba las hojas del manuscrito que se le habían caído de las manos a su secretario privado cuando lo leía en voz alta, desperdigándose aquí y allá los pliegos. La frente grande y la piel clara del rostro resaltaban bajo el píleo rojo; tenía aire de extravío en los ojos, brillantes y a la vez tristes; y una leve mueca de sufrimiento se le dibujaba en los labios rosados. Su estampa resultaba noble y decaída al mismo tiempo. A veces parecía ausente. En cambio, el secretario personal se mantenía atento junto a él, y recogió con nerviosismo las páginas que fue colocando en orden, sin poder contener el temblor de sus dedos. Frente a ellos, los diez consejeros del venerable Constantinus se removían expectantes, con las caras llenas de asombro. Pero el papa, como siempre, permanecía hierático, inmóvil como una estatua. En la penumbra de la sala principal de la cancillería, aquellas figuras graves, calladas, maduraban en sus almas lo que acababan de oír.

La insignificante interrupción que se había producido al esparcirse las hojas por el suelo sirvió para que los consejeros se hiciesen conscientes de la verdadera importancia de los hechos que se narraban en el manuscrito que se estaba leyendo: la caída de Toletum tras el asedio de los árabes. Deseaban que prosiguiera cuanto antes, aunque nadie se atrevía a manifestar impaciencia, y miraban de vez en cuando al papa, para advertir en él la mínima reacción; pero Constantinus no se inmutaba.

Por las ventanas se veía el claustro: el sol de la mañana hacía resplandecer los arcos, los capiteles y las delgadas columnas. Rompió el silencio el canto de un ave, como un quejido en los jardines. También se oyó el delicado y largo suspiro de un anciano consejero que dormitaba en su escaño.

Sinderedo alzó la cara, paseó la mirada por el consejo y luego la detuvo en el papa, diciendo en tono aplacado:

—Ya lo dejó dicho Nuestro Señor Jesucristo: «Si un reino está dividido en bandos opuestos no puede subsistir; y si una familia está dividida tampoco puede subsistir...».

El venerable Constantinus siguió inmóvil, mientras los consejeros asentían con elocuentes movimientos de cabeza, cavilosos, atentos a las palabras del obispo. Este pareció cobrar ánimo, elevó los ojos al cielo y exclamó con mayor brío:

—Y de la misma manera, si Satanás se rebela contra sí mismo y se divide, no podrá subsistir, pues ha llegado su fin... Nadie puede entrar en la casa de un hombre fuerte y llevarse sus cosas, si primero no lo ata. ¡Solo así podrá saquear la casa!

Un murmullo estalló al fin entre los que le escuchaban. Pero al punto regresó la gravedad a sus semblantes.

Entonces tomó la palabra el papa y, con voz considerada, sancionó:

—En efecto, la división, las rencillas... ¡Qué mal tan grande! ¡Qué regalo para Satanás! Reconciliar a todos los cristianos en la unidad de una sola y única Iglesia de Cristo supera las fuerzas y las capacidades humanas. Una Iglesia dividida, como cualquier familia, no puede subsistir... La persona misma, el individuo dividido interiormente, tampoco puede subsistir. El pecado, particularmente aquel que hiere la caridad, causa división. Pero Dios es más grande que cualquier fuerza maléfica. Nuestras iniquidades y pecados no podrán ahogar su misericordia y su amor... Los primeros cristianos nos dan ejemplo clarísimo de cómo vivir la unidad: ellos superaron las persecuciones y se animaban unos a otros a perseverar en la fe en Jesucristo. Como ellos, debemos orar, siempre debemos orar, sin desfallecer... ¡Ayúdanos, Señor, a vivir así la caridad, no permitas que lastimemos nunca la unidad!

—Amén —contestamos a esta súplica.

Se hizo un silencio en el que todos meditaron acerca de las palabras del sabio Constantinus. Y pasado un rato, el metropolitano de Toletum, con una espontaneidad que llenaba de candidez su rostro barbado, se sinceró diciendo:

—Confieso, hermanos míos, que no soy hombre de muchas palabras, y no poseo la oratoria necesaria para expresaros con detalle cada uno de los desastres que sucedieron en Hispania… De manera que, por caridad, permitid que mi servidor siga leyendo este relato redactado por un cronista y que es fiel a los hechos.

Su secretario no quiso perder más tiempo. Aguzó sus ojos en el pergamino y, con voz pausada y clara, leyó lo siguiente:

… y desembarcaron en las fronteras de la provincia Bética. Corrían por las tierras apresando cautivas de estirpe hispana, de una belleza tal como nunca vieran en su vida el sarraceno Musa ni sus secuaces. Conquistaban apresurados, en alas de la lujuria y de la codicia, por llevarse a la par cuantiosos bienes y enseres. Porque aquellas gentes del Magrib veían aquel botín, y se despabilaron para ganarlo… Apetecieron muy pronto nuestra amada tierra, cuya hermosura y riquezas, así como sus muchas clases de tesoros, sus buenos frutos y su abundancia de agua dulce aparecían ante sus ojos a cada paso que daban.

Aconsejado por los godos traidores al legítimo rey Rodericus, Táriq se encaminó a toda velocidad hacia Toletum, capital del reino y cabeza de la Iglesia hispana, deseando hacerse con la ciudad, sabedor de sus innumerables riquezas: coronas pertenecientes a los reyes, vasos de oro y plata, perlas, rubíes, esmeraldas, topacios, sedas, armaduras, dagas, espadas, etc. También, el caudillo bereber era sabedor de que incontables libros valiosos se custodiaban en las muchas bibliotecas de los monasterios: textos sacros, escrituras sagradas, ricos evangeliarios, cantorales, libros de coro, rituales litúrgicos…; y entre los libros profanos obras que recogían los secretos de la natu-

raleza y el arte, la manera de destilar elixires y los talismanes de los filósofos griegos... Toda la antigua sabiduría se conservaba en aquella Hispania nuestra...

Como en cualquier otra parte donde haya cristianos, como aquí en Roma, la existencia de tantas joyas en los templos se explica por la costumbre de dar ofrendas a las iglesias. Nosotros, los godos, somos muy generosos en esto, y tanto la gente sencilla como los nobles y los propios reyes son aficionados a llenar los santuarios con alhajas para gloria de Dios y de quien las dona.

La joya más deslumbrante, la más preciosa, aquella cuyo valor resulta incalculable, es aquella mesa del rey Salomón, el hijo de David, ascendente de Nuestro Señor Jesucristo.

En las Sagradas Escrituras, en el Libro del Éxodo, capítulo 25, versículos 23 al 30, se refiere la orden que el mismo Dios dio al patriarca Moisés: «Harás asimismo una mesa de madera de acacia; su longitud será de dos codos, su anchura de un codo y su altura de un codo y medio. Y la revestirás de oro puro y harás una moldura de oro a su alrededor. Le harás también alrededor un borde de un palmo menor de ancho, y harás una moldura de oro alrededor del borde. Y le harás cuatro argollas de oro, y pondrás argollas en las cuatro esquinas que están sobre sus cuatro patas. Mandarás también labrar fuentes, vasijas, jarros y tazones con los cuales se harán las libaciones; de oro puro los harás. Y pondrás sobre la mesa el pan de la Presencia perpetuamente delante de mí».

Y de la misma manera, la preciada reliquia es descrita en el Libro de los Reyes, en el capítulo 7, versículos 23 al 26, de esta manera: «Hizo fundir asimismo un mar de diez codos de un lado al otro, perfectamente re-

dondo; su altura era de cinco codos, y lo ceñía alrededor un cordón de treinta codos. Y alrededor, aquel mar llevaba por debajo de su borde adorno de unas bolas como calabazas, diez en cada codo, que ceñían el mar rodeándolo en dos filas, las cuales habían sido fundidas cuando el mar fue fundido. Y descansaba sobre doce bueyes; tres de ellos miraban al norte, tres miraban al occidente, tres miraban al sur, y tres miraban al oriente; sobre estos se apoyaba el mar, y las ancas de ellos estaban hacia la parte de adentro. El grueso del mar era de un palmo menor, y el borde era labrado como el borde de un cáliz o de flor de lis; y cabían en él dos mil batos».

Aquella mesa de Salomón es para los godos mucho más que una extraordinaria reliquia, porque está cargada de significado y poder. Es la pieza más valiosa de las joyas reales visigodas; tesoro que representa el poder y la legitimidad de los gobernantes del reino.

El deseo alentó la codicia de los sarracenos, que creyeron que poseerla implicaba hacerse dueños del país. Táriq y Musa disputaron a causa de la mesa, para demostrar quién era el verdadero conquistador de Hispania, pues la tenencia de la codiciada joya probaba el verdadero poder.

Y los sarracenos enloquecieron de avaricia, lanzándose en veloz carrera hacia Toletum. La premura de sus avances provocó el desconcierto de las ciudades, y las autoridades no tuvieron tiempo para poner a resguardo las reliquias. Las gentes huían presas del pánico, en desorden, porque las noticias que llegaban eran terribles. De la noche a la mañana, se vio desde las torres y murallas de Toletum la polvareda que levantaban los fieros agarenos.

Los nobles y clérigos que habíamos sido leales al rey Rodericus sabíamos que nuestra vida no sería respetada, pues los sarracenos traidores venían sedientos de cumplir su venganza. Con lo poco que se pudo cargar, partieron buscando refugio en el norte de Hispania. Y cayó Toletum con todos sus tesoros en manos del invasor.

El general agareno Táriq persiguió sin darles descanso a los huidos, hasta alcanzar a muchos desgraciados cuyas pesadas cargas hacían lenta la marcha. Los demás, con las ropas puestas y poco más, corrimos buscando el abrigo de las montañas, y luego a Caesaraugusta, donde el obispo nos dio asilo, pero también aquella grey temió por sus vidas. Desde allí hasta Tarraco hay poco camino. Solo en el puerto podía encontrarse la salvación. Y cruzando el mar lúgubre a las puertas del invierno, alcanzamos Roma.

Nos, Sinderedus, por la gracia de Dios obispo metropolitano de la sede de Toletum, queremos que sea conocido por todos que, con la ayuda del Señor, hemos guardado las vidas, no por cobardía, sino para hacer cuanto esté en nuestras manos y en la voluntad de Dios para recuperar nuestro reino.

Cuando su secretario privado hubo concluido la lectura del documento, el metropolitano de Toletum desahogó su corazón amargado en presencia del papa y su consejo. Cierto es que al principio no quería hablar, le embargaba la vergüenza y un dolor tan grande que las palabras apenas acudían a sus labios. Pero, al ver que el venerable Constantinus era un hombre compasivo, estimó que no hallarían mejor ocasión para liberar su alma del peso que la oprimía. Su relato sonaba a confesión, e incluso derramó lágrimas.

Era de esperar que en verdad fuera sincero, pues a la vista estaba que no tenía ya nada que perder. Todo le había sido arrebatado.

—Venerable Constantinus —suplicó finalmente—, padre santo de Roma y hermano mío en Cristo, por la caridad que nos debemos, te ruego que nos ayudes en esta hora oscura. Hemos sufrido afrentas, lo hemos perdido todo, estamos acosados por la angustia y la desolación... Tú eres nuestro único consuelo, nuestra última conformidad, nuestra esperanza... ¡En el nombre del Dios Altísimo, de su Hijo Nuestro Señor y del Espíritu Santo! ¡Ayúdanos!

Se hizo un silencio impresionante. Hasta el anciano consejero que dormitaba se sobresaltó y aguzó la mirada despierta y atemorizada. Los labios del papa temblaban levemente y una lágrima recorrió su mejilla hasta perderse en la barba blanca. Se puso en pie, caminó hasta Sinderedo y le abrazó paternalmente, como hiciera el día de su llegada a las puertas de Roma. Y el metropolitano sollozó apoyado en su hombro durante un largo rato. Pasado el cual, Constantinus se volvió hacia sus consejeros y les dijo:

—Las desgracias de los cristianos, sean de donde sean, son nuestras propias desgracias. Estamos obligados a compartir los dolores de nuestros hermanos en la fe. No poseemos ejércitos, ni barcos para correr a auxiliar a la pobre gente hispana. El enemigo es poderoso... Pero no podemos estarnos de brazos cruzados ante esta gran tribulación de los godos. Debemos meditar, orar y descubrir qué podemos hacer. Es nuestra sagrada obligación.

Nadie respondió a aquel requerimiento, ni siquiera los miembros del consejo que despreciaban a los hispanos por considerarlos corruptos, cobardes y culpables de su infortunio. Muy al contrario, todos parecían igualmente cariacontecidos, compadecidos por lo que acababan de oír. Y el papa, dirigiéndose de nuevo al obispo de Toletum, añadió:

—A partir de mañana te reunirás con los notarios para exponerles detalladamente la situación de Hispania. Dios ha de iluminarnos para que encontremos alguna solución para vosotros.

44

Siria

El regreso después del viaje a Biblos y al Valle Santo resultó perturbador. Avistamos Damasco allá abajo, desde la ladera del monte Qasioun. En la hoz brillaba como un cristal el Barada oscuro, de corriente mansa. Mi alma, llena de pensamientos punzantes y embriagadores, sonreía inconscientemente, sin imaginar siquiera que nos esperaba un rosario de infortunios y amenazas. Durante nuestra ausencia todo se había precipitado y no lo sabíamos. Pero nos alarmó encontrar las puertas de la muralla cerradas en plena hora tercia y un ir y venir taciturno de hileras de soldados por las almenas. Solo nos dejaron pasar cuando Hesiquio hizo valer ante el capitán de la guardia su autoridad como jefe de las caballerizas del califa, aunque no sin que nos advirtieran antes de que debíamos encaminarnos hacia nuestras casas sin detenernos ni hablar con nadie. Incendiada por el sol de mediodía, la ciudad estaba desierta, y parecía flotar, ingrávida e irreal como un sueño, en el aire ardiente e inmóvil. La desnuda luz caía sobre ella a raudales inagotables, y transitábamos por las calles impacientes, deseando que apareciese alguien que nos diera alguna explicación de lo que sucedía. Plazas vacías y silenciosas, semejantes a un cementerio, pasaban a nuestro lado. Igualmente muertos estaban los mercados; y tampoco había un alma en el siempre concurrido arco de piedra que daba paso a Bab Tuma. Allí nos despedimos con prisa y medias palabras, quedando en vernos de nuevo lo antes posible. Hesiquio me pidió que esperara noticias suyas y puso rumbo a su palacio. A decir verdad, no sé hacia dónde se dirigió el monje Melesio; supongo que a la vieja casa del centro de la ciudad donde tuvo lugar el encuentro que dio origen al viaje. Yo encaminé mis pasos de manera mecánica hacia el caserón de mi primo Crisorroas, temiendo que los míos, invariablemente, dejaran caer allí sobre mí una lluvia de llantos, reproches y melancolía.

Como todas las de la calle, nuestra puerta estaba cerrada a cal y canto. Los golpes pesados del llamador cayeron en vacío y retumbaron en la desolada realidad que me envolvía. Nadie acudió a abrir y hube de insistir un par de veces más. Solo entonces se oyó en la parte alta el débil ruido de un postigo que se abría cuidadosamente. Alcé la mirada y vi asomar la aguda nariz del anciano criado.

—¿Qué pasa? —le recriminé molesto—. ¿Por qué nadie me abre?

—¡Chist! ¡No alces la voz! —replicó con angustia.

Un instante después crujió la puerta dejando abierta una rendija apenas suficiente para que pasara por ella mi cuerpo. En la penumbra del zaguán estaban todos: mi madre, mi primo, los criados y el viejo gato de pelo grisáceo. Las caras acongojadas confirmaron mis peores temores: algo terrible había sucedido durante el tiempo que estuve lejos.

—¡Hijo, hijo mío! —exclamó mi madre en un susurro,

colgándose de mi cuello—. ¡Bendito sea Dios! ¡Bendito y alabado sea! ¡Estás vivo!

—¡Claro que estoy vivo! —contesté—. ¿Por qué iba a estar muerto?

—¡Adentro, vamos adentro! —instó apremiante mi primo.

El criado sacó la cabeza por la rendija y oteó la calle en una y otra dirección, antes de cerrar la puerta y echar la aldaba y los cerrojos. Dentro del caserón reinaba una atmósfera inquietante, creada por la oscuridad y la pesadumbre de sus moradores. Inicialmente ellos siguieron dando gracias a Dios entre murmullos, pero luego el silencio se hizo tan brusco que parecía como si les hubiesen sorbido el aliento de sus gargantas. Yo, en cambio, los acuciaba con preguntas y los interpelaba con la mirada. Ellos apartaron los ojos para ocultar las lágrimas que les afluían. Parecía que mi madre había envejecido una década por cada semana transcurrida desde que me marché. Su delgada y graciosa figura aparecía encorvada y caída. La expresión de su bello rostro estaba apagada y carente de lustre.

—¡Hablad de una vez! —les grité—. ¿No vais a decirme lo que sucede?

Bajaron las cabezas y siguieron gimoteando. Solo mi primo contestó susurrando:

—No alces la voz, que pueden oírte.

—¡Quiénes! ¿Qué ha pasado? ¿A qué viene este llanto y todo este miedo?

Por fin, Crisorroas habló. Las palabras cayeron de sus labios como pesadas y oscuras piedras:

—La basílica de Santis Joannes... —balbució—. Ya es inevitable... El califa anunció que será destruida y que en su lugar será edificada la mezquita aljama de Damasco...

Nadie habló, se movió ni respiró esperando a ver mi reacción. Y yo me quedé igual que estaba, mirando a mi primo sin hacer el menor gesto. Entonces, él, con exasperación, dijo:

—¿Así te quedas ante la horrible noticia que acabo de darte? ¿Impasible?

Todavía permanecí en silencio unos instantes. Luego respondí:

—No me quedo impasible. Medito sobre lo que acabas de decirme. Porque yo sabía ya que eso iba a ocurrir. La hora ha llegado. Los signos ya están aquí.

—¿Qué hora? ¿Qué signos? ¿De qué hablas?

—De la profecía... De todo aquello que está escrito desde antiguo. Ha llegado la hora de reaccionar...

—¿Reaccionar? —contestó crispado—. ¿Quiénes? ¿Qué vais a hacer, estúpidos? ¿Luchar? —dijo con un gesto de amarga burla—. ¿Cómo? —añadió con un ademán señalando hacia la puerta—. ¿Dónde hay caballos para llevaros a la batalla? ¿Con qué armas? ¿Vais a combatir al califa con espadas viejas y oxidadas?

—¡Sí! —grité con apasionamiento—. ¡Sí! ¡Sí! Porque la gran basílica será destruida y nadie podrá evitarlo. Sabes muy bien que esta vez no podrás convencer al califa. Ha llegado la hora de volver a mirar hacia Bizancio. Las profecías hablan de este momento: el emperador de los griegos y los romanos recibirá de nuevo todo el poder y todo el dominio. Y el emperador de los romanos y los griegos reina en Constantinopla.

Crisorroas bajó la cabeza.

—¿Qué clase de enajenación es esta? —replicó con angustia—. ¿Quién te ha soliviantado de esta manera?

—¡Hijo mío! —intervino mi madre—. ¿Dónde has estado? ¿Quién ha llenado tu alma de locuras?

Entonces llegó el momento de hablar; y hablé sin permitir que me interrumpieran, con apasionamiento y coraje. No estaba dispuesto a dejarme vencer por su pusilanimidad ni por ninguna razón que pudieran darme. Les conté el viaje que había hecho, desde su inicio hasta el final: la peregrinación con el monje Melesio, el encuentro con Hesiquio en Biblos, la estancia en Ouadi Qadisha y los conocimientos que allí había recibido, los cuales sentía como una verdadera revelación. Crisorroas me escuchó en silencio, profundizando en su resignación a medida que avanzaba mi relato. Cuando concluí, permanecí mirándole a los ojos en actitud desafiante y, por un momento, me pareció que iba a decir algo. Su boca se movió, pero no salió de ella ninguna palabra. Se volvió hacia el interior de la casa y, con otro gesto desesperanzado de su demacrada mano, señaló el corredor donde estaban los dormitorios, indicando con ello que debíamos retirarnos.

—¡Espera! —le grité—. ¿No vas a decirme nada? ¡Dime qué piensas de todo esto! Necesito tu opinión; eres un sabio...

Noté que le costaba mucho hablar. Pero, finalmente, respondió con aflicción:

—Sé que ya no podré convencerte, como tampoco pude convencer al califa de que debía respetar nuestra gran basílica... Y en una parte de lo que dices sé que tienes razón: la tienes al decir que se aproxima una hora terrible y que quizá ya no se pueda volver atrás. Son muchos los que, como Hesiquio, el monje Melesio y tú, están ya persuadidos por el demonio de la guerra. Muchos ismaelitas han entrado también en ese espantoso torbellino. Una por una, las ciudades del sur de Siria han caído en la yihad. Esto nadie lo podrá detener... Pero en otra parte te equivocas. Crees que nuestra salvación ha de venir de Bizancio y que nuestro salvador es ese a quien nombras como «el emperador de los romanos y los griegos». Pues bien, he ahí tu gran error, porque en Constantinopla reina ahora Justiniano, inicuo y falso emperador, que usurpó el trono extendiendo la herejía y la crueldad. No sé lo que Dios tendrá dispuesto en su divina providencia, pero líbrenos Él de salir del poder del califa agareno y caer en las manos de Justiniano, manos manchadas de sangre inocente...

Me llené de ira por oírle decir eso y mi sangre ascendió desde el corazón hasta las sienes.

—¡Cobarde! —grité—. ¡Tan cobarde como tu padre! ¡Como nuestro abuelo Mansur ibn Sarjun al-Taghlibi, que vendió nuestra sangre, la sangre del gran Alejandro, a los demonios agarenos!

—¡Hijo, no...! —saltó mi madre—. ¡Calla!

Se hizo un silencio terrible en el que se pudieron oír las respiraciones anhelosas y entrecortadas de los ancianos criados. Después de aquello no podía quedarme allí esa noche. Me dirigí a la puerta y salí en dirección al palacio de Hesiquio.

45

Una vez más regresaba el viejo pleito. Cuando acababa de cumplir yo los veinte años. Había transcurrido un lustro desde que Al-Walid I, recién proclamado califa, lo primero que hiciese fuera anunciar de repente que destruiría la basílica de Santis Joannes para construir en su lugar la Gran Mezquita. Esta decisión llenó de contento a los alfaquíes fanáticos, pero causó un gran dolor entre los cristianos. Yo entonces tenía quince años y llevaba dos viviendo en el monasterio de Maalula. Alguien vino trayendo la triste noticia. Recuerdo haber visto llorar a todos los monjes y a los ancianos cubrirse la cabeza con ceniza. Porque la gran basílica fue siempre el símbolo cristiano de Damasco, desde que mandó edificarla Teodosio, el último emperador romano que tuvo unidos bajo su poder el Imperio romano de Oriente y el de Occidente. Aunque los cimientos pueden retrotraerse hasta los antiguos arameos, que eligieron ese lugar para levantar un templo a la divinidad, que luego los romanos dedicaron a sus dioses paganos. Y cuando el Imperio fue consagrado al cristianismo, los damascenos erigieron sobre él la basílica principal de la ciudad, dedicada a san Juan Bautista. Los muslimes que conquistaron Siria entraron por primera vez en Damasco después de la rendición y se admiraron al encontrarse con el espléndido tabernáculo. Ninguno de los califas, por severo que hubiera sido, se atrevió a tocarlo. Aunque se le pasó por la cabeza a Muawiya. Pero mi tío, el insigne intendente Sarjun Mansur, padre de Crisorroas, intercedió y logró hacerle desistir, contentándole con el pago de un inmenso tributo en oro.

Cuando Al-Walid I subió al trono y se planteó de nuevo la destrucción de la basílica, volvió el miedo y la confusión. Esta vez le tocó a mi primo convencer al califa. Y una vez más se consiguió salvar el templo. Aunque las cosas ya habían empezado a cambiar de una manera más apreciable y rápida. Los griegos y persas que todavía ostentaban cargos importantes en la administración fueron conminados a convertirse al islam. Solo podían seguir aquellos que se circuncidaban y demostraban conocer la *sharía*, los que no lo hacían eran expulsados. Esto provocó una gran desazón entre los patricios cristianos, que se vieron obligados a tomar una decisión trascendental: apostatar o mantenerse firmes en la fe de Cristo. Pero, al menos por el momento, los cristianos de Damasco conservaban su principal templo.

Sería por poco tiempo. Dos años después los ministros volvieron a anunciar que Santis Joannes iba a ser destruida. Yo acababa de salir del monasterio. Recuerdo muy bien las discusiones, las diatribas, los sermones, las peroratas… Los obispos, presbíteros y monjes no descansaban exhortando a sus fieles para que no abandonasen la Iglesia. Pero no todas las voluntades eran fuertes, y muchos, demasiados, acabaron sucumbiendo ante la apetecible tentación de conservar sus privilegios, rentas y residencias; porque resignarse a perder todo ello suponía caer en la degradación, la pobreza y la inseguridad. No obstante, muchos otros fueron valientes y permanecían durante el día y la noche orando y elevando cantos dentro de la basílica. Emocionaba ver todas aquellas velas encendidas y el humo del incienso subiendo hasta la altura de las bóvedas. Hubo también quienes proclamaron a voz en cuello que se dejarían matar antes de abandonar el venerado templo de sus antepasados.

Transcurrieron así algunos meses de incertidumbre y temor. Los consejeros cristianos acudían a diario a presencia del califa para suplicar que respetase la basílica. Hasta que, finalmente, Al-Walid se apiadó y dejó su proyecto por el momento. Cuando mi primo Crisorroas anunció una mañana de domingo a la comunidad que Santis Joannes iba a seguir siendo nuestra, los ancianos se echaron a sus pies, besándolos y ungiéndolos con sus lágrimas de alegría y gratitud.

El nuevo califa contentó a los alfaquíes fanáticos prometiéndoles que reconstruiría la mezquita del profeta en Medina. También agradó a los suyos con la construcción de numerosos palacios en las antiguas ciudades, como en Damasco, donde ya se iba fraguando una nueva nobleza dirigente, de raíz árabe, aunque sin renunciar a la clara influencia bizantina y persa de quienes durante siglos habían estado en lo más alto de aquellas sociedades. Las formas arquitectónicas y decorativas de los nuevos edificios evocaban los antiguos, avejentados y ruinosos, que habitaban las últimas y decadentes generaciones de ilustres cristianos. Parecía que un mundo se venía abajo, a la vez que otro se elevaba. Para los agarenos, este Al-Walid I era el gobernante ideal. Decían que mandaba construir casas para acoger a los enfermos y que iba a asignar un sirviente para cada inválido de Damasco y un guía a cada ciego indigente. No sé si llegarían a llevarse a cabo esas obras de misericordia; yo al menos no tuve constancia de ellas. Pero es verdad que arregló los caminos, eliminando las zonas abruptas, y ordenó perforar pozos a todo su largo para abastecer a los viajeros. En el desierto y la estepa se ocupó de construir abrevaderos para el ganado. Y, por otra parte, logró enormes conquistas militares, llegando sus ejércitos a Samarcanda, Bujará, Juarezm y Farghana en Asia Central, y se adentraron por buena parte de la India, hasta el delta del río Sindu. Hacia el poniente, su general Táriq ibn Ziyad alcanzó el estrecho que separa África de Hispania.

El poder de los omeyas era inmenso y parecía estar guiado por una mano invisible y misteriosa. El califato podía compararse ya a los grandes imperios que había habido en el mundo. ¿Quién iba a atreverse a pretender que mantuvieran en pie un viejo templo cristiano en el centro de su capital?

46

Los días siguientes los viví en un misterioso estado, mezcla de congoja, agitación e impaciencia. Recuerdo haber estado en el jardín de la casa de Hesiquio con Dariana, sentados bajo la maraña de verdes ramas de los árboles; y allí, su bella figura, con su traje blanco, honrada por retazos de luz solar, llegó a parecerme irreal. Estaba también ella intranquila; sus preciosos ojos vueltos hacia mí como si mirasen a un ser recién venido de otro mundo me hablaban en silencio de algo tenebroso y desconocido. Tuve que poner mucha voluntad para transmitirle algo de serenidad. Le estuve diciendo que no debía preocuparse, que en muy poco tiempo todo sería tranquilo y podríamos vivir en una paz estable. Pero mis esfuerzos eran inútiles. La fantasía y el temor la habían convertido en una mujer aterrorizada y ciega, que atisbaba en el fuego del estío amenazantes figuras remotas.

—Yo sé que todos vamos a morir —me dijo en un susurro tembloroso—. Lo presiento y no podrás convencerme de lo contrario.

Solté una forzada carcajada y contesté:

—¡Qué tontería! ¡Claro que todos vamos a morir! Pero eso será cuando Dios quiera...

—Será pronto, muy pronto —repuso ella—. Van a suceder cosas horribles...

La abracé con ternura para infundirle sosiego y confianza. Me hería profundamente oírla hablar así. Y ella estuvo llorando sin decir nada más mientras su pequeño y vivo corazón palpitaba contra mi pecho.

—Nada va a pasar —le decía—, te lo prometo. No te angusties, porque Dios va a cuidar de nosotros.

Estando de esta manera, abrazados, acongojados, se presentó de repente Tindaria, muy nerviosa, para decirme:

—Hesiquio ha enviado a uno de sus criados para buscarte. ¡Apresúrate! Mi esposo te espera en el arrabal norte.

Seguí al criado por las calles. Caminábamos lo más rápido posible, y acabamos saliendo de la ciudad por la puerta llamada Bab al-Salam, en el lado norte de la muralla. Allí aguardaba Hesiquio con dos caballos, uno para él y otro para mí.

—Iremos al campamento del ejército que ha de partir hacia África —explicó al entregarme las riendas.

No dije nada, porque comprendía que había llegado por fin el momento ansiosamente esperado. Monté en el caballo y emprendimos el trote hacia el levante. Era una mañana veraniega de radiante luz. El río Barada discurría menguado y turbio, entre los desnudos troncos de los árboles. Los senderos se veían vacíos, cuando generalmente estaban abarrotados de gentes que iban y venían a pie, a lomos de caballerías o en camellos. Oculta por chozas ruinosas, se acurrucaba en la tierra miserable la vieja y pequeña mezquita del arrabal. Más allá, las antiguas tabernas construidas con troncos y adobe parecían tambalearse tristes en las encrucijadas de los caminos. Y en mis recuerdos se iluminaba la imagen de los momentos vividos allí hacía apenas dos años, cuando los mercaderes meridionales, joviales, barrigudos, chispeantes como el vino barato, deambulaban en busca de negocios y placeres. No podía compararse aquello con esto que ahora veían mis ojos: el amargo orgullo de estos otros hombres que acampaban más allá; guerreros de largas espaldas, huesudos, de barbas rucias y adversas. A sus rasgos ardientes, pronunciadísimos, feroces, les faltaba la grasa, la cálida circulación de la sangre y la alegría de vivir. Los movimientos de los soldados, enérgicos y desenfrenados, violentos, faltos de gusto, llegaban a causar espanto a medida que nos aproximábamos a la empalizada del campamento. Algunos nos miraban. Las cicatrices de sus rostros, de austera sublimidad, y el íntimo desprecio que había en sus ojos hacían presente la guerra inextinguible. Observándolos, comprendí la ardorosa historia de mi tierra, los relatos de guerras por todos los siglos, y el infinito cabalgar de la muerte entre Oriente y Occidente.

Cuando llegamos a las puertas del campamento, los vigilantes vestidos de cuero se acercaron en el acto, y sujetaron los caballos mientras desmontábamos. Tuve la sensación de que nos esperaban. Aunque todo lo que estaba sucediendo resultaba un gran misterio para mí.

—Vamos adentro —dijo con decisión Hesiquio, mientras se acomodaba el turbante y tiraba de los faldones de su ampulosa vestidura.

Nos dejaron pasar al campamento sin ningún problema. Anduvimos durante un largo trecho entre tiendas, para ir a detenernos delante de un robusto barracón enteramente construido con maderas. Varios hombres de la guardia armada se encontraban unos pasos más allá, dispersos en pequeños grupos, charlando entre ellos. De vez en cuando, quizá advertido por una palabra o por un movimiento, alguno de ellos miraba de pronto hacia nosotros y, tras observarnos, volvía a la conversación. Hesiquio les ordenó con autoridad:

—Id a avisar a Klémens aben Cromanes de que su tío está aquí.

Enseguida uno de aquellos soldados se perdió por detrás del barracón. Lleno de asombro, no pude evitar preguntarle a Hesiquio:

—¿Klémens? ¿Klémens está en el campamento?

Él me miró con una cara muy extraña y respondió en voz baja:

—Mañana, con la primera luz del día, todo este ejército partirá hacia Egipto, para luego ir al norte de Ifriqiya. Allá, en el extremo del mundo, hay un estrecho que separa Berbería de Hispania… El gobernador de aquellos territorios en nombre del califa ha enviado emisarios para pedir ayuda, porque al parecer tiene entre manos una gran empresa de conquista. El califa ha decidido enviar al general Mugit al-Rumi al frente de esta inmensa hueste.

Hesiquio no había respondido a mi pregunta. Pero no era necesario. Un instante después, vi venir hacia nosotros un hombre a caballo. Era Klémens. La luz hacía resaltar el lustre de sus gruesas trenzas, y la fina pátina de sudor en la frente. Le reconocí al momento, aunque su estampa resultaba imponente. La espada colgada de su cinturón, con la vaina tachonada con zafiros y granates, se movía al compás del paso de la yegua, marcando el ritmo con su golpeteo contra las grebas metálicas. El delgado jinete vestía lo que en un tiempo debió de ser una túnica grana brillante, y que ahora aparecía gastada, remendada y oscura de suciedad;

llevaba la cabeza cubierta con un casquete de cuero adornado con largas plumas, y alrededor de su cuello colgaban varios collares de cuentas, cada uno rematado con pequeños amuletos de plata.

Hesiquio soltó un suspiro de admiración, mientras contemplaba la llegada de su sobrino. Luego exclamó:

—¡He aquí nuestro guerrero!

En verdad la presencia de Klémens causaba asombro. Descabalgó a nuestro lado y sonrió extrañamente. Se apreciaba que tenía el cuerpo entumecido, cubierto de polvo y abrasado por el sol después de tres semanas de continuo cabalgar por montes y desiertos. El ejército de Mugit al-Rumi había viajado con sus quince mil hombres a través de bosques, montañas y, finalmente, por la árida y desierta estepa para llegar a Damasco. Apenas llevaba una semana acampado allí; por eso producía fatiga solo pensar que al día siguiente tuviera que emprender una marcha aún más larga hasta el extremo del mundo.

Pero enseguida supe que Klémens no iba a partir con los guerreros. Porque, después de abrazarlo, su tío le preguntó, señalando las alforjas que colgaban del caballo:

—¿Todas tus cosas están ahí?

—Todas —respondió él.

—Pues vámonos.

Un momento después estábamos fuera del campamento, pero no atravesamos el arrabal en dirección a la ciudad, sino que fuimos dando un rodeo hacia el norte, hasta el pie del monte Makemel. Descabalgamos a la sombra de unos árboles y se desveló para mí el misterio. Sin preámbulo alguno, Hesiquio me dijo allí mismo que su sobrino y yo íbamos a partir inmediatamente hacia el país de los maronitas.

Me dio un vuelco el corazón. Estupefacto, exclamé:

—¡Los maronitas! ¡Los maronitas de los montes!

—Sí. Debéis ir allá para cumplir una misión. En su momento sabrás de qué se trata…

Confundido, repliqué:

—¿Por qué no me lo dijiste antes? ¡No me he despedido de mi familia!

—¿Ahora me vienes con eso? —contestó él enojado—. ¿Qué importancia tiene eso cuando están en juego todos nuestros planes?

Completamente desconcertado y lleno de angustia, me eché a sus pies y le supliqué:

—¡Déjame ir antes de partir! ¡No me puedo marchar así! No me he portado bien con ellos y debo ir a pedirles perdón… Si me pasara algo por ahí… ¡Déjame ir! ¡Te lo ruego!

—Está bien —cedió al fin—. Es una estupidez, pero no puedo negarme a concedértelo. Vayamos a la ciudad. Si nos damos prisa, todavía tendrás tiempo para despedirte antes de que cierren las puertas. Klémens te esperará aquí. Además, debe unirse a vosotros aquí el guía, antes de emprender el camino; y no llegará hasta que empiece a caer la tarde.

De regreso a la ciudad, Hesiquio me dio algunas explicaciones, aunque pocas. Temía contarme todo aquello que pudiera poner en peligro nuestra misión.

—Si te hicieran prisionero y te sometieran a torturas —dijo—, podrías acabar confesando nuestros planes… Mi sobrino Klémens te irá comunicando por el camino, poco a poco, lo que debéis hacer en el país de los maronitas.

—Pero… —observé—. Yo creía que vendrías con nosotros…

—No. Yo he de quedarme en la ciudad. Mi cometido está aquí. En su momento comprenderás el porqué.

Al llegar a la puerta de la muralla, él me dijo:

—Anda, deja aquí el caballo y entra tú solo. Ve a despedirte de los tuyos y no te demores más de una hora. Yo te esperaré aquí.

Anduve apresuradamente por las calles hasta nuestra casa. Encontré a mi madre llena de angustia y desolación. Cuando me arrodillé delante de ella, se echó sobre mí y me cubrió de besos. Dejé que se desahogara antes de decirle que iba a emprender un nuevo viaje.

—¡Santo y bendito Dios! —exclamó entre sollozos—. ¿Adónde esta vez?

—No puedo decírtelo. Perdóname, madre, pero no puedo.

Suspiró hondamente y dijo resignada:

—Sea lo que Dios quiera... Pero ve antes a despedirte de tu primo. Le causaste un gran dolor ofendiéndole de aquella manera. A él le debemos todo... Él te ama...

—Lo sé y quiero demostrarle mi respeto y mi amor.

—Él no está aquí —me comunicó anhelosa—. Fue a la iglesia de la casa de Ananías para reunirse con el obispo y los sacerdotes. Hace una hora supimos que mañana empezará a ser demolida la basílica de Santis Joannes.

—Madre —le dije, recogiendo con mis dedos las lágrimas de sus mejillas—, no sufras. Todo lo que nos está sucediendo te parecerá espantoso; porque, en verdad, nos ha tocado en suerte tener que ver cosas terribles... Pero quiero que sepas que hay esperanza... No puedo explicarlo, porque no tengo palabras; lo intuyo, lo siento aquí muy adentro...

Ella me abrazó, me besó y contestó:

—Anda, ve a despedirte de tu primo... ¡Rézale constantemente a Dios y no sufras por mí! La pequeña iglesia a la que los damascenos llamamos «casa de Ananías», y también en árabe al-Arab Mussalabeh, Santa Cruz, se halla al final de la calle donde estaba nuestra casa, la calle Recta de Damasco, entre las puertas de Bab Sharqi y de Bab Keisan de las antiguas murallas; por donde, según la tradición, escapó san Pablo de Damasco por la noche, siendo descolgado en una cesta. Allí se encontraba la casa de Ananías, donde el apóstol estuvo hospedado en la ciudad después de su conversión. En ese lugar, los primeros cristianos edificaron con el tiempo una pequeña iglesia que, tras la conquista de los árabes, fue confiscada. Ahora el califa Al-Walid la acaba de devolver a la comunidad cristiana, como compensación por habernos desposeído de la basílica de Santis Joannes.

La pequeña iglesia es una cripta subterránea, a la que se accede por una escalera que desciende por debajo del nivel de la calle. Bajé y me encontré de repente sumergido en el pesado ambiente, saturado por el vaho y los humos del incienso. Al fondo estaba el obispo, sentado en su cátedra, rodeado por los presbíteros y los acólitos. Los cantores entonaban lánguidamente la salmodia frente a un nutrido grupo de fieles arrodillados, entre los que no tardé en descubrir a Crisorroas. Como no disponía de mucho tiempo, tuve que abrirme paso hasta él a empujones. Me situé a su lado y le susurré al oído:

—Hermano, perdón, perdón… He sido muy injusto contigo.

Se volvió hacia mí, me miró sorprendido, sonrió y respondió:

—Cada hombre tiene su propio destino… Estás perdonado. Dios me perdone a mí.

—Gracias, hermano.

Él me besó en la frente y añadió:

—Anda, Efrén, ve y haz lo que tengas que hacer. Lo que Dios quiera será... Todo está en su mano.

Lleno de gratitud, le besé a mi vez y salí de allí, llevando una sensación extraña, mezcla de tranquilidad y asombro. Me daba la sensación de que él sabía ya lo de mi nuevo viaje...

Poco después me encontraba con Hesiquio en la puerta de la ciudad, y emprendimos juntos el galope hasta la ladera del monte Makemel, donde esperaba Klémens con el muchacho que iba a servirnos de guía. Allí nos despedimos y, antes de que cayera la tarde, ascendíamos por la áspera pendiente hacia el país de los maronitas.

47

Al principio no nos dimos descanso. Había luna llena y pudimos avanzar durante toda la noche. El segundo día de marcha transitábamos por un estrecho sendero en dirección a las montañas, que se veían hacia el oeste como un colosal paredón oscuro que cubría todo el horizonte. Cabalgábamos en silencio, como temiendo alertar a alguien. Todavía en aquellos parajes nos cruzamos con algunos viajeros, mercaderes, soldados y pastores con sus rebaños. Klémens y yo, como amigos que éramos, podíamos charlar con confianza; en cambio nuestro guía era un desconocido para nosotros. Pero, cuando hubieron transcurrido unas cuantas horas más, tal vez gracias al buen aire que se respiraba y a la clara luz, empezamos a sentirnos unidos los tres por un semejante espíritu animoso. El guía era un muchacho maronita llamado Yuso, seco, nervudo, con el pelo enredado como estopa. No sabíamos aún ni cómo ni dónde lo había encontrado Hesiquio, porque, como digo, apenas hablamos al principio con él. Luego nos sorprendió de repente, poniéndose a cantar alegremente, con voz aguda y en su dialecto incomprensible para nosotros. Nos miraba de reojo y sonreía con picardía, por lo que comprendimos que la canción debía de referirse a algo gracioso. Me eché a reír, no por lo mal que cantaba, sino porque me resultaban cómicas las caras que ponía, el tono gutural, los chillidos y la manera en que acompasaba su caminar con la melodía. Tan pronto aceleraba los pasos como los retardaba, o daba algún saltito. Se dio cuenta de que me hacía gracia y exageró el canto y los movimientos. El ascenso resultaba duro, pero él ni siquiera jadeaba; se veía que estaba acostumbrado a moverse por aquellas abruptas pendientes.

Luego el camino mejoró y, antes del anochecer, nos encontrábamos en un valle. Entonces el muchacho calló de repente, se puso muy serio y se llevó el dedo a los labios para indicarnos que debíamos ir a partir de ahora en silencio. Cuando señaló la altura de un collado lejano, comprendí el motivo de sus temores: una fortificación de piedra dominaba el paso.

—Aquella defensa está abandonada —murmuró en lengua aramea de extraño acento—, pero algunas veces la ocupan los soldados del califa. Aunque, si están allí, no se tomarán la molestia de bajar por tres hombres a caballo; porque, cuando consiguieran llegar hasta aquí, estaríamos nosotros ya muy lejos. Pero por si acaso…

Más adelante, fuera ya de la vista de la fortaleza, salimos del camino. Encendimos un pequeño fuego en un lugar resguardado entre las rocas y comimos lo que teníamos. Fue placentero. Permanecimos sentados charlando, contándonos nuestras vidas. El guía se animó por fin a hablar. Nos dijo que había sido esclavo en Damasco, donde fue vendido por unos desalmados que lo raptaron cuando tenía solo once años y pastoreaba cabras en el monte. Era de origen maronita, de una pequeña y lejana aldea de las montañas. Por eso Hesiquio lo había liberado pagando su precio, para que nos sirviera de guía. Nos refirió muchas cosas de su tierra; sus ancestrales costumbres, la dura existencia que llevaba allí en lo alto de sus inaccesibles montañas, donde vivían independientes sin someterse al califa; las antiguas guerras, los seculares enemigos, las leyendas de sus antepasados... Parte de lo que decía me pareció cruel, salvaje, primitivo; todo ello envuelto en misterios y confusión, oscuro... Pero otra parte resultaba encantador: su mundo era auténtico, formidable, intrépido y decididamente libre. Aquel pueblo era muy consciente de sus orígenes y del destino al que se sabía llamado: levantarse contra los agarenos. Aunque tampoco consideraban que debían someterse a Bizancio. Y aquel muchacho, a pesar de su edad, asumía esa vocación como propia e ineludible. No le importaba morir —aseguraba con ojos delirantes—, si era luchando contra los que él llamaba «diablos de la arena», es decir, los árabes venidos del desierto. Lo cual expresaba de manera admirable, no obstante su escasa ciencia.

Podrá parecer extraño, pero no recuerdo con precisión el número exacto de jornadas de camino de aquel viaje. Tal vez estuvimos cabalgando durante un par de semanas sin apenas detenernos. Siempre nos dirigíamos hacia el norte, excepto durante el inevitable zigzag al subir y bajar montañas. En ocasiones los senderos eran tan intrincados que hubo momentos en que verdaderamente creí que nos perderíamos sin remedio y moriríamos. En aquellos lares uno llegaba a considerar una auténtica bendición no preguntarse a cada momento de dónde saldría el siguiente trago de agua. Y si hoy tuviera que emprender de nuevo la travesía, me resultaría imposible aproximarme solo vagamente al destino. Hasta entonces, yo nunca me había preguntado en serio por qué el país de los maronitas no había sido dominado ni por los romanos ni por Bizancio ni por los árabes; ahora comprendía la razón. Si fuera de otro modo, no sería el remoto lugar que es.

La comida se nos acabó. Hambrientos, Klémens y yo llegamos a perder la esperanza y nos llenamos de desazón. Pero Yuso no perdió la calma: reunió hierbajos, raíces y saltamontes con los que preparó un plato repugnante que nos mantuvo con energía en las últimas etapas. Más adelante el camino estaba invadido por la vegetación. Pero, conforme avanzábamos, encontrábamos su rastro, ya que los matojos crecían menos en él, por mantenerse la tierra muy compacta. Nuestro guía, orgulloso, aseguró que por allí pasó con su ejército el gran Alejandro y que luego sus hombres apisonaron la ruta de tal manera que se conserva hasta el día de hoy. Pensé en todos los lugares que presumían de que Alejandro había pasado por ellos; si en verdad hubiera transitado por todos ellos, habría necesitado cien vidas.

Un poco más adelante advertimos que se ponía de pronto muy contento atisbando la lejanía.

—Ya falta muy poco —nos decía, señalando una infinita sucesión de colinas.

Lo cual a nosotros nos causaba mayor desazón aún, pues no veíamos vestigio alguno de presencia humana en el amplio horizonte.

Por fin, un día de aquellos, estando la tarde ya avanzada, nos detuvimos en un claro, delante de lo que parecían ser unas pobres ruinas. Las piedras estaban diseminadas por la tierra y solamente quedaba en pie una suerte de medio arco. Allí delante se arrodilló Yuso, trazó la señal de la cruz sobre su pecho y estuvo orando en silencio durante un rato. Nosotros hicimos lo mismo, considerando que nos hallábamos en un lugar santo. Y así era. Pasamos luego a lo largo de un cementerio. Los sepulcros, sencillamente perfilados con guijarros, clareaban entre las zarzas y las yerbas. Y más allá, cerca de un montículo, distinguimos un conjunto mayor de sepulturas sumergidas en aquella vegetación agostada. Estas eran mucho más hermosas, y debían de ser muy antiguas, situadas en fila, todas ellas de piedra labrada con bellos adornos.

—Aquí yacen nuestros antepasados —explicó el guía—. Todos ellos eran mujeres y hombres santos que trajeron el bautismo y el Evangelio por mandato de los apóstoles del Señor.

Enternecía oírle hablar así, siendo un rudo e inculto muchacho que no sabía leer ni escribir. No pude evitar pensar en lo duras que debieron de ser las vidas de aquellos primeros santos propagadores de la fe en Cristo; y que, quizá por ello, su semilla permanecía viva por haber sido purificada en la adversidad.

Caía la noche y extendimos nuestras mantas cerca de allí. Aquel era el paraje más solitario que pueda imaginarse, pero no podía decirse que fuera triste, sino que poseía cierta vitalidad. Estábamos como sobrecogidos, silenciosos, rodeados por los trinos de los pájaros que se preparaban para dormir. Y luego, cuando cayó la oscuridad y brotaron las estrellas, los montes se llenaron de aullidos.

Al día siguiente, después de una jornada más de camino, me di cuenta de que algo conocido se alzaba lejano hacia el norte: el impresionante monte Líbano. Solo entonces reparé en que nos hallábamos seguramente muy próximos al destino de mi anterior viaje, Ouadi Qadisha, el Valle Santo. Aunque esta vez habíamos accedido allí por otro derrotero; más corto y a la vez más abrupto y difícil. Estupefacto, le pregunté al guía si en verdad era así, o si solo se trataba de imaginaciones mías. Y él confirmó mi sospecha: habíamos llegado a la otra vertiente del monte donde crecen los sagrados cedros de Dios.

Aquella misma tarde cabalgábamos y caminábamos, alternativamente, para no fatigar demasiado los caballos por la empinada pendiente. Todo estaba tranquilo cuando Yuso estiró el brazo y, señalando un punto sobre una colina, anunció lleno de felicidad:

—¡Bisharri! ¡Mirad, es Bisharri! ¡Hemos llegado! ¡Mi aldea está muy cerca de la ciudad! ¡Estoy en casa!

Fijándonos bien, pudimos distinguir sobre el collado la muralla y, dentro de ella, el apiñado conjunto de casas. Pero la ciudad estaba lejana, precedida todavía por una sucesión montañosa tan dura como la que acabábamos de dejar atrás, por lo que no era posible llegar allí antes de que cayera del todo la noche.

48

Era mediodía cuando, al remontar la cima de un altozano, mirando hacia el cielo occidental, que se veía despejado, opresivo y de una tonalidad ocre, apareció de repente la ciudad rebelde de los cristianos del monte Líbano. Tanto Klémens como yo conocíamos algo de su historia, porque las leyendas sobre Bisharri eran muy populares entre los damascenos. Su nombre es una palabra del arameo arcaico que hace referencia a un lugar de abundante agua o copiosos torrentes. La fundaron en la antigüedad los fenicios y erigieron en ella la casa y templo de Istar, su diosa del amor. Se cuenta que el rey Salomón oyó hablar de ella, sintió deseos de conocerla y viajó desde Jerusalén hasta estos montes para visitarla. Aunque sus moradores se obstinaron secularmente en su paganismo. Tendrían que transcurrir quinientos años después de que naciera la Iglesia para que los monjes de Marón lograran convertir a Cristo a los habitantes de la montaña libanesa. En aquellos tiempos todavía había sido Bisharri una próspera metrópoli con una población de varios millares. Por eso los emperadores de Bizancio quisieron dominarla sin lograrlo nunca. Y luego, con la invasión de los árabes agarenos, los cristianos seguidores del monje Marón, muchos mardaitas, desterrados sirios, esclavos huidos y hombres de muchos lugares que no aceptaban someterse al islam vinieron a refugiarse en estos montes escabrosos. Sentí el hormigueo de la curiosidad y apetecí con ansia entrar por aquellas puertas que estuvieron siempre cerradas para todo aquel que viniese con ánimo de conquista.

Pero, curiosamente, nadie nos impidió el paso y los guardias ni siquiera nos preguntaron de dónde veníamos y con qué motivo. Atravesamos una gran zona abierta, como una plaza amplia, en medio de una marea de humanidad. Por todas partes se asentaban tenderetes y carretas con mercancías, vendedores de toda apariencia y descripción, esclavos, camellos y asnos, transitando hacia dentro, hacia fuera y alrededor del área del enorme mercado que estaba allí formado. Nadie se aproximó por el momento a nosotros, y mucho menos intentó detenernos o interrogarnos. Tampoco nos impidieron entrar cabalgando, aunque tuviéramos un gran trabajo tratando de mantener sujetos a los caballos, que estaban irritados entre la turba, por los violentos empujones y codazos en los costados, voces de los pregoneros y lamentos e interpelaciones de los mendigos.

Klémens y yo caminábamos mirando con recelo a toda aquella confusión. Sin embargo, Yuso avanzaba por delante deprisa, muy decidido y seguro, con la soltura de quien se halla en su propia casa. Hasta que, de pronto, alguien se dirigió a nosotros a voces en aquel dialecto que no comprendíamos. Nos volvimos, reparando en la presencia de un hombre alto, delgado y cetrino, que nos estaba mirando con atención. Al detenernos para ver qué quería de nosotros, indicó con un gesto que nos acercáramos. Fuimos hacia él un poco confundidos y recelosos. Los ojos de aquel hombre, en realidad, no estaban puestos en nuestras personas, sino en los caballos que llevábamos de las riendas; miraba nuestros magníficos animales de pura sangre árabe con el hambriento amor y el anhelo de aquel que conoce muy bien la raza y todo el valor que tiene. Entonces, Yuso se puso muy nervioso y nos dijo que siguiéramos adelante, sin hacer caso. Eso hicimos, pero el hombre cetrino empezó a gritar:

—¡Eh, vosotros, extranjeros! ¡No os vayáis! ¿De dónde son esos caballos? ¡Quiero verlos de cerca!

—Déjanos, tenemos prisa —replicó el muchacho.

El hombre le agarró por el brazo con violencia y le espetó:

—¡Tú cállate! Solo quiero ver los caballos de cerca…

Yuso se soltó de un tirón e hizo ademán de apartarse. Pero él se enojó aún más y se dirigió a nosotros en árabe, a voces:

—¡Eh, extranjeros! ¿Venís de Damasco? ¿Acaso sois árabes agarenos? ¿No sabéis que aquí matamos a los ismaelitas?

En torno nuestro se hizo de repente un silencio hostil. Todo el mundo nos miraba con curiosidad y desconfianza. Mientras, aquel hombre no paraba de gritar:

—¡Son ismaelitas! Solo los árabes de Damasco tienen caballos como esos.

Entonces, y viendo que la cosa se ponía fea, Klémens se fue hacia él y le dijo con respeto:

—En efecto, amigo, somos damascenos. Somos cristianos del antiguo barrio de Bab Tuma de Damasco. Hermanos vuestros por tanto. Mira nuestros caballos todo lo que quieras.

El hombre se calmó algo, pero seguía clavando en nosotros unos ojos suspicaces, desapacibles, que luego desvió para observar los caballos. Después nos preguntó si queríamos venderlos. Cuando le dijimos que no, ofreció una importante suma en dinares. Nuevamente nos negamos a aceptar y él siguió insistiendo. A nuestro alrededor se iba congregando cada vez más gente y empezamos a preocuparnos. Los oíamos cuchichear entre ellos y mencionar todo el tiempo la palabra «ismaelitas». Eso hizo que Klémens acabara enfadándose y gritando:

—¡Qué miráis! ¡No somos árabes! ¡Somos cristianos damascenos!

Varios de aquellos hombres reaccionaron encrespados; se acercaron y se encararon con él. Uno de ellos señaló la espada de mi amigo e hizo un gesto despectivo. Otro sacó pecho y le preguntó:

—¿Cómo es que vienes aquí armado? ¿No sabes que los extranjeros no tienen permitido entrar con armas en la ciudad?

Un tercero nos recriminó:

—Vosotros los damascenos os creéis los dueños del mundo.

El murmullo hostil creció en torno. Intentamos abrirnos paso para alejarnos, pero la multitud se cerraba y nos lo impedía. Empezábamos a sentirnos seriamente preocupados. Así que, temiendo que la situación empeorase, acabamos adoptando una actitud más afable y sonriente, pidiendo paso de forma humilde, pues era evidente que el trato altanero alteraba a aquella gente.

El nuevo modo pareció hacer efecto enseguida y pudimos al fin adentrarnos en la ciudad, para perdernos más tranquilos por las callejuelas y llegar a una especie de huerto, donde rumoreaba el agua limpia de una acequia. Nos estuvimos refrescando y cobramos serenidad. Entonces, visiblemente turbado, el guía dijo:

—La última vez que estuve en Bisharri yo tenía solo once años. Luego me llevaron esclavo a Damasco. Ahora tengo quince años. Aquí la gente se ha vuelto feroz y desconfiada... No recuerdo que antes fuera así. Es por culpa de la guerra.

—Siempre hubo guerras —observó Klémens.

El muchacho entonces se manifestó anheloso y añadió excitado:

—He salvado la vida en Damasco... Siempre pensé que acabarían matándome a palos o cortándome el cuello... Pero Dios ha querido salvar mi vida. Ahora solo pienso en ver a mis padres y hermanos...

Le miramos compadecidos. Y Klémens le dijo:

—Tu trabajo ha terminado. Hesiquio te dio la libertad a cambio de que nos trajeras hasta Bisharri. Tú le aseguraste que recordarías el difícil camino por donde te llevaron a Damasco los malvados hombres que te hicieron esclavo. Ya estamos aquí. Puedes irte a tu aldea.

Él se puso en pie de un salto. Sonrió, nos besó las manos y prometió que rezaría para que todo nos fuera bien. Le di unas monedas y le vimos marcharse, volviéndose de vez en cuando hacia nosotros con aire de afecto y gratitud.

Cuando estuvimos solos, miré fijamente a Klémens y le pedí que me dijera el motivo de nuestra estancia allí.

—Por supuesto que te lo diré. Tienes todo el derecho a saberlo —respondió él. Extendió su mano y estrechó la mía, inclinando el cuerpo hacia delante como si fuera a revelarme algo muy íntimo—. Cuando ingresé en el ejército del califa —dijo—, tenía riquezas y me sonreía la fortuna. Sin embargo, hubiera muerto de buena gana... Muchas veces estuve en peligro. No obstante, seguí viviendo. En una ocasión, una flecha pasó tan cerca de mi oreja que su zumbido me dejó aturdido. He matado a muchos hombres, algunos de ellos sin ningún motivo. Cuando llegábamos a una aldea, con frecuencia violábamos a las mujeres y no dejábamos a nadie con vida. Ni siquiera los niños y los ancianos eran respetados. Entonces todo aquello que nos enseñaron nuestros mayores pierde sentido… La guerra no solo es una aventura peligrosa, además es repugnante. Se llega a sentir que esta carne, el cuerpo humano, no es nada, sino podredumbre hueca… Yo, que habría muerto gustosamente como soldado del ejército ismaelita, no dejaba de sentir ese hondo vacío… Durante estos últimos años, el dolor de mi alma ha sido como agua oscura y estancada en el fondo dc un aljibe y no como ese torrente que mana y fluye. Últimamente pensaba que finalmente moriría en cualquier parte y que mi cuerpo sería devorado por las alimañas y las hormigas, mientras mis compañeros se repartirían mis pequeños tesoros conseguidos en los saqueos… Sin embargo, Dios me hizo comprender aquello que dice el salmo: que nadie puede añadir ni un momento al tiempo que le queda de vida; como tampoco restarlo… Y que morir no es otra cosa que dejar este cuerpo hecho de vieja codicia y viejo deseo…

Me sorprendió oírle hablar de aquella manera, como si fuera un anciano; tanto me sorprendió que permanecí en silencio, por temor a que mis palabras resultasen para él estúpidas. Al fin y al cabo, las experiencias de mi vida no podían compararse a las suyas, aunque ambos habíamos cumplido ya los veinte años. De repente se enderezó.

—Y ya que hemos de morir inevitablemente —prosiguió, en el tono de un hombre acostumbrado a reflexionar—, hagámoslo por una causa que en verdad merezca la pena. Antes, yo no intentaba averiguar quiénes son mis enemigos. Solo me preocupaba mi propio beneficio. Odiaba todas las costumbres; toda clase de obediencia, tanto a las leyes buenas como a las malas. Despreciaba todo el honor y reverencia de la tierra... Porque no sentía que era como mi padre, como mi tío y mis parientes, que todavía soñaban con la justicia y la libertad. Yo simplemente me preguntaba: ¿por qué intentarlo ahora, cuando todo está acabado? ¿Por qué no contentarse con maldecir? Pero ahora sé que, mientras el hombre sea hombre, mira a su alrededor y piensa; mira hacia el pasado y mira adelante. Todos nacemos preguntando por qué y morimos con la misma pregunta... Así nos ha hecho Dios.

No necesitaba decirme nada más para que yo comprendiera lo que trataba de explicar: el motivo por el cual había decidido dejar el ejército del califa y entregarse a los planes de su tío Hesiquio. O sea, acababa de responder a la primera duda que yo tenía desde que salimos de Damasco. La segunda duda era esta: ¿con qué fin habíamos venido al país de los maronitas del monte Líbano?

Su explicación fue inmediata, desnuda, clara:

—Estamos aquí para pedir ayuda. Los cristianos de Siria hemos planeado al fin revelarnos contra los árabes ismaelitas. Pero solos no nos bastamos para una empresa tan colosal. Necesitamos el apoyo de Bizancio y de cuantos cristianos próximos a nosotros estén dispuestos a ir a la guerra. Es mi padre, el viejo general Cromacio, quien ha ideado el plan: aprovechar que el grueso de los ejércitos del califa se halla lejos; una parte, luchando en Armenia, y la otra, de camino a Hispania, en el extremo del mundo. Entre las tropas que quedan en Damasco hay muchos guerreros cristianos que, como es mi caso, estamos dispuestos a levantarnos. Se trata de esperar a que llegue el momento oportuno, cuando sepamos con certeza que el emperador de los romanos y los griegos está dispuesto a atacar en las fronteras y en las costas.

Contemplé sus ojos ardientes. Sentí que se me erizaba todo el vello del cuerpo, y de buena gana habría echado a correr como un caballo desbocado. Durante toda mi vida había deseado que llegara un instante así, y muchas veces me había asaltado el presentimiento de que el momento estaba cerca. Ahora lo tenía delante de mí. Sentía verdaderas ansias de echar a correr y ponerme a gritar. Pero pensé: «¿Hacia dónde deseo correr? ¿Y qué voy a gritar?». Y luego, lentamente, me fui serenando y haciéndome consciente de que no debía dejarme dominar por la locura. Entonces se apoderó de mí un sentimiento muy diferente: el pavor invadió mi corazón y me hizo comprender que se avecinaban horas terribles.

Klémens, como si leyera mis pensamientos, añadió:

—Debemos actuar con calma y astucia. Hoy descansaremos en cualquier parte, pues estamos destrozados por el viaje. Pero mañana buscaremos al jefe de los cristianos maronitas y le entregaremos la carta que me dio mi padre para él. Quiero que sepas además otra cosa: el mismo día que salimos nosotros de Damasco, partieron desde allí dos jóvenes enviados a la frontera con Bizancio, para entregar otra misiva enviada al emperador de los romanos y los griegos.

No volvimos a hablar más del asunto. Compramos comida y vino y nos fuimos a un lugar apartado, bajo los árboles que había junto a un pequeño santuario. Allí estuvimos comiendo y bebiendo, como si de repente nos hubiéramos olvidado de todo, excepto de que éramos jóvenes.

Luego nos venció el cansancio, o tal vez el sopor del vino. Nos tumbamos y vimos caer la noche. La urgente negrura azulada del firmamento se desparramó sobre todas aquellas montañas portentosas, y nos deleitamos con su frescor. Todavía se adivinaban los contornos lejanos de los montes y una vez más me maravillé ante la salvaje belleza de aquella tierra, de las eminencias de las cumbres y la hondura sobrecogedora de los valles. No brillaba luna visible alguna, pero se podía distinguir su claridad radiante, todavía sin aparecer bajo las miríadas de estrellas que brillaban y chisporroteaban. Y yo sabía que aquel misterioso resplandor blanco, como si la montaña misma irradiara su propia luz, acabaría inundando mi alma de esperanza y mi cuerpo de fuerza. Tal vez por eso, levantando los ojos, miré con ansia hacia el oeste y supliqué al Espíritu el valor que iba a necesitar en adelante.

49

Amaneció. Las blancas murallas de la ciudad resplandecían contra el fondo oscuro de los montes, atrapando los primeros e inclinados rayos del sol. Klémens ya se había levantado y estaba junto a la acequia, lavándose en la penumbra que formaban los arbustos. Cogía el agua con las manos y se la arrojaba con ímpetu a la cara, al cuello, a los brazos... Sus movimientos eran siempre bruscos, rápidos; ademanes de guerrero o de hombre osado, seguro, nunca dispuesto a darse un respiro. Una vez más envidié de alguna manera la vida que había llevado él desde que ingresó en el ejército, por bárbara que hubiera sido. También recordé todo lo que me había dicho la tarde anterior y la sorpresa que me causó su decisión. A un lado, colgada por sus correas de un árbol, estaba su espada, de la que no se alejaba nunca más de la extensión de su brazo. El cuero repujado de la vaina se veía viejo, oscurecido por el uso y la intemperie; en el extremo de la empuñadura brillaban las piedras rojas. Yo nunca tuve una espada. Ni siquiera tenía daga, solo un pequeño cuchillo. Sin embargo, percibía con claridad que en una parte de mi alma dormitaba latente un guerrero, como otra alma oculta, esperando despertar y emerger para mostrar toda su furia... Por eso me sentía tan agitado, después de no haber podido dormir ni un instante; porque tal vez presentía el avivarse de esa segunda alma...

Después, sentado ya en el suelo, ensimismado, veía con claridad inefable que dentro de unas horas iba a entrar en una vida trepidante. Y permanecí como arrobado durante un tiempo impreciso, hasta que mi amigo me sacó de mis pensamientos:

—¿Qué demonios haces ahí sentado, adormilado todavía?

Le miré desde mi laberinto particular, debatiéndome entre mi voluntad y mi alma.

—¿Qué vamos a hacer ahora? —le pregunté estúpidamente.

—¡Qué pregunta! Tenemos que hacer aquello para lo cual hemos venido hasta aquí: buscar al jefe de los maronitas y entregarle la carta de mi padre.

—¿Y dónde podremos hallar al jefe de los maronitas?

—Mejor será preguntarse quién es ese hombre —repuso él con una sonrisa cargada de certeza.

Luego estuvo rebuscando en el zurrón que estaba entre nuestras escasas pertenencias. Sacó una bolsa de tela y extrajo un envoltorio que había dentro de ella. Era la carta: un pequeño pergamino liado. Lo desenrolló y leyó el encabezamiento: *Bienaventurado y venerable Joannes Marun, patriarca de la santa y apostólica Iglesia de Antioquía.*

—Este varón santo es el jefe de los cristianos maronitas del monte Líbano. Debemos, pues, preguntar dónde mora el patriarca Joannes Marun.

Un rato después caminábamos hacia el centro de la ciudad, llevando nuestros caballos sujetos por las riendas. La gente recién despertada salía de las casas y nos miraba de manera extraña. Resultaba inevitable temer que sucediera algo semejante al altercado que tuvimos en el mercado a nuestra llegada. Sin embargo, cuando nos decidimos a preguntarle a un hombre que iba a lomos de borrico, sonrió afablemente y comprendió enseguida lo que estábamos buscando, ofreciéndose al momento para acompañarnos. Nos condujo hasta una plaza donde todavía no había un alma. Una hermosa iglesia ocupaba el centro, con cuatro grandes cedros delante. El hombre nos introdujo en una calleja que la rodeaba por la parte de atrás y llamó a la puerta de un viejo caserón. Abrió un monje joven y, cuando supo que buscábamos al patriarca, se extrañó mucho y nos preguntó el motivo.

—Solo a él podemos decírselo —contestó Klémens.

El monje se extrañó aún más y se nos quedó mirando callado y perplejo. Al cabo, dijo:

—Extranjeros, yo soy el portero del monasterio. Por lo que veo, no sabéis que nuestro venerable *abbá* Joannes Marun es muy anciano y que apenas recibe a nadie.

—Aun así debemos verle —insistió Klémens con ansiedad.

—¡Hermano, tenemos algo muy importante que comunicarle! —añadí yo—. ¡Debes creernos, por el Dios de los cielos!

—Decídmelo a mí —dijo el portero con severidad.

—No, no —contestó Klémens—, tengo que comunicárselo al patriarca en persona.

—No está todavía disponible. Se encuentra en las dependencias traseras del monasterio esperando a que lo levanten sus asistentes.

—Déjanos entrar, y lo esperaremos.

—Seguid mi consejo —respondió el monje—: id a esperar a la iglesia, y mientras tanto podréis hacer un poco de bien rezando. Porque en el monasterio, por ahora, no se entra. —Y dicho esto, cerró la puerta.

Mi amigo y yo nos quedamos allí contrariados, mirándonos. Y el hombre del borrico, que estaba atento a lo que pasaba, señaló hacia la iglesia, persuadiéndonos de esta manera para que siguiéramos el consejo del portero. Anduvimos los diez pasos que nos separaban de la puerta, que estaba entreabierta. Salía un vaho caliente impregnado de olor a cera e incienso. Me asomé, escruté el interior y observé:

—Los monjes están con sus rezos.

Entramos en el templo. La cubierta mostraba un armazón de vigas recias y oscuras. Por un delgado vano abierto en el ábside se colaba un rayo de claridad y el aire húmedo de la mañana. Ocho columnas de piedra sostenían otros tantos arcos de ladrillo bajo la techumbre de madera. Las paredes serían humildes, si no fuera por las escenas bíblicas pintadas en ellas con vivos colores. Un precioso altar de jaspe tallado presidía el presbiterio; en sus laterales resplandecían adornos dorados y un par de candelabros. Habría allí una docena de monjes que entonaban el hermoso canto del tropario a la Theotokos, Madre de Dios:

Bajo tu amparo nos acogemos,
santa Madre de Dios;
no deseches las súplicas
que te dirigimos en nuestras necesidades,
antes bien, líbranos de todo peligro,
¡oh siempre Virgen, gloriosa y bendita!

Nos arrodillamos e hicimos nuestro aquel himno, maravillados por las pinturas y los ornamentos.

Mi alma estaba poseída por una suerte de energía voluntariosa, heroica, y pensé que no me importaba morir. ¡Qué locura!

Y, de pronto, alguien empezó a gritarnos a la espalda:

—¡Fuera, fuera los agarenos de la casa de Dios! ¡Vosotros no podéis estar aquí! ¡Fuera! ¡Fuera de aquí los herejes ismaelitas mahométicos!

Era un monje anciano de barba larga, blanca y encrespada, que venía hacia nosotros con un garrote.

—¿Qué dices, hermano? —repliqué sobresaltado—. ¡No somos agarenos! ¡Somos tan cristianos como tú!

—¡Mentira! Acaba de llegar un hombre del mercado para avisar de que estabais aquí. ¡Sois espías agarenos!

Los monjes habían interrumpido el rezo y nos miraban atónitos.

—¡No somos agarenos! —afirmé con exasperación—. ¡No somos espías!

—¡Sí, vosotros, los de los orgullosos caballos árabes! ¡Sin duda, sois siervos del abominable califa!

—¡No, hermanos, no, no lo somos! —grité alzándome la túnica para mostrarles el prepucio—. ¡Mirad esto! ¡No estamos circuncidados!

Al verme hacer aquello, Klémens se aterrorizó y acercó su boca a mi oído para susurrarme:

—¿Qué haces? ¿Acaso no sabes que yo estoy circuncidado?

Entonces, me di cuenta de que me había precipitado, recordando que, en efecto, él se había dejado circuncidar para ingresar en el ejército.

Pero, en esto, entró en la iglesia el portero y se interpuso entre el anciano monje que nos increpaba y nosotros, diciéndole al primero:

—Déjalos en paz, padre, que vienen a visitar a nuestro venerable patriarca.

El anciano monje enarcó las cejas y golpeó con el bastón en el suelo, entre refunfuños.

—Son agarenos... Yo lo sé...

—Vamos, padre, vuelve al monasterio —replicó el portero—. ¿No has visto que no están circuncidados?

Obedeció y salió del templo, aunque rezongando.

—¡Bendito Dios, qué obcecación! —suspiró Klémens—. Porque no somos agarenos, y mucho menos espías; sino todo lo contrario, somos cristianos que venimos a pediros ayuda.

El portero sonrió turbado y dijo:

—Venid por aquí, seguidme.

Fuimos tras él y abandonamos la iglesia por una pequeña puerta abierta en el lateral que daba a un patio. Allí estaba como esperándonos otro monje, calvo, con cara inteligente, llena de arrugas, y ojos brillantes.

—Soy el ayudante de nuestro venerable patriarca, *abbá* Joannes Marun —dijo circunspecto—. No debéis preocuparos. Cierto es que nuestra gente es desconfiada. Disculpadlos. En estos tiempos raros sospechan de todo el mundo...

—¡Ah, gracias a Dios! —contesté—. Hemos venido para hablar con el patriarca.

—Lo sé. Pero debéis decirme a mí el motivo de vuestra visita.

—No podemos —respondió Klémens.

—Pues no podéis verle.

—¡Por Dios, qué tercos sois! —repliqué—. ¿No podéis comprender que traemos una misión?

—Sí, comprendo que traéis una misión. Pero comprended vosotros que nuestro *abbá* es muy anciano y no debemos dejar que cualquiera le moleste.

Viendo que iba a ser imposible convencerlos, Klémens y yo nos apartamos para tomar una decisión. Finalmente, mi amigo les dijo:

—Traemos una carta de mi padre, que es el curador Cromacio. Los cristianos de Damasco necesitamos vuestra ayuda. Sabemos que el patriarca Joannes Marun es un hombre compasivo... El yugo que nos oprime empieza a hacerse insoportable...

El ayudante del patriarca se quedó pensativo, mirándonos. Al cabo, extendió la mano diciendo:

—Dame esa carta.

Klémens me miró dubitativo.

—Dásela —le dije.

El ayudante desenrolló el pergamino y lo leyó con detenimiento. Nos miraba de soslayo en silencio, con gesto grave. Finalmente, esbozó una sonrisa y dijo:

—He de preparar a nuestro venerable *abbá* para vuestra visita. Hoy permanecerá entregado a sus meditaciones y no podrá recibiros. Además, creo adivinar que no estáis muy enterados de lo que el bienaventurado Joannes Marun significa para nosotros. Así que os ruego que paséis aquí la noche. ¿Estáis de acuerdo?

Tuvimos que aceptar sus condiciones; no teníamos otra opción. Y él nos invitó a seguirle con un gesto de su mano. Pero advirtió, antes de echarse a andar:

—No permitiré que habléis con nuestro *abbá* sin explicaros primero quién es y todo lo que significa para los cristianos que nos honramos con el nombre de maronitas.

Anduvimos tras él por un sinfín de vericuetos. El monasterio era arcaico y sobrio. En su parte trasera había una especie de grutas precedidas por un laberinto de setos de mirto. El aire allí era puro y fragante. Nos detuvimos antes de seguir adelante y el ayudante del patriarca se puso a aleccionarnos.

Aunque algunas de las cosas que nos dijo ya las conocíamos, otras en cambio eran nuevas para nosotros. Sabíamos, por ejemplo, que el nombre «maronita» proviene de Marón, un monje siríaco que vivió hace doscientos años y que había reunido varios discípulos de las orillas del río Orontes, entre Emesa y Apamea. Después de su muerte los fieles construyeron en el lugar donde había vivido un monasterio al que llamaron Beit-Marun. Cuando Siria se dividió por las herejías, aquellos monjes permanecieron firmemente fieles a la causa de la ortodoxia, y congregaron en torno a ellos a los habitantes de las cercanías. Así se originó la nación maronita. Este pueblo bravo ayudó al emperador Heracleo en el enfrentamiento contra el monofisismo. Pero, treinta años después, cuando Heracleo y sus sucesores acabaron sucumbiendo a la herejía monotelita, que fue luego condenada en un concilio de la Iglesia, los maronitas rompieron con Bizancio para no estar en comunión con un hereje. Ahí empezó su independencia. Justiniano quiso someterlos: su ejército atacó el monasterio y lo destruyó. Entonces los monjes y sus fieles emigraron a las montañas del Líbano. Y allí se unieron a los mardaitas, con los que comparten la misma cultura, el idioma, la fe y un mismo objetivo: proteger a los cristianos de Siria contra la amenazante expansión de los califas omeyas. Y andando el tiempo, cuando quedaron aislados por los árabes, y no pudiendo tener contacto ya con Constantinopla, los maronitas se vieron obligados a instituir su propia jerarquía. Entonces surgió de entre ellos un monje, de nombre Joannes Marun, que llegaría a ser nombrado patriarca de Antioquía y de todo el Oriente. Sin embargo, el emperador Justiniano vio en esta elección un agravio y una rebeldía contra su potestad para nombrar patriarcas. Atacó a los maronitas, que le hicieron frente y le vencieron en Amiun. Desde entonces, las relaciones entre Bizancio y los cristianos del monte Líbano se hicieron mucho más distantes, quedando los maronitas definitivamente aislados en sus montañas infranqueables.

—He considerado oportuno que supierais todo esto —nos dijo el ayudante del patriarca— porque veo que sois muy jóvenes; y temo que nadie os haya contado la verdad de nuestro pueblo. En estos montes que ahora nos acogen tuvimos tiempos muy difíciles... Nuestros mayores acudían hasta aquí, con gravosas dificultades; llegaban con sus pies cansados, cargando en sus brazos a sus niños, agotados, muertos de hambre, tambaleándose por el peso de sus pertenencias que traían desde sus tierras y casas al haber sido expulsados de ellas en Siria... Llegaban hasta aquí débiles y cansados, para sobrevivir y protegerse bajo la roca que Dios había preparado para ellos en estos montes, guiados por nuestros patriarcas y monjes. Y el monte Líbano les abrió sus brazos como una madre hace con sus hijos cuando les da la bienvenida... Así los maronitas dejaron atrás sus años de abundancia y se prepararon para los años de hambre y miseria que los esperaban por un tiempo, pero siempre confiados en el amor a Dios... Gracias a su auxilio, transformaron con esfuerzo las montañas rocosas en tierra fértil, construyendo bancales, donde sembraron trigo, avena y cebada, plantaron olivos, viñedos y cerezos... Sin dejar nunca de orar y confiar en Dios. Por eso añadieron en sus piadosas oraciones la siguiente intención, que se recita cada día en todas las iglesias y monasterios:

Oh, Señor, por la poderosa intercesión de tu santa Madre María, Madre de Dios, aleja de nosotros tu ira y bendice a esta tierra y a sus habitantes. Pon fin a los conflictos y enemistades; aleja las guerras, el saqueo, el hambre y la peste. Ten piedad de nosotros, oh, Señor de bondad, en nuestras desgracias. Consuela a los enfermos, ayúdanos en nuestras debilidades, líbranos de la opresión y del destierro. Concede el descanso a nuestros fieles difuntos y permite que vivamos en paz en este mundo y merezcamos estar contigo en tu Reino para glorificarte y darte gracias a ti, a tu Padre y a tu Espíritu Santo, ahora y por los siglos. Amén.

Klémens y yo adoptamos una actitud sumisa, respetuosa. Todas aquellas explicaciones nos habían conmovido. El ayudante del patriarca leyó en nuestros rostros ese sentimiento y nos dejó ir a descansar a una de las celdas del monasterio.

El día transcurrió placentero, dentro de la seguridad y el sosiego que proporcionaban aquellos muros. Ya de noche, antes de caer dormido, pensé en el santo y legendario hombre al que vería al día siguiente. No creo que hubiera alguien en Damasco que creyese que Joannes Marun estaba vivo todavía.

50

Al alba del día siguiente nos tuvieron que despertar, pues habíamos sido vencidos por un profundo y gustoso sueño. Después del rezo, el ayudante nos llevó ante una pequeña puerta, a la que llamó con unos suaves golpes con los nudillos.

El mismísimo anciano patriarca salió hacia nosotros. Dos jóvenes monjes lo transportaron en una silla de manos hasta el jardín exterior. Su estampa era insignificante: una diminuta y reseca cáscara de inmortal presencia, ataviada con voluminosos hábitos negros que casi se lo tragaban y lo hacían desaparecer de la vista. Bajo la luz de la mañana se me antojó demasiado viejo y demasiado sabio para seguir teniendo ya nada que ver con los humanos.

Debía de estar muy sordo y casi ciego. Su ayudante le estuvo explicando a voces quiénes éramos y de dónde veníamos. Después le entregó la carta. El patriarca la tomó en sus manos sarmentosas, la abrió, aguzó la mirada cuanto pudo y luego alzó la cabeza, como pidiendo ayuda. Uno de los monjes le entregó una lupa. Él la acercó al pergamino y lo estuvo leyendo para sus adentros. Volvió a leerlo y, a juzgar por el movimiento de sus ojos y la expresión de su cara, se había enterado de lo que decía. Se lo devolvió a su ayudante, bebió un sorbo de agua de un vaso en forma de cazo, y hubo luego un silencio, como si el decrépito anciano estuviese luchando por hacer salir sus palabras. Cuando al fin pudo hablar, fue como un estallido, como si el aire de sus pulmones atravesara a presión algún obstáculo.

—¡Ah, Damasco! —exclamó—. ¡Ciudad de Pablo y Tomás! ¡Ciudad del Señor! Guardo en mi memoria imágenes muy vivas del Damasco cristiano de antaño, habitado por hombres y mujeres que coexistían unidos por una misma fe. Libres o esclavos, convivían y participaban todos juntos en la rica vida religiosa de la ciudad: ceremonias concurridas en las basílicas y las plazas, cantos, aclamaciones, bautismos, eucaristías... Y la benéfica vida de la Iglesia verdadera sostenida por el amor al prójimo: caridad con los sufrientes, atención a los enfermos, a los pobres, a las viudas, limosnas, hospitales y auxilio ininterrumpido a los peregrinos...

Tenía el patriarca a pesar de su mucha edad una voz hermosa, con la que se expresaba con pasión y claridad. Después de una larga pausa, añadió con amargura:

—Mirad en cambio lo que ahora tenemos: desunión y herejía. Cada año que pasa va siendo peor: imperan la vanidad, la desesperanza, la sensualidad más descarada, el robo, las pendencias, los chismorreos, el favoritismo... Y para colmo de males, los jóvenes, ¡los hijos!, ya no se quejan siquiera de su suerte... Van olvidando quiénes son, quiénes fueron sus antepasados... ¡Qué tristeza! Muchos ni siquiera conocen ya la antigua lengua aramea, e, intoxicados por la elocuencia agarena, leen, escriben y hablan como árabes... Pero vosotros, hijitos, sois jóvenes y habéis venido hasta aquí arriesgando vuestras vidas para solicitar nuestro auxilio. Eso quiere decir que en Damasco crecen hombres nuevos, lozanos, que quieren cambiar las cosas. Es como el tronco de Jesé en la casa de Israel, donde brotó un retoño verde cuando todo parecía seco y perdido.

Estas palabras me enardecieron y me hicieron saltar lleno de emoción:

—¡*Abbá* bendito, socorred a Damasco!

Al ayudante no le pareció bien que yo le interrumpiera y me regañó:

—¡Cómo se te ocurre estorbar la elocuencia de nuestro venerable *abbá*!

—¡Deja al muchacho! —replicó el patriarca—. ¡Si calla él, gritarán las piedras!

Volvió a beber agua para aclararse la garganta. Después me echó una mirada intensa, enderezando un tanto la cabeza, como si los ojos de su mente percibieran mis ansiedades. Ahora reinaba el silencio, podía oír el susurro ahogado de los rezos de los monjes en la iglesia cercana. En aquel instante, tuve el presentimiento de que estaba gestándose, en las alturas o en las profundidades de la tierra, un plan misterioso, recóndito, a punto de llevarse a efecto.

—Sí, os socorreremos —asintió al fin el venerable Joannes Marun, con una seguridad profética.

Su ayudante dio un respingo y se volvió hacia nosotros desconcertado. Luego se dirigió al patriarca:

—¡*Abbá*! ¿Quiere decir eso que debemos convocar a nuestra gente?

—¡Sí! Enviad mensajeros a los montes y a los valles, convocad a los hombres de nuestras ciudades, pueblos y aldeas maronitas. Que se forme un ejército suficiente para ir a socorrer a los cristianos de Damasco.

—Venerable padre —replicó tembloroso el ayudante—. No quiero contradecirte… ¡Dios me libre! Pero… ¿estás seguro?

—Sí. ¡Tan seguro como de que Cristo es Dios! ¡Haced lo que mando!

—Se hará como ordenas, *abbá*.

Entonces el patriarca se dirigió a los jóvenes monjes que sujetaban su silla y les pidió:

—Echadme al suelo, hijos.

Ellos, con mucho cuidado, lo bajaron de la silla y le ayudaron a ponerse de rodillas.

—Oremos ahora, hijos míos. Sin la ayuda del Dios que lo puede todo, nada de nada…

Después de rezar unos momentos en silencio, el patriarca alzó sus ojos empañados hacia la lejanía de los montes, como si en verdad los estuviera viendo, y, con voz queda, pero clara, entonó un salmo:

Levanto mis ojos a los montes:
¿de dónde me vendrá el auxilio?
El auxilio me viene del Señor,
que hizo el cielo y la tierra.
No permitirá que resbale tu pie,
tu guardián no duerme;
no duerme ni reposa
el guardián de Israel.
El Señor te guarda a su sombra,
está a tu derecha;
de día el sol no te hará daño,
ni la luna de noche.
El Señor te guarda de todo mal,
Él guarda tu alma;

el Señor guarda tus entradas y salidas,
ahora y por siempre.

Después extendió sus manos secas y pronunció estas palabras:

—Te rogamos, eterno y bondadoso Padre, por estos jóvenes damascenos hermanos nuestros que nos han puesto en este trance. Seríamos indignos de tu misericordia si no te la pidiésemos de todo corazón para ellos: ¡la necesitan tanto! Solo Tú sabes convertir la tribulación en ganancia. Y también te pedimos por ellos…, nuestros enemigos, que son los tuyos. ¡Oh, desgraciados! ¡Luchan contra ti! Ten piedad de ellos, oh, Señor, toca su corazón, hazlos amigos tuyos, y si se convierten a Ti, concédeles todos los bienes que podemos desear para nosotros mismos.

Levantándose luego, con mucho esfuerzo y siempre con la ayuda de los dos jóvenes monjes, dijo:

—¡Ea, hijitos, no hay tiempo que perder! ¡Id con Dios! ¡Que Él os guarde y su ángel os acompañe! Yo no dejaré de pedir por vosotros… ¡Marchaos!

51

Una interminable hilera de arrojados hombres, unos montados en rápidos y briosos caballos de la montaña, otros en zancudos y pausados camellos, y el resto a pie, se dilataba a lo largo del infinito sendero que descendía desde las cimas de las colinas.

Era el intrépido ejército de los maronitas del monte Líbano, formado tanto por guerreros veteranos como por muchachos recién reclutados que no conocían la guerra.

Todavía no habían iniciado el avance; esperaban pacientemente la orden de sus jefes para partir hacia los desfiladeros que conducen a los llanos interiores de Siria y alcanzar cuanto antes, sin darse descanso, el camino de Damasco. Su número era inmenso, y sus estandartes, lanzas, cruces y distintivos tribales y de guerra formaban como un tupido bosque. Delante de la puerta principal de la muralla de Bisharri se había levantado un gran altar, para que, desde allí, Joannes Marun impartiera su bendición y todos pudieran verlo.

Apareció a lo lejos el cortejo de los monjes precediendo

la silla de mano del anciano y venerable patriarca. A su vista, los vítores ascendieron hasta alcanzar una intensidad frenética y después se apagaron de pronto, sumiéndose en un silencio sobrecogedor que resonaba en los oídos con una fuerza más profunda que los gritos. Muchos, entre la multitud, se dejaron caer de rodillas y se postraron sobre la tierra en pendiente. Y aquellos que no podían moverse del sitio, debido a la presión de la masa, elevaron sus brazos implorando en silencio la bendición. Desde la altura, los generales lanzaron fogosas arengas, los monjes corearon salmos, y los ancianos, mujeres y niños aclamaron a sus valientes. Luego retornó el silencio. El patriarca extendió sus manos y profirió sus bendiciones, inaudibles en la distancia.

Media hora más tarde iniciábamos el camino hacia los desfiladeros, en dirección al sur. Los guías conocían muy bien la ruta. Pero, incluso así, el viaje se hacía muy duro. Ya estábamos en otoño. Todavía hacía calor a mediodía, pero, al caer la tarde, el tiempo era fresco; y más adelante, en las montañas, prácticamente frío. Descender resultaba mucho más peligroso que subir.

Cada desfiladero era más empinado que el anterior y algunos inexpertos temerarios acabaron despeñándose. Desde las escarpadas rocas contemplábamos los pedregosos barrancos. Las águilas nos miraban posadas en sus altísimos voladeros y las cabras montesas triscaban despavoridas por imposibles precipicios. Las noches eran heladas, pero resultaban maravillosas bajo las estrellas, en la total oscuridad, puesto que no estaba permitido encender hogueras para no delatarnos. Los guerreros entonaban entonces sus cantos antes de irse a dormir y el eco de los montes los convertía en voces de otro mundo.

Por delante del ejército maronita iba una avanzadilla de

intrépidos hombres, que conocían aquellos derroteros mejor que sus casas; llevaban la misión de impedir que los centinelas del califato corrieran con el aviso a Damasco. Cuando llegaba el grueso de la tropa al pie de los montes donde se alzaban las torres de observación, ya estaban estas rodeadas y con frecuencia los vigías muertos o hechos prisioneros. Una mañana llegamos a una fortaleza más robusta que todas las anteriores. Había un despeñadero por un lado y una torre de vigilancia en lo alto del camino montañoso. Nuestra vanguardia no pudo conseguir allí neutralizar a los soldados, que se hicieron fuertes, y uno de ellos aprovechó para escapar velozmente. Sabíamos pues que en Damasco ya habrían sido alertados de nuestro inminente ataque. Pero esto no desalentó a nadie, puesto que nos quedaba solamente una jornada de camino. A partir de entonces, la marcha fue veloz y apenas hubo descanso. La última etapa se hizo en la noche, por los terrenos más suaves que se aproximaban al destino.

Antes del amanecer, avistamos desde un promontorio, en la tenue luz, la redonda y parda ciudad a lo lejos, con sus fortificaciones exteriores, el río Barada, el campamento del arrabal y las achatadas murallas de la ciudadela interior. En los valles, el verde trigo ya despuntaba de la fértil tierra.

Esa misma mañana se reunieron todos los jefes con los generales para definir la maniobra de asalto. Ya estaba todo previsto de antemano, por lo que no tardaron mucho en ponerse de acuerdo. Iría por delante una vanguardia rápida y numerosa, suficiente para preparar el terreno. Se trataba de asaltar primero el campamento de los mercenarios y el arrabal, confiando en que muchos soldados cristianos estuviesen advertidos previamente y desertasen de inmediato para pasarse a nuestras tropas. Si la sublevación preparada por los hermanos Cromanes había tenido éxito, al grueso del ejército maronita no le resultaría difícil asaltar las murallas de Damasco.

Esa esperanza constituía la base de la principal estrategia que teníamos.

52

Dando un rodeo, alcanzamos al fin los llanos que se extienden hacia el levante. Se veía la ciudad en la distancia. En las brumas del amanecer todo aquello resultaba inquietante. El ejército se detuvo un poco más adelante para preparar el asalto. Se dieron las órdenes pertinentes y los jinetes descabalgaron. Inmediatamente se inició un gran ajetreo: los hombres empezaron a sacar sus armaduras y pertrechos guerreros de las alforjas, líos, hatos y fardeles, en medio de un gran estrépito metálico y el clamor de las voces. En poco tiempo, aquellos hombres estaban forrados de hierro y cuero y provistos con todo tipo de armas: lanzas, arcos y flechas, espadas, hachas, mazas…

El jinete maronita va armado con dos lanzas y una espada ancha, por lo general curvada. No lleva la coraza y el escudo más que para los desfiles. Monta con altas botas de cuero. Se cubre las espaldas con grueso manto de lana, las rodillas con refuerzos y la cabeza con duro gorro de piel de cabra. Monta a pelo, sin silla ni estribos, y el caballo está tan solo enjaezado, sin protección alguna. A mi lado Klémens se había equipado con todo ello, con la soltura de alguien que conoce bien ese oficio. Pero yo estaba confundido, torpe y sin saber qué hacer. Entonces, él decidió encargarse de conseguirme todo lo necesario: habló con los oficiales y estos ordenaron que los provisores me proporcionaran peto, yelmo, lanza y espada. Uno de ellos me dijo que mis brazos eran de guerrero, sin imaginar siquiera que nunca antes en mi vida había empuñado un arma.

Era mi primera experiencia. Si bien por el camino, durante los nueve días que duró el viaje, pude enterarme muy bien de muchas cosas acerca de ese antiguo arte o ciencia bélica. No sé con exactitud cuántos soldados componíamos aquel ejército. Me parece recordar que oí nombrar la cifra de veinte mil. Ahora ese número se me antoja excesivo. En todo caso, para ser una inmensa muchedumbre, actuaban con un orden proverbial. Delante, escudo con escudo, formando un apretado cordón, iban los hombres a pie, armados con sus hachas y mazas. El proceso de batalla era muy simple: se iniciaba arrojando a la línea enemiga una lluvia de flechas, lanzas y otros proyectiles. Si esto no era suficiente para provocar la retirada del contrario, se pasaba al avance de los grupos que formaban el ejército, correspondiendo a los diversos clanes, aldeas, pueblos o ciudades. Los arqueros, ya fueran a pie o a caballo, constantemente hostigaban al enemigo, mientras se abrían paso los jinetes cargando con sus lanzas largas. Pero esta actuación en masa tenía sus inconvenientes: cada arquero transportaba de cuarenta a cincuenta flechas, las cuales se les solían terminar pronto durante el combate, teniendo que ser repuestas de forma continua, estableciéndose para ello una serie de carros en la retaguardia con personal que iba transportando cestos con proyectiles hasta los combatientes. Toda esta táctica estaba muy bien meditada, hablada y ejercitada. No por ser aislados montañeses los maronitas desconocían las artes de la guerra.

Nuestra avanzadilla partió con lo mejor del ejército: los guerreros más veteranos y bizarros. Iban entusiasmados, envueltos en un aire de furia y fanatismo, como un delirio. Los jefes confiaban plenamente en Dios. Todo el mundo repetía: «Nadie podrá contra esos hombres. Lo que no hagan ellos no se podrá hacer». Y en verdad eran como fieras. Damasco distaba todavía de nosotros un par de leguas. Los vimos alejarse en aquella dirección en medio de un estrépito de pisadas, fragores y gruñidos, mientras los seguíamos a prudente distancia y paso quedo.

Lo que sucedió a continuación fue rapidísimo, fulminante: estalló de repente el estruendo de los tambores, el ensordecedor bramar de los cuernos y el inmediato entrechocar de las armas, seguido del tronar de los cascos de los caballos sobre el terreno, entre grandes nubes de polvo que ocultaron todo. Poco después se elevaron al cielo gritos y clamores. Los guerreros maronitas corrían hacia el combate en un arranque formidable. Al principio me asusté, porque aquello era algo nuevo para mí. Sin embargo, un instante después, y no sé a causa de qué misterioso resorte oculto en mi ser, me vi como impulsado hacia delante, vibrando y berreando con el mismo ardor que cualquiera de los enfurecidos hombres que formaban la avalancha. Y no es que no sintiera miedo; lo sentía, pero envuelto en otros innumerables sentimientos: furia, odio, saña, violencia…; todo aquello a lo que, resumiendo, llaman la fiebre de la guerra.

Pero quienes debían ser nuestros opuestos, los naturales defensores del campamento de los mercenarios y del arrabal, no acudieron al encuentro. Es decir, estuvieran advertidos o no, nadie salió a enfrentarnos. Y al no desenvolverse la situación como se esperaba, los generales ordenaron detener el ataque. No podían saber todavía desde la distancia si las afueras de la ciudad aún estaban en manos agarenas o si —que era lo más deseado— habían caído en poder de la sublevación. En este último caso, no tenía sentido un ataque frontal. En el improvisado consejo de jefes se escucharon voces discordantes sobre cuál tenía que ser el próximo paso. Hasta que, en medio de la indecisión, a lo lejos se vieron las figuras de varios jinetes que venían al galope agitando sus brazos.

Cuando llegaron a la cabecera del ala donde estaba el general supremo, resultaron ser mercenarios cristianos del campamento.

—¡Maronitas! —balbucearon todavía desde la distancia—. ¡Nuestra gente espera vuestra llegada!

Significaba esto que el campamento de los mercenarios y todo el arrabal estaban en poder de la conspiración y se habían unido a nuestra avanzadilla. Enseguida la noticia corrió de boca en boca y los hombres armaron un gran alboroto a lo largo de las tropas, voceando sus gritos de guerra y chasqueando la lengua de un modo excitante y alborozado para manifestar su júbilo.

A medida que nos acercábamos a Damasco, nos íbamos haciendo conscientes del terrible caos que había caído sobre la ciudad y sus aledaños. Por todas partes se levantaban a los cielos columnas de humo negro. El suburbio entero estaba en llamas. Oleadas de jinetes sin orden se desplazaban por los alrededores levantando nubes de polvo. Nuestra avanzadilla se entretenía saqueando el arrabal que se extendía por las orillas. Ardían las fondas, las casas y las cuadras, y de los rebaños que solían concentrarse en la explanada no quedaba ya ni un solo animal vivo. Los despiadados guerreros maronitas montaban sus cabalgaduras veloces describiendo círculos, agitando sus lanzas empenachadas entre agudos gritos. Se escuchaba el tronar de las hachas destruyéndolo todo, mientras una interminable fila de soldados, con sus manadas de bestias, iba aposentándose en los campos, levantando sus negras tiendas.

Klémens y yo nos adelantamos un poco a caballo para verlo mejor. Nuestra ansiedad era mayor que nuestro temor. Fuimos hasta las ruinas y los escombros que permanecían ardiendo en lo que fue el arrabal de los mercaderes. Como la luz reverberaba y el humo de las llamaradas iba en esa dirección, no era posible distinguir en un primer momento con detalle lo que allí estaba sucediendo. Hombres aterrorizados huían en todas direcciones; solo se veían de forma fragmentaria tan pronto los turbantes y las barbas como algunas túnicas hechas jirones, o un montón de harapos desde los hombros a las rodillas y algunos cuerpos medio desnudos. El suelo estaba lleno de cadáveres envueltos en cenizas y despojos. La visión resultaba espeluznante, y los alaridos que brotaban por doquier herían el alma. Vimos también correr a las mujeres y los niños, y a muchos ancianos perdidos en la confusión.

Klémens observó el espanto en mi cara y me gritó:

—¡Volvamos atrás! ¡Aquí no hacemos nada!

Nos dimos la vuelta. Cabalgábamos cruzando el galimatías del ejército maronita, que había abandonado cualquier orden al sentir la llamada del saqueo. Parecía que ya todo les daba igual, excepto hacerse con una buena ganancia.

—¡Vamos al campamento de los mercenarios! —exclamó Klémens—. ¡Confío en que mi padre y mi tío estén allí!

El campamento estaba convertido en otro desorden casi tan grande como el del arrabal. Los soldados iban y venían saltando por encima de montones de muertos. Muy pocas tiendas de campaña quedaban en pie y el ruido de los gritos y la refriega era tan grande que apenas podíamos entendernos mi amigo y yo. Entonces, mediante señas, él me indicó que fuéramos hacia el interior, en dirección al promontorio que ocupaban los oficiales. Y allí, por fin, rodeado por otros jefes, encontramos al curador Cromacio:

—¡Padre! ¡Padre! —Klémens descabalgó y fue hacia él—. ¡Padre! ¡Padre! ¡Padre mío!

Cromacio salió de entre el grupo con los brazos abiertos, con su cabeza redonda, sin cuello, colorado por el sol, espesas cejas y barbas canas, gordo, adiposo y con la voz quebrada y llorosa.

—¡Klémens! ¡Hijo! ¡Alabado sea Dios!

Se abrazaron entre sollozos, dando gracias al cielo por haberse podido encontrar en medio de toda aquella situación.

Luego, mi amigo, reparando en el lamentable aspecto que presentaban tanto su padre como sus esclavos y colaboradores, vestidos con andrajos, sucios y sin más adorno en sus malogrados y sudorosos cuerpos, les preguntó muy extrañado:

—Pero… ¿qué os ha pasado? ¿No se habían rendido los agarenos?

—No, hijo —respondió el padre—. No, no se ha producido ninguna rendición. Los ismaelitas fieles al califa han huido a la ciudadela y se han amontonado en su interior haciéndose fuertes.

Miramos hacia la ciudad y vimos que en todas las murallas ondeaban banderas del califa. La desolación entonces se apoderó de nosotros. Pensé en los míos, en mi madre, en mi primo, en Dariana…

—¿Y mi tío Hesiquio? —preguntó con angustia Klémens.

—Nada sé de mi hermano. No tenemos noticias de lo que ha sucedido dentro de la ciudad. Solo puedo deciros que corrió el rumor de que los ministros del califa habían sido avisados de que se preparaba una sublevación… Inmediatamente después todo se precipitó. Yo me hallaba ya aquí, en el campamento, esperando instrucciones de la conspiración. Por lo tanto, la situación me encontró fuera. Los guardias cerraron todas las puertas y en Damasco debió de iniciarse una carnicería… Desde lejos se oían las voces enfurecidas y el clamor de esos desdichados… Entonces decidimos levantarnos en armas. Los cristianos mercenarios estuvieron peleando contra los soldados ismaelitas. Al principio todo fue confuso, equívoco, porque todavía casi nadie sabía a quién debía enfrentarse. Pero después la cosa se fue aclarando, y muy poco después empezaron a llegar oleadas de guerreros mardaitas. Luego llegó la avanzadilla del ejército maronita… Hasta el momento, los rebeldes dominamos los exteriores de la muralla, pero dentro está toda la guardia del califa esperando refuerzos…

Cromacio era ya un hombre demasiado viejo para tanto esfuerzo y tantas emociones. Sentose en el suelo, fatigado, jadeante, y, entre lágrimas, se puso a relatar su peripecia:

—Hice lo que pude, hijo mío. Confiábamos en que llegarais a tiempo para levantar a nuestra gente, todos a una, dentro y fuera de la ciudad. Pero todo se precipitó… De pronto me vi envuelto en un infierno de llamas y violencia. Nadie hacía caso; nadie era capaz de hacerse entender… Ha sido un desastre… Estoy vivo por puro milagro…

Dios quiera que los nuestros que se quedaron dentro hayan sobrevivido también... Aunque me temo que...

—¡Padre! —gritó Klémens—. ¿Y la ayuda de Bizancio?

Cromacio rompió a llorar.

—¡Ah, eso...! —respondió entre sollozos—. No sabemos todavía si llegaron a Constantinopla las cartas que enviamos al emperador de los romanos y los griegos... Solo hay desconcertantes rumores. Algunos aseguran que el califa se adelantó a nosotros y envió cartas a su vez proponiéndole un pacto. Incluso dicen que el emperador ha prometido enviar artesanos para que hagan los mosaicos de la nueva mezquita Aljama. ¿Cómo vamos a creernos eso? ¡Qué desastre! No hay noticias de Bizancio... Solo han llegado un millar de mercenarios griegos por mar. ¿Y qué es eso? Esto va a ser una catástrofe... ¡Todo ha salido mal, hijos míos!

En ese momento empecé a ser consciente de que era aquella una hora terrible. Todos los planes excelsos empezaban a esfumarse. Nada grande ni hermoso aparecía en el sucederse de los acontecimientos. La realidad era cruda y cruel. En torno solo había fuego, polvo, cenizas y muerte.

53

La tormenta del saqueo fue pasando; era sucedida por una incierta calma, impregnada por el hedor de la podredumbre. Los cuerpos se amontonaban sin sepultura, mientras los soldados vagaban todavía en delirio, aunque agotados, en busca de mujeres y vino. No respetaban a nadie con tal de satisfacer sus pasiones. Me habían contado que la guerra era así, pero, hasta que uno no lo ve…

El segundo día de nuestra llegada, cuando todo parecía estar ya más tranquilo, Klémens y yo fuimos hasta el arrabal del norte y luego a los huertos del valle del río. En nuestro recorrido vimos a esos raposos hartos de comer, con las brasas aún encendidas, las cacerolas llenas y los huesos de los terneros desparramados por doquier. También había cáscaras de berenjenas sin madurar, y otras verduras y frutas tiradas a la puerta de sus tiendas de campaña. Por todas partes pululaban ancianos, mujeres y niños llorosos. Mi alma estaba horrorizada y mi pecho estremecido. Habían huido de mi espíritu todas las ansias guerreras; solo sentía dolor y asco.

Como si leyera mis pensamientos, mi amigo, mirando hacia la ciudad, me dijo en voz baja:

—La lucha contra tu propia gente es la más desgarradora de cuantas pueda haber. Hay que ser una fiera para no sentir ese mal... Los viejos soldados dicen que los infiernos envían demonios contra quienes derraman la sangre de sus propios paisanos. Yo no sé si eso será verdad... Es la primera vez en mi vida que he ido contra mi ciudad. Pero he conocido a hombres que contaron que, en alguna guerra, mataron a aquellos que les eran conocidos y, bien que los demonios llegasen de fuera o bien de dentro de sí mismos, aseguran sentirse ya atormentados hasta el día de su muerte...

No dije nada. Una vez más me sorprendía su lucidez. Parecía saber él que, en esos momentos, yo me sentía profundamente afligido por los demonios. Era como descubrirse uno sucio y estúpido a la vez. Pensaba en todo ese odio necio que causa tanto sufrimiento a la humanidad desde el abismo de los siglos. Pero, más que nada, me llenaba de angustia acordarme de los míos. Era horrible imaginar lo que pudieran estar pasando dentro de esas murallas. Y me desgarraba el alma sentirme en cierto modo culpable.

Y para colmo no paraban de llegar mardaitas desde sus escondrijos en los montes. También aparecían partidas de mercenarios como de repente, al lado del río, con sus manadas de caballos y sus tiendas oscuras. Se iban enterando del asedio de Damasco y bajaban como cuervos para participar en el botín. Esto provocaba pendencias, alborotos y más sangre y crueldad.

Pasada la tercera jornada desde nuestra llegada, la situación seguía igual: no obstante la quietud, reinaban la misma expectación e incertidumbre. Entonces los jefes de todas las tropas, secciones, grupos y tribus convocaron un gran consejo. Cromacio nos invitó a su hijo y a mí a participar. Fuimos con la esperanza de que salieran soluciones de la reunión, pero el espectáculo que vimos fue vergonzoso: los jefes no se ponían de acuerdo y no aceptaban una única autoridad. Cada uno estaba allí para obtener su propio beneficio lo más rápidamente posible y luego retirarse a sus territorios. Por otra parte, ni los maronitas ni los mardaitas se manifestaban dispuestos a aceptar la autoridad del emperador de Bizancio. Lo consideraban un usurpador tirano, heresiarca diabólico y ambicioso, y temían someterse a él y tener que pagar impuestos. Lo que dijeron sin retractarse enfureció a los oficiales de los mercenarios griegos que habían venido por mar. Abandonaron la reunión y desde entonces hicieron la guerra por su cuenta.

Cromacio estaba exasperado. En su arrugada y enrojecida cara se apreciaban los signos de un extremo agotamiento. Pero, aun así, se dirigió a los jefes intentando unificar criterios:

—¿Entonces, para qué estamos aquí? Si no esperamos la ayuda del emperador de los griegos y los romanos, estamos perdidos. Seguro que el poderoso ejército árabe viene ya hacia Damasco para liberarla. A estas horas estarán reuniéndose miríadas de soldados en todos los territorios y ciudades para acudir en auxilio del califa. ¡Sin Bizancio no somos nada!

—¡Asaltaremos la ciudad antes de que eso ocurra! —gritó el general supremo de los maronitas.

La mayoría de los que allí estaban aclamaron esta propuesta. Se armó un gran alboroto y ya nadie prestó atención a Cromacio. Se pusieron a decidir la manera en que iban a asaltar las murallas: los aparatos que necesitaban, la organización de las fuerzas, los lugares que les parecían más vulnerables y todo aquello que pudiera servir para ese fin.

Desanimado, abatido, Cromacio abandonó la reunión con sus ayudantes y esclavos. Klémens y yo también le seguimos. Antes de entrar en su tienda para descansar, se volvió hacia nosotros y dijo con aire terrible:

—Se creen que podrán llegar hasta el corazón del palacio del califa para asesinarlo y hacerse con todos sus tesoros. ¡Qué equivocados están! Tal vez puedan llegar a entrar en la ciudad, con mucho tiempo y esfuerzo, pero la ciudadela interior es inexpugnable. No hay otra fortaleza como esa en el mundo. Dentro hay aljibes llenos de agua hasta el borde y despensas y graneros rebosantes de alimentos. Necesitarían meses, tal vez años de asedio... Antes llegarán aquí cientos de miles de hombres para liberar al comendador de Alá... Sin el emperador de los romanos y los griegos no somos nada. ¡Todo esto ha sido una locura!

54

En las semanas siguientes se levantaron con destreza los ingenios de asalto: cuatro torres paralelas revestidas de pieles, centenares de escaleras, dos hileras de catapultas y sólidas cubiertas para proteger los arietes. Todo ello fue construido con destreza y rapidez. Causaba verdadero asombro. Había ingenieros veteranos capaces de idear inverosímiles artefactos o de solucionar cualquier problema mecánico. Los hombres trabajaban sin darse descanso, como si estuvieran poseídos por una voluntad implacable y una energía pertinaz. Lástima que aquellos duchos guerreros, capaces de actuar unidos para algunas cosas, no pudieran ponerse de acuerdo en otras.

Acabados los preparativos, llegó el momento de aproximar los aparatos de guerra para ponerlos en práctica. Durante los primeros días vi el combate desde lejos, situado en un altozano al norte de la ciudad, en la orilla de acá del río. Después me aproximaba más. Desde muy temprano, los monjes y sacerdotes maronitas oraban arrodillados. Las plegarias se confundían con el fragor que no cesaba: estrépito de pisadas de hombres y bestias, construcción y transporte de aparejos, ruido de armas, estruendo de tambores y ensordecedor bullicio.

Al cabo de una semana de brega intensa al pie mismo de las altas murallas, bajo incesantes lluvias de flechas y proyectiles, los jefes acabaron reconociendo que los de dentro no abrirían las puertas sin condiciones. Lejos de ello, parecía que se hacían más fuertes a medida que transcurrían los días. Se supo, para colmo, que tenían muy bien protegido el acueducto y la puerta que daba a la ciudadela interior, por donde les entraban todos los víveres que necesitaban. Con la curva que trazaba el río y los fuertes muros de la fortaleza, se hacía imposible rodear la ciudad hacia el sur para completar el cerco. Esta evidencia acarreó la confusión entre nuestros generales, que veían con estupor cómo sus mejores soldados caían apedreados y asaeteados una y otra vez en los intentos de aproximarse a la fortaleza. Además, cualquier posibilidad de extender el asedio hacia la parte oriental se veía frustrada por la presencia de interminables líneas de arqueros amparados por los repliegues del terreno y la altura de la margen del río dominada por ellos.

Transcurrían largas horas de feroz combate, en las que caían numerosos defensores de las murallas, pero muchos más de los asaltantes. Los cadáveres se contaban ya por centenares esparcidos en una gran extensión, sin que hubiera tiempo u ocasión para recogerlos y darles sepultura. Eso desmoralizaba mucho a los nuestros. Pero los generales no querían dar tregua, para no hacer ver al enemigo que nos empezaban a flojear los ánimos.

Al término de cada jornada, se reunía el consejo de los jefes. Las discusiones no llegaban a las manos de puro milagro. Porque, a medida que pasaban las semanas, se ponían más exacerbados, al comprobar la dificultad de sus propósitos y el creciente temor de que llegasen los refuerzos árabes. A causa de esta enervante posibilidad, se determinó emprender un asalto definitivo con gran movimiento de máquinas de asedio y arietes en los cuatro costados de la ciudad, aun sabiendo la mucha sangre que nos costaría tal esfuerzo. Con ese fin, se estuvieron componiendo más catapultas y trabuquetes durante una semana. Y, mientras se hacían estos preparativos a la vista de los de dentro, se enviaron emisarios para parlamentar ofreciendo unas buenas condiciones de rendición: el respeto de las vidas de todos los damascenos, sus mujeres, hijos y esclavos, evitando el saqueo, a cambio de un tributo y de una parte del tesoro del califa. El gobernador de la muralla ni siquiera respondió.

Cuando concluía el mes de octubre, empezaron las primeras lluvias y se temió que aumentase el cauce del río, haciendo todavía más difícil el vado. Entonces, no pudiéndose demorar más la cosa, se organizó nuestro ejército en cuatro frentes, con todo el aparato de guerra apuntando principalmente hacia la muralla sur, por ser la de más fácil acceso.

El combate era permanente y agotador. Hasta que, uno de aquellos días, a media mañana y de repente, se escuchó un griterío fuerte en alguna parte, como un clamor de júbilo. Alguien empezó a decir que la puerta de Bab al-Salam estaba abierta. Corrimos hasta un altozano desde donde se veía. No podíamos comprender el motivo en ese momento. Pero luego lo supimos: aquella parte de la fortaleza extraía el agua de un cauce desviado desde el Barada por debajo de las murallas. Un soldado nuestro lo conocía, por ser damasceno de origen y haberse criado en aquel barrio. Avisó a los oficiales de que el canal subterráneo era poco profundo en otoño y que permitía el paso desde el río. Él condujo personalmente a una fila de hombres en plena noche y aguardaron dentro a que empezaran los combates por la mañana. Los centinelas, preocupados por los arietes en las torres y almenas, descuidaron vigilar bien los adarves. Los valerosos intrusos se abrieron camino y descorrieron los cerrojos en plena confusión. Se abrieron las grandes puertas y nuestros hombres irrumpieron en su interior.

Inmediatamente, como una avalancha ensordecedora, todo el combate se concentró en ese lado. Yo también galopé hacia allí confundido entre los enloquecidos maronitas. Deseaba entrar a toda costa en la ciudad y en aquel momento delirante no reparé siquiera en el peligro que ello conllevaba. Las murallas estaban cubiertas de soldados que peleaban cuerpo a cuerpo. No había tregua. Durante horas, se combatió denodadamente para abrir la brecha. Una muchedumbre, como una masa informe, se debatía entre el río y los muros. Todo en torno era un maremagno donde los hombres tenían que saltar por encima de los cadáveres. Se luchaba, se gritaba, se maldecía, se sudaba a chorros… Las saetas surcaban el aire silbando y caían piedras desde todas partes. Supongo que, tanto entre los de dentro como entre los de fuera, hubo gente que murió herida por los propios proyectiles en vez de por los contrarios.

Por primera vez me veía peleando montado a caballo, agarrando fuertemente mi lanza. No pensaba en nada más que avanzar hacia la puerta. Pero delante de mí se había formado un gran tapón, hecho de cuerpos vivos y muertos de hombres y bestias. No sé precisar el tiempo que estuve en ese brete.

Pero, de pronto, algo me golpeó en un costado. Me caí y perdí el caballo. Admití entonces que iba a morir de un momento a otro. Sin embargo, no sentía pánico ni nada parecido. Me asfixiaba entre la masa que apretaba por todos lados, sin ver nada delante; pero advertía de alguna manera que el combate iba disminuyendo. Anochecía. El ruido fue cesando y finalmente solo persistía un fragor tenue y rumor lejano de órdenes, gritos y lamentos. Tendidos aquí y allá había hombres con las cabezas destrozadas y heridas espeluznantes en diversas partes del cuerpo. Al darme cuenta de que yo no sangraba por ningún sitio, di gracias a Dios. Solo recuerdo estar muerto de sed y cubierto de sudor, polvo y sangre.

La oscuridad nos sorprendió todavía frente a la puerta. Muchos aguerridos mercenarios bizantinos habían entrado apoderándose de la zona norte de la ciudad. Pero el resto todavía no se había rendido. La eficaz y nutrida guardia del califa retrocedió a tiempo hasta los alrededores de la ciudadela para defenderla, y una parte de ella se había aglutinado en su interior. Resultaba imposible de noche vencer a los innumerables soldados ocultos entre la maraña de achaparradas casas de barro y las infinitas terrazas que dominaban las calles.

Nos retiramos al campamento, dejando que las incontroladas bandas de maronitas y mardaitas permanecieran esperando al amanecer, aferrados a la presa que tanto esfuerzo y sangre les había costado.

Aquella noche sería espantosa, eterna, en un extremo ambiente de ansiedad. Nadie quiso celebrar que se hubiera conseguido entrar en Damasco, porque esa misma tarde se supo la terrible noticia: el inmenso ejército de Maslama venía veloz a menos de veinte leguas.

55

Al amanecer, los observadores precisaron que la vanguardia de la hueste califal estaba a tres jornadas a caballo; el grueso quizá a menos de cinco. Después hubo una gran quietud mientras el sol iluminaba los campos. La gente oteaba la distancia, en los cerros, en las almenas, en las terrazas, en las torres e incluso encaramada en los tejados. Después de una noche larga de angustiosa espera, el silencio tenso pareció eterno. Era como si toda aquella multitud anhelosa estuviese con la respiración contenida: los de dentro de la ciudadela debían de estar alegrándose, pero nuestros hombres se llenaron de angustia.

La mañana era fría. El general supremo de los maronitas y los miembros de su consejo se habían situado en un altozano, enfundados en sus largos alquiceles reforzados con cuero, y daban las últimas instrucciones. Desde las primeras luces, se habían ido apostando los arqueros en todas las alturas y los aparatos de asalto se aproximaban a la muralla. Frente a la puerta de Bab al-Salam se arracimaban aglomeraciones de soldados y la caballería se mantenía a distancia, a lo largo del río, para defender la retaguardia. A media milla, el resto del ejército avanzaba a la deshilada, acercándose a las murallas a paso quedo. Los hombres miraban como petrificados a sus jefes, esperando que se diera la orden de iniciar el último y definitivo asalto a la ciudad, tal y como se había planeado: una irrupción rápida y brutal para llegar hasta el enredo de callejuelas donde los defensores serían perseguidos y masacrados.

Al final, nada ocurrió en realidad. Tras un espacio de tiempo extraño, como de vacilación y ansiedad, se alzó de repente un rumor de voces, seguido del estallido del griterío, y la masa de atacantes empezó a penetrar por la puerta que dominábamos. No hubo resistencia ni oposición alguna; ni siquiera volaron flechas ni piedras sobre los atacantes. Los oficiales de la guardia habían considerado innecesario el contraataque y permanecían encerrados en la poderosa ciudadela interior, confiados en la inminente llegada de sus refuerzos. De manera que los nuestros podían dedicarse libremente a la rapiña y el pillaje, saqueando la ciudad en busca de comida, vino, mujeres y ganado.

Pero, antes de que todo eso sucediera, la noche anterior los cristianos damascenos rebeldes habíamos exigido a los jefes que se considerara sagrado el barrio de Bab Tuma, donde estaban nuestras iglesias y nuestras casas, y que solo nosotros pudiéramos entrar en él después del asalto. También se pidió que se respetara a la población del resto de la ciudad. Sin embargo, los mardaitas, hambrientos y furiosos, entraron a tropel, saqueando y asesinando sin mesura. Por todos lados se escuchaban los gritos de hombres, mujeres y niños. El eco de la crueldad flotaba sobre Damasco.

Klémens y yo entramos en medio de la tropa damascena. Ya en el adarve nos topamos con escenas horrendas: un hombre yacía aplastado bajo una gran roca, cuerpos con la cabeza y los miembros amputados, rostros destrozados... La tierra estaba pegajosa, empapada por la sangre. Nos veíamos obligados a taparnos la nariz y la boca, ante el nauseabundo y penetrante hedor de las entrañas podridas y de la carne quemada. Transité como llevado en volandas por aquel espectáculo de horror y desolación. Resultaba a veces muy difícil avanzar, a causa de los apelotonamientos que se formaban en las esquinas y callejones. Nos debatíamos a través del humo negro para llegar al centro, sin saber aún que nos esperaban sorpresas mucho más desgarradoras. Las calles, plazas, casas y jardines estaban sembrados de cadáveres ensangrentados de hombres, mujeres y niños. Las hachas y las espadas siguieron golpeando sin piedad, hasta que las fuentes y las paredes se tiñeron de rojo.

La basílica de Santis Joannes estaba semiderruida y en llamas. Allí, en la explanada que se extiende delante del templo, alcanzamos el máximo horror. Se veían pilas de cabezas y miembros amputados, sobresaliendo entre una maraña de cuerpos inertes. Nuestra gente quedó muda y paralizada por la consternación.

Costaba identificarlos, pero pudimos dar con muchos conocidos entre los muertos. En el atrio, sin cabeza y colgando de una galería por los tobillos, estaba el cadáver de Hesiquio Cromanes, en medio de una hilera de hombres cristianos ilustres también decapitados. Supimos que era él por sus ropas, y porque luego dimos con su cabeza en medio del montón que yacía delante de la puerta principal de la basílica. Nos dejamos caer de rodillas en un charco de sangre seca y estuvimos llorando...

Pensamos que si Hesiquio había muerto allí, quizá su esposa no estuviese demasiado lejos. Pero no la hallamos. No había allí cuerpos de mujeres. Eso aumentó mi esperanza de que estuvieran con vida mi madre, Dariana y Tindaria. Quizá las mujeres tuvieron tiempo y ocasión para salvarse...

Salí corriendo en soledad hacia mi casa por la calle Recta. La puerta estaba abierta de par en par. Entré gritando:

—¡Madre, madre!

No hubo otra respuesta que el silencio. Recorrí las estancias y no encontré a nadie. Estaba a punto de marcharme cuando escuché mi nombre, con un áspero y seco susurro que provenía de la oscuridad. Era el matrimonio de ancianos criados que salían desde detrás de un cortinaje. Venían hacia mí con los rostros extraviados.

—¡¿Dónde está mi madre?! —les pregunté.

No fueron capaces de darme una respuesta con algo de lógica. Solo sabían decir que la guardia del califa había venido a buscar a mi primo Crisorroas, que se lo llevaron preso y que no habían vuelto a verle desde ese día. De mi madre solamente sabían que había huido, pero ignoraban hacia dónde y con quién. Al parecer muchos cristianos pudieron irse de la ciudad antes de que se desatara el horror. Saber eso me alivió mucho.

Salí de allí y corrí en dirección al palacio de Hesiquio. Cuando entré lo encontré completamente destrozado y lleno de saqueadores maronitas. Les pregunté si habían hallado allí a alguien con vida.

—A nadie —respondió uno de ellos—. Los lacayos y esclavos están muertos. Ahí en los huertos vimos sus cuerpos corrompiéndose.

Fui al jardín y encontré una terrible escena: los criados yacían con los vientres abiertos y las entrañas esparcidas a su alrededor. El hedor era insoportable. Lo que recordaba como un vergel había cambiado. Los muros estaban descuidados y cubiertos de hierbajos; los árboles mustios y la tierra seca. Había caballos pisoteando los arriates donde hubo delicadas flores, camellos que cojeaban por los embaldosados cargados con todo aquello que los saqueadores querían llevarse y asnos abrevándose ruidosamente en las fuentes de mármol. Los hombres corrían de aquí para allá en frenética actividad, llevados por su codicia, echando abajo las celosías y las puertas, mientras se gritaban unos a otros. Uno de ellos señaló algo:

—¡Mirad eso!

Un poco más allá había dos grandes sacos de tejido basto, bien atados en la boca y apoyados contra una pared, que parecían contener cuerpos humanos. Me fijé bien y vi que se movía algo en su interior. Sin duda, alguien permanecía con vida dentro. Así que me apresuré a cortar las ataduras. Enseguida empezaron a salir grandes gatos furibundos por la abertura, que corrieron bufando y saltaron hacia los tejados. En el primero de los sacos apareció el cuerpo inerte, rígido y destrozado de Tindaria Karimya; en el otro, el de Dariana, muerta, fría, arañada, mordida y medio devorada...

El grupo de maronitas me ayudó a sacarlas y extenderlas en el suelo. Yo temblaba deshecho por el dolor y la amargura. Y uno de ellos, a mi espalda, observó, murmurando entre dientes:

—Hemos visto crueldades de los hombres, pero ninguna como esta. ¡Qué salvajada!; dos pobres mujeres encerradas vivas en sacos con gatos hambrientos... Lo que no habrán padecido esas pobres criaturas... ¡Es cosa de demonios!

Salí de allí empujado por una aflicción oprimente. No sabía qué hacer ni adónde ir. Todo lo que había sucedido en Damasco me parecía ser obra del diablo. No se podía llegar a otra conclusión contemplando toda aquella atrocidad desoladora. La ciudad ardía, bajo un cielo hosco y polvoriento, saturada de violencia y codicia. Habíamos contribuido a una guerra destemplada, atropellada e infecunda, sin lograr nuestro propósito de salvar la basílica ni instaurar un reino nuevo. Ningún beneficio podía obtenerse donde solo quedaban ruinas y muerte. Y yo había perdido a los seres que más amaba en el mundo. Mi alma estaba desolada... ¿Por qué lo habíamos hecho? ¿Qué nos arrastró para desatar aquel tremendo desastre?

Con esas preguntas vagué por las calles, como un espíritu doliente, con la mirada perdida, como en trance de vidente, sin hallar más explicación que la implacable realidad del mal. Me sentía tan vacío en esos momentos, que no prestaba atención alguna a todo lo que me rodeaba; nada me interesaba, porque nada allí parecía tener el más mínimo valor. Atravesé el mercado de los dulces y las especias, donde todo estaba tirado por el suelo, mezclándose con la tierra sucia, la sangre y las cenizas. El aroma de aquel lugar, en otro tiempo delicioso, era ahora acre y desagradable. Pero todavía había quienes hurgaban entre los puestos derribados para llevarse algo a la boca...

Durante aquella jornada aciaga, los asaltantes engulleron los manjares que pudieron encontrar en la ciudad. Todo el campamento se entregó al jolgorio y la bebida. Casi se olvidaron de la ciudadela. Solo reparaban en ella cuando se aproximaban y les llovían flechas y piedras desde sus torres y murallas. Pero ya tenían dado por perdido el apetecido tesoro de los califas. El reducto interior era en verdad inexpugnable. Nadie jamás había logrado violarlo, ni en la lejana época de los romanos, ni cuando moraba allí el exarca de Bizancio. Los árabes que tomaron Damasco al conquistar Siria solo pudieron entrar en la ciudadela cuando el gobernador capituló y le abrió las puertas al general Jalid.

Nada, pues, teníamos ya que hacer en Damasco. No podíamos esperar ayuda inmediata de Bizancio y, además, los maronitas la rechazaban. Nuestras posibilidades eran nulas. Y para colmo de desgracias, se aproximaba veloz el inmenso y poderoso ejército de Maslama. Si nos hallaba en la ciudad a su llegada, no teníamos salvación, atrapados dentro de las murallas, con la numerosa y aguerrida guardia del califa en la ciudadela, controlando la puerta de Bab al-Faraj que no dudarían en abrir para sus refuerzos. Así que nuestros guerreros empezaron enseguida a cargar con todo lo que podían llevarse para emprender cuanto antes la huida hacia las montañas.

56

No fue una retirada, sino una auténtica desbandada. Cuando al amanecer apareció la tolvanera en la lejanía, como una columna gris más allá de los llanos de Guta, se supo que Maslama había hecho galopar la avanzadilla de su ejército durante toda la noche. Estaban quizá a menos de una jornada de Damasco. Entonces, cundió el pánico. Una gran agitación sacudió las tropas. Los primeros en huir fueron los mardaitas. Sus jefes se despidieron muy ceremoniosamente, con bellas palabras y cumplidos, y sus sacerdotes extendieron sobre nosotros sus bendiciones. Pero no les preocupaba más suerte que la suya y ni siquiera volvieron las cabezas cuando emprendieron los caminos que ascendían hacia las laderas del monte Qasioun. Luego partió la fila de los maronitas. Y menos de una hora después, una verdadera estampida de hombres y bestias huyó por los cerros en desorden, dejando tras de sí nubes de polvo. Si había habido algún tipo de organización en nuestro ejército, en un instante se deshizo por completo. Allí ya no quedaban generales, oficiales ni líderes; todo era conmoción, desconcierto y pánico. El campamento empezó a verse desierto; y los aparatos de guerra, abandonados y solitarios, proporcionaban un aire fantasmagórico al desamparado panorama que había al pie de las murallas. La ciudad humeaba con la primera luz del día, pero las impresionantes banderolas blancas y doradas y los orgullosos estandartes de los omeyas ondeaban en las torres de la fortaleza. Nutridas hileras de figuras humanas oteaban el horizonte desde las almenas, aclamando con una burlona algarada la escapada de quienes poco antes eran sus atacantes.

A media mañana solo permanecían frente al arrabal varios centenares de soldados damascenos rebeldes y el millar de mercenarios griegos que vinieron por mar. Pero todos ellos habían decidido marcharse. De manera que debíamos tomar una determinación inmediata. Y solo teníamos por delante dos opciones: salir detrás de los maronitas para refugiarnos en el monte Líbano o huir con los griegos hacia la costa, al puerto de Akka, donde tenían anclada su flota. No había tiempo para pensárselo demasiado... Así que la decisión final fue emprender el mismo camino que los griegos; hacia el sur primero, bordeando los montes, y luego hacia poniente, puesto que en una semana podíamos llegar al mar.

Pero, en aquel momento, cuando acabábamos de ponernos de acuerdo, vimos salir de la ciudad una larga fila de gente por la puerta de Bab al-Salam. No eran guerreros, sino mujeres, niños, ancianos y hombres de paz que huían por puro miedo causado por la nueva invasión de soldados que se avecinaba. Cruzaron el río y pasaron en silencio por delante de las tiendas. Iban abatidos y llorosos, dando un gran rodeo a la ciudad, en dirección a la antigua calzada que conduce hacia el sur, la cual conocemos como «camino de Jerusalén»; la misma ruta que nos disponíamos a tomar nosotros.

Fuimos para ver si necesitaban algo. Pero aceleraron el paso, mirándonos de soslayo con temor. Entonces, acercándonos todavía más a ellos, descubrimos muchas caras conocidas: parientes, amigos o simples vecinos de los que allí estábamos. No obstante, su actitud era huidiza, como si no quisieran nada con nosotros. Insistimos tratando de hablar con ellos, e incluso llegamos a cortarles el paso. Y Cromacio les gritaba con ansiedad:

—¡Eh, hermanos, decidnos hacia dónde os dirigís!

No contestaron. Intentaban continuar sin hacernos caso, con las cabezas bajas y aspereza en los rostros.

—¡Habladnos, hermanos! —insistió Cromacio suplicante, poniéndose de rodillas a la vera del camino—. ¡No nos neguéis la palabra! Podemos hacer juntos el camino... Todos nosotros vamos también hacia el sur.

Unas mujeres se detuvieron y empezaron a increparle:

—¡Déjanos seguir nuestro camino y ve tú por el tuyo!

—¿Te parece poco todo el mal que nos habéis causado?

—¡Nada queremos con vosotros, hombres violentos y sanguinarios!

Entonces comprendimos lo que pasaba: aquellas gentes nos hacían culpables de su desdicha. Nuestros paisanos consideraban que la rebelión había sido la causa de todas las desgracias caídas sobre Damasco. Eso nos causó una gran angustia; era como si nuestros males no tuvieran fin.

Klémens se enardeció y fue hacia ellos gritándoles despechado:

—¡Desagradecidos! ¡Miserables! ¡Cobardes! ¡Todo lo hemos hecho por vosotros! ¡Hemos arriesgado nuestras vidas y nos tratáis así!

—¡Déjalos, hijo! —le amonestó su padre—. ¡Déjalos en paz! Dios pagará a cada uno como se merece...

—¡Eso mismo; tú lo has dicho! —gritó con desesperación una de las mujeres—. Id al infierno por todo el mal que nos habéis causado...

—¡Calla, maldita! —le espetó Klémens—. ¡No te consiento que trates así a mi padre!

—¡Calla tú, hijo! —replicó Cromacio—. ¡Obedece lo que te digo! ¡Déjalos en paz! ¡Que sigan su camino!

La gente se había detenido formando un gran corro y miraban perplejos la discusión. Los soldados griegos, en cambio, estaban recogiendo sus cosas y contemplaban la escena desde lejos. En ese momento, alguien de entre ellos gritó:

—¡Dejaos de disputas absurdas! ¡No hay tiempo que perder! ¡Mañana, a lo más tardar, estarán aquí los soldados de Maslama!

La muchedumbre se agitó estremecida y echó a andar de nuevo en dirección al camino de Jerusalén. Serían un millar; tal vez dos. Era difícil precisar su número en tal estado de confusión, cuando marchaban entre los huertos de frutales arrasados y las ruinas del arrabal. Era muy triste ver que iban apenas con lo puesto, casi todos a pie, pues no habían quedado bestias en la ciudad. Si acaso irían una veintena de burros viejos por detrás, transportando a los ancianos y enfermos. El resto apresuraban los pasos, cabizbajos y resentidos, sin despedirse siquiera de nosotros. Caminaban entre ellos muchos vecinos y amigos, pero se había abierto un abismo tremendo que nos separaba de ellos. Eso fue lo más doloroso de aquella absurda guerra, y hacía que yo siguiera sumido en la maraña de mis remordimientos, con una insoportable desazón en el alma. Agotado, hambriento y confundido, pensaba que nada peor podría ya ocurrir ante mis atribulados ojos... Así que decidí retirarme de allí para unirme a mis compañeros y seguir su suerte.

Pero entonces, cuando los últimos de mis desdichados paisanos estaban pasando por delante de mí, me fijé en un grupo de hombres y, de repente, descubrí entre ellos a mi primo Joannis Crisorroas. Él también me miró, casi en el mismo instante, y vi la sorpresa en su cara y sus ojos. Estaba muy delgado, demacrado y con oscuras ojeras.

—¡Bendito sea el Dios de los cielos! —exclamó con el rostro iluminado—. ¡Efrén! ¡Hermano mío, Efrén! ¿Qué ha sido de ti?

Corrí hacia él con el alma en vilo. Le abracé. Fue como si se hiciera un poco de luz en medio de tanta opacidad. Él se apartó para volver a mirarme y recobrar el resuello. Me palpaba los hombros, el cuello, la cara, la cabeza..., como si no pudiera creerse que el encuentro era real. Mi corazón saltaba dentro de mi pecho mientras le decía con ansiedad:

—¡Te busqué en la ciudad, hermano mío! ¡Fui a nuestra casa...!

—¡Alabado sea Dios! —rezaba él—. ¡Bendito y alabado sea! ¡No esperaba encontrarte!

—¿Qué ha sido de mi madre? —le pregunté.

Puso en mí una mirada cargada de estupor y congoja.

—No lo sé —respondió—. La he buscado por toda la ciudad y no he podido dar con ella, ni encontrar a alguien que supiera algo... Desapareció como tantas personas... Es lo único que puedo decirte, hermano...

Y después de decir eso, me mostró su mano derecha. Solo entonces reparé en que la tenía deforme y vendada con trapos sucios y sanguinolentos.

—¡Qué te ha sucedido! —exclamé.

—Estuve en la cárcel... Por eso no puedo decirte nada de tu madre. No sé qué fue de ella mientras me tuvieron preso por orden del califa...

—¿A ti, hermano? ¿Por qué?

Suspiró hondamente, como teniendo que recordar cosas horribles. Su respuesta fue el silencio. Luego miró en derredor, paseando sus ojos tristes por los guerreros que empezaban a montar en sus caballos.

—Veo que estáis con ellos —comentó con abatimiento—. Habéis luchado contra Damasco de parte de los rebeldes... Hermano, me dijeron que al final te habías ido con los guerreros, pero siempre tuve la esperanza de que recapacitaras...

Cromacio fue hacia él y le habló con voz desgarrada:

—Sabio y noble hijo de Sarjun, no nos aflijas más, te lo ruego. No somos bestias. Somos hombres civilizados que hemos obrado siguiendo nuestras conciencias. Urdimos un plan secreto con el único fin de ser libres. Muchos de los nuestros han dado sus vidas generosamente para servir a ese propósito. Ahora todo ha terminado y Dios, que es el único justo, juzgará a cada uno según sus obras... Pero no es momento para reproches. Debemos cuidar unos de otros y huir todos juntos. Siria está en pie de guerra. Toda esa gente indefensa no podrá caminar libre de peligros desde aquí hasta Jerusalén. Los ejércitos árabes del sur van camino del fin de la tierra para conquistar Hispania. Eso quiere decir que muchos territorios están a merced de los bandidos y los señores de la guerra. Convence a nuestra gente para que nos dejen ir con vosotros. Al menos podremos protegeros hasta llegar al camino del mar... Desde allí hasta Judea hay tres jornadas de camino.

Mi primo le miró dudando.

—La gente recela de los soldados —murmuró—. Su dolor y su resentimiento son muy grandes. Comprended que han perdido todo lo que tenían…

—¡Conservan sus vidas! —exclamó Klémens—. Sin nuestra protección las perderán.

Crisorroas se quedó pensativo. Pero los hombres que iban con él empezaron a argumentar a voces:

—¡Tienen razón en eso!

—Es una locura caminar hasta Jerusalén sin escolta. Hay cazadores de esclavos y partidas de hombres crueles por todas partes.

—¡Hagamos el camino con los soldados!

—¡Eso, viajemos juntos! Y luego, cuando estemos seguros al amparo de alguna ciudad, que cada uno vaya por su lado.

Aquel grupo de hombres lideraba al resto de los fugitivos, de manera que se hizo lo que ellos acordaron. Además, cuando les proporcionamos bestias y algunas otras cosas necesarias para el viaje, empezaron a mirarnos de otra manera.

Se dieron las órdenes y emprendimos la marcha. Me embargó entonces la tristeza otra vez, como un vacío y una náusea. En la vega, en el arrabal arruinado y en los pisoteados huertos no se veía a nadie. Todo estaba desierto y silencioso, sembrado de montones de cenizas que aún humeaban, de basura, de escombros… En el aire quedaba prendido todavía el nauseabundo hedor de la guerra, una mezcla de podredumbre, olor a quemado, aroma de tierra removida y excrementos.

Damasco se quedó atrás y desapareció tras los cerros. Más tarde el cielo se nubló y se puso a llover. Recuerdo el aroma de la tierra mojada y el aire limpio, como un cierto alivio. Caminábamos al principio en silencio. Pero luego la gente empezó a cantar. Aquel salmo en arameo, que todos conocíamos, proporcionaba un gran consuelo. Así que también los soldados nos unimos al canto.

El Señor Dios es mi pastor,
nada me faltará;
me hará descansar
en lugares de pastos tiernos;
junto a aguas tranquilas
me conducirá.
Confortará mi alma.
Me guiará por sendas de justicia
por amor de su Nombre.
Aunque ande por valles
de sombra y de muerte
no temeré mal alguno;
porque Tú estarás conmigo.
Tu vara y tu cayado me
infundirán aliento.
Preparas una mesa delante de mí,
en presencia de los que me persiguen y angustian.
Unges mi cabeza con aceite y
mi copa está rebosando.
Ciertamente, tu bondad y tu misericordia
estarán conmigo todos los días de mi vida,
y moraré en la casa del Señor Dios eternamente.
Amén.

57

Aferrados siempre a las cordilleras que separan la región interior del mar, remontamos empinados y serpenteantes senderos que se asían a los precipicios. Atravesamos en los valles bancos de niebla que oscurecían los bosques de robles y enebros, y cruzamos más adelante declives rocosos, viendo en lo alto las aldeas de los pueblos más antiguos de Siria, como terrosas cadenas que colgaban de las montañas. Una vez allí, nos sentimos por fin protegidos de la posible persecución y las sombras de la angustia y los terrores se fueron disipando al descender hacia la santa tierra del Señor Jesús.

Habíamos viajado en triste silencio durante tres largas y penosas jornadas. Por fin pudimos detenernos en un llano para concedernos un descanso, pensando sobre todo en los enfermos y los ancianos. Entonces mi primo Joannis Crisorroas y yo sentimos el deseo de hablar. Y él me contó todo lo que había sucedido en Damasco antes de nuestra llegada.

—Los cristianos estábamos celebrando aquel día la fiesta del Tránsito de la Virgen María. A media tarde se armó un revuelo enorme en toda la ciudad. Empezó a correr el rumor de que se estaba preparando una gran rebelión de los cristianos y que ingentes tropas de guerreros mardaitas y maronitas se dirigían hacia Damasco desde las montañas. Inmediatamente los guardias cerraron todas las puertas de la muralla y acordonaron el barrio de Bab Tuma, con soldados apostados en todas sus salidas, para que nadie pudiese entrar ni salir. Esa noche se desató la violencia... La guardia del califa apresó a muchos hombres y los llevó a las prisiones de la ciudadela. En la oscuridad se oían los fuertes golpes, los porrazos y los hachazos en las puertas, entre las voces furiosas, los alaridos de las mujeres y el estrépito de las pisadas. A todo esto sucedió luego un silencio cargado de incertidumbre. Amaneció y nuestra gente se echó a las calles con llantos y lamentos. Entonces nos enteramos de los nombres de todos aquellos que estaban presos. Había entre ellos muchos patricios insignes, funcionarios, presbíteros, diáconos y monjes, y también muchos hijos de artesanos y comerciantes. La mayoría eran jóvenes que, como tú, fueron captados y persuadidos poco a poco durante meses... Pero también había hombres maduros, de los cuales resultaba difícil pensar que hubiesen tenido una idea así...

—Como Hesiquio —observé.

—En efecto. ¿Quién podría imaginar siquiera que los hermanos Cromanes fueran las almas de la conspiración? A Hesiquio la cosa le sorprendió dentro de la ciudad, mientras dormía en su propia casa. Su hermano Cromacio en cambio se hallaba fuera, en el campamento de los mercenarios, donde esperaba con los rebeldes el momento para abrirles las puertas de la muralla a los mardaitas y maronitas aliados con ellos. Al parecer, la conjuración fue descubierta. Los espías del califa supieron que se habían enviado unas cartas a Constantinopla para entregar Siria al emperador de los romanos y los griegos. ¡Dios de los cielos, qué locura! ¿Cómo íbamos a suponer que algo así se estaba preparando? En verdad no lo sabíamos, aunque hacía ya tiempo que veníamos temiendo algo...

—Teníamos esperanzas... —murmuré con desazón.

Él me miró, apretó los labios y sacudió la cabeza. Después prosiguió:

—La ira del califa y su consejo se desató. Esa misma mañana empezaron las ejecuciones. Los pregoneros convocaron a toda la población para que acudiera sin demora al lugar donde se habían levantado los cadalsos, en la plaza principal, frente a la basílica de Santis Joannes; y allí, ante nuestros espantados ojos, empezaron a ser decapitados los reos uno por uno, después de que los jueces proclamaran sus acusaciones y sentencias. Mirábamos atónitos, sin alcanzar a comprender lo que estaba pasando... Y sin sospechar siquiera que lo peor estaba por venir. Porque, mientras permanecíamos todavía allí, contemplando horrorizados el espectáculo y suplicando clemencia a gritos, todos los muecines de la ciudad empezaron casi al mismo tiempo a dar la alarma. ¡El campamento de los mercenarios se había sublevado! Una feroz batalla se extendía por la vega y el arrabal. Un día después empezaron a llegar las primeras tropas de guerreros mardaitas y maronitas... Y todos esos griegos que vinieron por mar...

—Lo que sucedió después ya lo sé —dije—; yo estaba con ellos... Pero dime, hermano, ¿por qué te apresaron a ti? Tú nada tenías que ver con todo eso. Nunca quisiste oír hablar siquiera de rebeldía...

—Cuando suceden estas cosas, nadie se ve libre de sospecha. El califa me llamó a su presencia. Sus ministros me interrogaron delante de él y algunos llegaron a insinuar que yo también formaba parte de la conspiración. Pero después me dejaron libre, porque no vieron al califa convencido de mi culpabilidad o porque no fueron capaces de demostrar nada. Sin embargo, esa misma noche volvieron a por mí. Me encerraron en la cárcel sin darme ninguna explicación. A la mañana siguiente me llevaron ante los jueces y me acusaron de haber escrito una de las cartas enviadas a Constantinopla. Pedí que me la enseñaran y traté de demostrar que aquella no era mi letra. Pero ya tenían decidido que yo la escribí y la condena a ser decapitado…

—¡Oh, Señor Dios! —exclamé—. ¡Qué gran injusticia!

—Sí. Y en verdad pensé que iba a morir. Pero, como tú bien sabes, el califa me estima sinceramente. Supongo que no estaba demasiado convencido de la acusación o que su conciencia se movió a compasión. El caso es que decidió finalmente perdonarme la vida. Aunque no quiso contradecir del todo a mis acusadores y mandó que me aplastaran con un mazo la mano derecha…

Me conmoví tanto que no pude evitar las lágrimas. Pero él, esbozando una sonrisa plácida y a la vez enigmática, dijo:

—No sufras por mí, hermano. ¡Si supieras cómo Dios sabe sacar bienes de nuestros males! Si pudieras verlo como yo lo veo ahora…

—No puedo verlo… —repliqué—. Al menos ahora me siento incapaz para comprender eso. Y no puedo porque, después de todo lo que acabo de ver, preferiría que Dios sacara bienes de los bienes. ¡No me entiendo ni a mí mismo! He querido hacer el bien y…

—Lo sé. Y de veras lo siento mucho. Porque, ahora, en esta parte de mi vida, yo he sido capaz de comprender por qué Dios puede sacar bien de cualquier mal. Lo que pasa es que nos cegamos y vemos solo el mal y los males causados por el mal.

Tras estas palabras, él se quedó pensativo durante un largo rato. Sus pensamientos estaban en otra parte.

Al menos a mí me pareció eso. Y creí que ya no quería hablar más. Pero luego me contó algo que, si yo no supiera que es un hombre incapaz de mentir —y así lo siento de verdad—, pensaría que había enloquecido, o que, después de tanto sufrimiento, su imaginación se había ido por derroteros imposibles... Me refirió que, después de que le aplastaran la mano con el mazo, y del terrible dolor que sintió, perdió la visión de sus ojos y la conciencia. No obstante, notó que era arrastrado de los pies por un pasillo y llevado de esta manera hasta un lugar frío. Allí pasó un tiempo indeterminado, en el que sintió que le faltaba la respiración, se ahogaba y su corazón se detenía... Seguidamente vivió una experiencia que él me transmitió como algo indescriptible. Trataba de explicarlo, pero al punto callaba, se quedaba como abstraído, y enseguida volvía a explicarse; tan pronto cobraba serenidad como parecía excitado al hablarme. Quiero ser fiel a su relato. Visiblemente arrobado, me contó que le abandonó la vida; esta vida presente, porque seguía vivo de algún modo... Y fue elevado, arrebatado como en espíritu, de modo que veía su cuerpo allá abajo, inerte, como ajeno, con su mano destrozada extendida. Pero ya no sentía dolor alguno, ni temor. Y de esta manera atravesó como un túnel oscuro, en el que todo se iba quedando muy atrás; el mundo y la realidad... Mas no le importaba, porque estaba en suma serenidad y descanso. Entonces apareció delante de él una hermosa y brillante luz, irradiando una paz y un amor grandísimos. La luz no era solo luz, era mucho más; era un ser confortador, amable y sonriente, que le hablaba sin palabras y mostraba muchas cosas de sí mismo, de la vida que se quedaba atrás y de todo lo que se abría delante. No sabía ni cómo ni cuándo, en aquella especie de camino, aquel ser luminoso le detuvo ante una puerta. Era una puerta hermosa, adornada, y estaba abierta hacia unos campos llenos de colores desconocidos e inimaginables, repletos de jugosa hierba, de flores, de árboles, de fuentes... Y vio una ciudad a lo lejos. Era su propia ciudad, su casa, como la casa de sus padres. Así lo sintió, aunque esa misteriosa percepción era para él inefable. Entonces atravesó la puerta y tuvo un encuentro muy agradable, afectuoso, con hombres y mujeres que ya habían muerto; él sabía que estaban muertos, aunque allí tuvieran vida, belleza y juventud. Se veían alegres y así se lo manifestaban. Le comunicaron ellos muchos secretos y explicaciones que ahora no podía poner en pie... Pero sabía con plena conciencia que esas revelaciones constituían un todo maravilloso...

Al llegar a este punto de su relato tuvo que callarse, arrasado en lágrimas; que no eran de tristeza, sino todo lo contrario, de pura dicha. Y ya no podía expresar más. Todo lo demás no estaba al alcance de las palabras. Porque las palabras solo pueden contener las realidades de este mundo presente. Y aquello se trataba de otra vida...

Después solo pudo contarme que, en algún momento indeterminado de aquella especie de viaje del alma, sintió que debía regresar, porque algo le decía que le quedaban muchas cosas por hacer en el mundo, en esta vida. Entonces fue precipitado vertiginosamente hacia su cuerpo yacente. Sintió un frío y un dolor terrible. De nuevo estaba aquí. Pero no tenía miedo. Había sido fortalecido y consolado. Así me lo transmitió.

Yo estaba tan estremecido que no podía abrir la boca. También él enmudeció y permaneció así un largo espacio de tiempo. Aunque todavía quiso decirme algo más:

—¡Ojalá pudiera expresar lo que mis ojos interiores ven desde aquello! Por eso debo meditar, orar y tratar de ponerlo por escrito. Aunque necesitaré para ello el resto de mi vida... Pero, por el momento, solo puedo decirte que, por estar tan alejados de Dios, no podemos apreciar su actuación sacando bien del mal. Y lo mejor de la misteriosa actuación divina es nuestra redención. Ese ha sido el mayor bien sacado del peor mal: la muerte injustísima de Jesucristo, el Hijo de Dios, que fue causa de nuestra salvación eterna. He llegado a comprender el gran misterio de su vida, de su pasión y su muerte... Como ahora comprendo el gran misterio de la vida, la pasión y la muerte de la humanidad; nuestra propia vida, nuestro sufrimiento y nuestra propia muerte...

Estas palabras de mi primo Joannis Crisorroas ayudaron a que, más que como huida, yo sintiera aquel éxodo desde Damasco como una verdadera peregrinación. Dios me había permitido alejarme de mis propios demonios.

Él me hizo ver y comprender la realidad del mal que tanto me confundía:

«Lo que es la muerte para nosotros los hombres, es la caída para los ángeles. Los ángeles maléficos, cuyo número es incalculable, se volvieron tales, y de manera irremediable, por rebelarse contra Dios. Fueron alejados del Dios Sumo Bien, y llevan su castigo consigo: el fuego del deseo de hacer el mal, un deseo jamás saciado que los abrasa... Son libres para hacer el mal. Por su naturaleza sutil y penetrante pueden conjeturar y predecir el porvenir, pero son trapaceros y tratan de engañar. También pueden sugerir a los hombres el mal y el error; son ellos los primeros responsables de las guerras. Sin embargo, no pueden violentar nuestra voluntad… Porque los seres humanos somos libres. También el Dios Sumo Bien nos creó libres a nosotros…».

Bajo la lluvia incesante y purificadora del otoño, esas explicaciones eran como un bálsamo para mi alma llena de dudas y dolor. No hubo amonestaciones; no fatigó él más mi conciencia aturdida. Tuvo conmigo eso que yo necesitaba tanto en esos momentos de angustia: misericordia y comprensión. La presencia real e implacable del mal, para un joven de buenas intenciones, siempre es motivo de la mayor confusión. Para mí, todo lo sucedido había sido como un torbellino inmenso que mi entendimiento era incapaz de abarcar. Por eso necesitaba explicaciones, algo que me devolviera la paz.

—Entonces —dije—, hermano, ¿debo entender que todo ha sido obra de los demonios? Porque, si no pienso eso, acabo siempre haciendo responsable a Dios. Porque no puedo evitar concluir que Dios lo ha permitido. Y si Él es Sumo Bien… ¡Oh, Dios me perdone!

Él me miró con ternura. Respondió:

—Quisiera explicártelo tal y como yo lo siento… El mal no es un ser particular, ni la obra de un principio malo. No es sino una privación del bien. Y esa privación proviene de la imperfección de las criaturas. Nosotros, los hombres y mujeres, somos criaturas; y el mal en nosotros no es sino una defección de la voluntad libre. De ninguna manera es Dios responsable del mal, sino de manera negativa: no lo impide, pero tampoco lo prohíbe. Y si Dios, por otra parte, permite el mal y crea seres capaces de hacer maldades, se debe a que Él mismo es capaz de sacar el bien del mal; y el mal de este mundo, en definitiva, sirve para hacer brillar la bondad divina en la misericordia.

Alcanzábamos a la caída de la tarde los terrenos de suaves montuosidades que se extienden descendiendo desde los Altos del Golán. Nos detuvimos donde el viejo camino se bifurca: una ruta se desvía en dirección a la costa, hacia el puerto de Akka; la otra sigue derecha, bordeando el mar de Galilea hasta Jerusalén. Después de una semana de camino, nuestro éxodo llegaba a su final. Habíamos llegado a la santa tierra del Señor Jesús.

Allí mismo nos despedimos. Mi primo Crisorroas me había dicho que se había sentido llamado a hacerse monje, y que su destino era el monasterio de Mar Saba, junto al mar Muerto. En aquel santo lugar quería pasar el resto de su vida, consagrado a tratar de poner por escrito las inspiraciones recibidas en su misterioso éxtasis y tránsito a la otra vida.

Klémens y yo decidimos unirnos a los griegos para embarcarnos con ellos hacia Constantinopla.

58

Al avanzar deprisa por los musgosos y escabrosos senderos que nos conducían hasta la costa, el recuerdo de todo lo vivido en Damasco todavía bramaba y rugía en mi interior. Pero, en cuanto embarcamos y hubimos remado para apartarnos de la larga sombra de las montañas del Líbano, me pareció haber nacido de nuevo.

El otoño estaba avanzado y se echó encima el tiempo nada propicio para la navegación que debe evitarse a menos que sea imprescindible, el *mare clausum*. Pero nosotros no podíamos arriesgarnos a ser alcanzados por las tropas del califa y los griegos decidieron hacerse a la mar. Tuvimos, pues, una travesía tempestuosa hasta llegar al Egeo. A pesar de lo cual quiso Dios que ninguno de los barcos diese al través en las peligrosas aguas que se extienden antes del Dodecaneso, donde el oleaje fue tan grande que subíamos al cielo y bajábamos al abismo. Hasta los griegos, experimentados navegantes, tuvieron adherido el pánico a sus caras durante cuatro días. Pero después de atravesar la flota el estrecho de Kos, el tiempo fue ya mucho más apacible, con un radiante sol y un mar muy azul, por donde navegábamos a golpe de remo entre el rosario de islas que llaman Cícladas. Durante veinticuatro días, desde que zarpamos de Akka, hicimos la vida en la desapacible cubierta del barco, entre pertrechos guerreros, sacos, tinas y animales, donde los hombres se contaban una y otra vez sus historias llenas de exageraciones, fanfarronadas y fantasías.

Atardecía cuando apareció ante nosotros el estrecho de los Dardanelos, el angosto canal que une el mar Egeo, al oeste, con el de Mármara, al este, semejante a la desembocadura de un gran río. En la entrada nos salieron al paso las grandes y aparatosas naves bizantinas, con tres pisos de remeros, dispuestas estratégicamente para detener a cualquiera que quisiera cruzar el estrecho. Los capitanes pagaron la tasa y, esa misma noche, navegábamos viendo en las orillas las hogueras que hacen presentes los puestos de los centinelas durante todo el recorrido. Al final del estrecho era tanta la angostura que podía oírse aullar a los lobos en los montes cercanos. Al amanecer se vieron acantilados poblados de espesas frondosidades y radiantes bosques. Sopló entonces un viento que dijeron ser del nordeste, helado, que arrastraba brumas, y todo el mundo echó mano a sus capas. Más tarde se apartaron las dos riberas y entramos en un ancho mar gris, al que llaman el Euxino, donde se halla la isla de Mármara. Pusimos proa al este. A partir de entonces todo el trayecto se hizo a golpe de remos. Las aguas eran mansas y se confundían con un cielo extraño, como plomo.

Tres días después, por la tarde la costa negreaba en un horizonte turbio, donde caían las nubes en las cumbres. Divisamos el declive de una colina y el blanquear de una ciudad que parecía nacer al borde mismo de las aguas. Estábamos frente a Bizancio. Todo el mundo corrió hacia la borda para ver cómo nos aproximábamos. El deseo del anclaje nos hacía vibrar de emoción.

Era una visión asombrosa. Delante todo eran puertos abarrotados de embarcaciones de todas las formas y tamaños, y detrás de ese bosque de mástiles, se alzaba la ciudad: muros, terrazas, pabellones, palacios, pórticos, torres e iglesias, hasta donde alcanzaba la vista. Y asomando por encima de las almenas, de los tejados y de las arboledas, centelleaban obeliscos, columnas, monumentales estatuas y cúpulas doradas.

Cuando nos concedieron el permiso, saltamos a tierra en medio de un bullicio enorme. Estábamos a las puertas de Constantinopla al atardecer. La luz languidecía, dorada en las murallas y las torres; centelleando en los tejados rojizos y ambarinos; en una calma expectante, mientras el cielo refulgía purpúreo hacia el poniente. Un clamoroso rumor primero y un vocerío después nos saludó desde la distancia, recorriendo las amplias explanadas polvorientas donde una muchedumbre se había congregado, ardorosa, soliviantada por la curiosidad. Entramos envueltos en el ensordecedor estruendo de los tambores, las trompetas y el griterío de la gente. Mi corazón palpitaba al descubrir el encanto misterioso de aquella ciudad que con toda razón ha sido ensalzada como la Nueva Roma. Porque en verdad su visión resulta arrebatadora, por la extensión de los barrios que la circundan, salpicados por la infinidad de monumentos y fuentes, surcados por una red interminable de largas vías, sinuosas calles y amplios callejones que convergen en el centro, igualmente enorme y prodigioso por la majestad de los edificios y los foros de los emperadores. En todas partes bullía la multitud. Y en una gran plaza, frente a la esplendorosa basílica de Santa Sofía, estaban esperándonos para el recibimiento los generales y los prohombres con hierática solemnidad, revestidos del boato bizantino: túnicas bordadas, mantos egregios y diademas de oro. Allí estaban también los obispos, clérigos y monjes, revestidos igualmente con vestiduras litúrgicas suntuosas. No obstante tal exhibición de poder y el fasto desplegado, la bienvenida duró poco; apenas el tiempo necesario para los saludos, las presentaciones y la entrega de obsequios que los generales hicieron a los mercenarios griegos como agradecimiento a su arriesgada misión de atacar Damasco.

La luz decaía. Pero antes de que nos dispersáramos para gozar de la ciudad, nos abrieron las puertas de Santa Sofía para que pudiéramos dar gracias a Dios. Entramos en tropel. La visión de tanta grandeza le deja a uno sin aliento. Sobrecogidos, contemplábamos la cúpula entre suspiros y sollozos. Luego nos arrodillamos sobre el resplandeciente suelo y nos pusimos a rezar. El aire era denso por el calor de tantos cuerpos, y se enrarecía más a causa del humo y el perfume de la cera quemada de las velas. Me arrojé con los brazos extendidos y la cara tocando el suelo, oyendo mientras tanto el susurro de las plegarias e invocaciones. Hasta que, gradualmente, aquel murmullo fue decreciendo y un rato después un silencio profundo y tranquilo envolvió la inmensa nave bajo la cúpula inquietante; salvo las respiraciones anhelantes y el leve crepitar de las lámparas de aceite.

Santa Sofía lucía todo su esplendor en el ocaso, en el juego de luces que entraban desde las ventanas dorando los sahumerios que ascendían hacia las bóvedas. Miles de lámparas colgaban arrancando brillos de los ornamentos dorados; y los mosaicos destellaban desvelando el misterio de sus imágenes: el Pantocrátor, con todo su poder y su fuerza, custodiado por arcángeles; la Theotokos, Madre de Dios;

Juan Prodromo, el Bautista; la Anunciación, la Natividad, la Purificación, el Bautismo...

Delante de mi alma desfallecida acababa de presentarse la belleza suave y silenciosa, una belleza natural que yo ni siquiera había soñado y que me conmovió profundamente hasta hacerme temblar y derramar unas lágrimas. Me estremecía como si tuviera frío. Aunque la atmósfera de aquel sacro lugar fuera amable y cálida.

Di gracias a Dios con todas mis fuerzas. Me hallaba dichoso y premiado. Reconocía que había vivido cosas terribles, pero me sentía joven y acababa de llegar a la gran ciudad de Constantino el Grande. ¡Tanto había oído contar de ella desde niño!..., y ahora yo estaba allí, en persona.

Al salir corrimos a celebrarlo. Las calles eran una locura. Klémens y yo habíamos logrado sacar algunas riquezas de Damasco antes de nuestra huida. Pudimos, pues, vivir bien y deambular con cierto desahogo por las placenteras plazas, abarrotadas de tabernas y mercados, por donde discurría persistentemente una vivaracha marea juvenil llegada desde todos los puertos del Mediterráneo. En las conversaciones que el vino y la juerga animaban en todas partes, podías enterarte de muchas cosas sorprendentes y aun desconcertantes. Y empecé muy pronto a descubrir el misterio oculto que por entonces subyacía en el verdadero fondo de la vida en Bizancio. Tras lo cual fue ya difícil para mí hallar allí la deseada y pacífica ciudad del emperador de los griegos y los romanos de la cual hablaban los antiguos escritos proféticos.

Por segunda vez en su vida Justiniano II reinaba en Constantinopla. Dos veces fue emperador. Ascendió al trono a la corta edad de dieciséis años, después de que su padre Constantino IV Pogonato lo nombrara su sucesor. Pero dicen que desde muchacho era ya violento y agresivo, tanto como holgazán y despreocupado. Su incompetencia le llevó a deshacer en diez años parte del legado de orden y eficacia que le había dejado su padre. El caso es que se hizo muy impopular. Sobre todo porque se empeñó en levantar ostentosas obras con las que quería emular a su tocayo el gran Justiniano I, recurriendo para costearlas a la extorsión y los impuestos desmedidos. Hastiado a causa de sus desmanes, el pueblo constantinopolitano acabó amotinándose. Unidos a la revuelta, los militares proclamaron emperador al estratega Leoncio, que irrumpió en el palacio imperial y consiguió desarmar a la guardia. Justiniano fue apresado y se le amputó como castigo la nariz. Después se le desterró al Quersoneso, en la salvaje Cimeria, con la seguridad de que no podría volver a gobernar el imperio con el aspecto bufo e indigno que le confería la mutilación. Se equivocaban, porque, diez años después, el emperador de la nariz cortada, apodado por ese motivo Rhinotmetos, supo ganarse al poderoso kan de los jázaros, Tervel, después de casarse con la hermana de este, a la que prometió nombrar emperatriz con el nombre de Teodora. Y con ella y sus partidarios regresó impetuoso a las puertas de Constantinopla, trayendo consigo al hijo que habían tenido juntos mientras tanto, bautizado con el nombre de Tiberio y nombrado su heredero. Con la ayuda de los aguerridos jázaros, lograron entrar en la ciudad y Justiniano fue de nuevo proclamado emperador. A su cuñado, el Kan, le dio en agradecimiento el título de César y lo sentó a su lado en el salón del trono del emperador de Bizancio.

Merced a estas vicisitudes, por entonces Constantinopla era el nido de los jázaros. Los nobles de las provincias búlgaras y los jóvenes de los Balcanes y de Quersonesos habían acudido en masa para asentarse o gozar temporalmente de la ciudad. Se reunían en las plazas, vestidos con sus vistosas pieles y sus petos tachonados de bronce pulido; las calles estaban siempre repletas de muchachos de mirada severa y desafiante, encantados de llevar bien visibles sus robustas espadas. Aquella joven y fiera élite, además del poderío, tenía asegurado el trabajo en el ejército imperial, y el salario, así que su entusiasmo y fidelidad al emperador no eran de extrañar. Eran los años en que la vieja nobleza constantinopolitana temblaba. Pero cualquier mercenario llegado de fuera podía hacerse un hueco en la metrópoli.

Un verdadero delirio de desquite y crueldad atravesó este segundo reinado de Justiniano, el cual, ciego de odio y resentimiento por la mutilación y las humillaciones del largo destierro, se vengó mandando que los generales que le habían desposeído del trono fueran apresados inmediatamente. Mandó que trajeran a su palacio a los usurpadores Leoncio y Tiberio III, atados por los tobillos y arrastrados con caballos por toda la ciudad. Y una vez en su presencia, él mismo les pisoteó brutalmente los cuellos hasta darse por satisfecho. Incluso dicen que los tuvo amarrados bajo su trono durante días para apoyar sobre las cabezas sus pies. Después fueron ejecutados muchos otros altos cargos militares y funcionarios, cuyos cuerpos decapitados acabaron colgados de las murallas. Ni siquiera se libró el patriarca, Leoncio, que fue destituido de su sede antes de que le fueran sacados los ojos frente a la puerta principal de la basílica de Santa Sofía.

La persecución despiadada de los opositores de Justiniano duró años. Los viejos linajes patricios de Bizancio vivieron aterrorizados y bajo permanente sospecha, quedando reducidos a una especie de sociedad tímida, secreta y subterránea que se reunía en los sótanos, como los cristianos primitivos en las catacumbas.

Durante mi estancia en la ciudad, yo observaba los ostentosos desfiles del ejército mercenario triunfante con el corazón encogido por la extrañeza y la repulsión.

59

Constantinopla

Los bizantinos, los bizantinos de verdad, aquellos que se habían librado de la cólera vengativa de Justiniano, en su alma y en sus gustos, en sus principios y en sus preferencias, se encerraban con orgullo ante tal revuelo bárbaro de danzas bélicas jázaras. El dinero que los mercenarios extranjeros derrochaban y tiraban por las calles de Constantinopla les causaba repulsión.

Sería por eso que, en aquel ambiente hostil y disimulado, Klémens y yo empezamos a adaptarnos a la auténtica vida de Bizancio por un raro mimetismo. Los griegos también obraban así. Pensábamos que aquella ilustre ciudad y su historia bien merecían ese respeto, y en nuestra actitud y forma de vivir intentábamos parecernos lo más posible a los bizantinos. Nos vestíamos como ellos y nos recortamos el pelo y la barba de la misma manera que ellos; mejor dicho, un poco a la manera de los griegos y otro poco a la de los patricios constantinopolitanos. Todos los jóvenes advenedizos procurábamos encontrar una casa y desaparecer entre los maderajes de los barrios que rodeaban el Palacio

Sagrado, que se extendía entre el Hipódromo y Santa Sofía, en la zona donde se desarrollaba lo más genuino de la vida bizantina. Klémens y yo hallamos refugio con cuatro griegos más en el cuarto piso de un edificio destartalado a unos pasos de los viejos baños de Zeuxippos, no muy lejos del Augustaion, que estaba situado en la vertiente sur de la colina, allí donde comenzaba la calle principal de la ciudad, la llamada Mese, o calle Media. Hacia oriente se elevaba la resplandeciente casa del Senado o Magnaura, y caminando un poco más hacia el levante, se encontraba el Milion, que marcaba el inicio de todas las distancias desde Constantinopla. Penetramos en aquella vivienda de madera, de dos habitaciones minúsculas, que el propietario nos alquilaba a cambio de una mensualidad bastante elevada como si nos hiciese un gran favor y con un desprecio apenas disimulado. Las ventanas daban a un estrecho balcón con barandilla de madera, al igual que los edificios que teníamos enfrente, todos de cuatro pisos. Nuestros vecinos eran viejos ciudadanos del Imperio: hombres todos parecidos, vestidos casi de idéntica manera, que vivían con sus hijos, sus nietos, sus esclavos y sus gatos, y que a la hora de la cena se inclinaban sobre un plato de sopa humeante con las espaldas abrigadas por una piel oscura; y mujeres con altos moños, envueltas en vestidos que revelaban sus contornos y formas. Todos se sentaban a la mesa casi a la misma hora, y también casi al unísono oraban en voz alta y se santiguaban varias veces mirando hacia las cúpulas de las iglesias. Luego apagaban las lámparas y se retiraban a dormir. Todo lo que yo sé sobre la manera privada de vivir de los bizantinos lo aprendí desde la visión de aquellas escuetas ventanas. Y supongo que no debía de ser muy diferente en los grandes palacios de altos muros y jardines. La vida pública era, sin embargo, otra cosa. Se echaban a las calles envueltos en seda, oro y perfumes riendo y hablando a voz en grito. Allí no pueden vivir sin vino y sin música. Les encanta la diversión y el desenfreno. En eso no se parecen en nada a los ismaelitas de Damasco.

En Constantinopla lo tuvimos todo durante unos meses: descanso, placeres y reconocimiento. Nos admiraban por habernos levantado contra el califa. Les parecía una heroicidad inconmensurable y eso nos propició incluso ser recibidos por los jerarcas imperiales. Se interesaron por nosotros y, al descubrir que nos habíamos criado en nobles familias de rancia estirpe bizantina, nos ofrecieron generosamente la posibilidad de asentarnos en el mejor barrio de la ciudad y formar parte de la administración o del ejército.

Pero, no obstante los beneficios inesperados que inicialmente nos llenaron de felicidad, yo empecé a ponerme nervioso… Quería marcharme de Constantinopla. No entendía por qué. Y ni siquiera se me pasaba por la cabeza un lugar, un nombre, un puerto o una ciudad hacia donde dirigirme. Si acaso alcanzaba a saber que de ninguna manera debía volver a Damasco. Eso no es fácil de explicar para mí ahora. Pero lo percibía entonces con mucha certeza. Solo puedo decir que tal vez la vida se decide en momentos así, cuando obedecemos en contra de cualquier argumento o sentido a una persuasión interior. Avanzamos paso a paso, incluso a trompicones; nos equivocamos de camino y buscamos el que consideramos ser el verdadero, pero sin saber muy bien dónde buscar. Lo que queremos es difícil de determinar con frecuencia, pero a veces sabemos perfectamente y de pronto lo que no debemos hacer… Y a mí una voz interior me decía con absoluta claridad que no debía permanecer en aquella ciudad.

Y así traté de explicárselo a Klémens. Pero él no lo comprendió:

—¿Ahora me dices eso? ¿Qué locura es esta? ¿Cómo que te quieres ir de Constantinopla? ¿Me hablas en serio?

—Sí, por supuesto. Creo firmemente que debo irme. No sé por qué, ya te digo.

—¿¡Adónde!? No hay mejor lugar para nosotros que este. ¿No ves toda la juventud que hay aquí? Es una gran oportunidad… Aquí podemos hacernos una nueva vida; podemos servir en el ejército y ascender. Sabemos leer y escribir. ¿Crees que esos jázaros bárbaros tienen más conocimientos que nosotros? Si no te gusta el ejército puedes buscar un puesto como funcionario. Aprendiste el oficio en Damasco, sabes hablar y escribir diversas lenguas, sabes de leyes… Nadie como tú para hacerse un sitio en Constantinopla en estos tiempos… Aquí podrás encontrar también una mujer bella y de buen linaje cristiano, ¡la que quieras!, y casarte para tener hijos y hallar algo de felicidad… ¿Crees que en otra parte del mundo tendrás más oportunidades que en Bizancio? ¡Esta es la ciudad del emperador de los griegos y los romanos! Si te marchas te arrepentirás; seguro que te arrepentirás. Si haces esa locura, atente a las consecuencias… Yo desde luego no me moveré de aquí.

No quería contestarle con filosofías, porque además le conocía lo suficiente como para saber que no las aceptaba; pero yo no tenía razones tan prácticas como las que acababa de darme él. Así que acabé diciendo:

—No siempre somos capaces de calcular las consecuencias de nuestros actos. Yo solo puedo decirte que quiero irme de Constantinopla. Eso es algo que siento con certeza absoluta. En cambio, no percibo con ninguna claridad que tenga por delante aquí un camino recto… Y creo que, cuando se siente con certeza absoluta que permanecer uno en el mismo sitio, sin moverse, es lo mismo que actuar, se debe ir en otra dirección…

—Eso que acabas de decir es algo absurdo que no está al alcance de mi comprensión —replicó acalorado—. ¡Qué complicado eres, demonios! Aquí se trata de salir adelante, ¿o no?; y lo único claro es que aquí podremos salir adelante mejor que en ninguna otra parte. Y lo mejor de todo es que somos libres… ¿No te das cuenta de eso, Efrén? ¡Por primera vez en nuestra vida somos libres! ¡Libres de verdad!

Tuve que reconocer que mi amigo, en eso, tenía toda la razón. En efecto, allí éramos de repente libres de verdad. Si para algo sirvieron el peligro, la temeridad, la insurrección y la cruel guerra, ciertamente, fue para alcanzar la libertad que tanto habíamos deseado en nuestra primera juventud anodina y lánguida en Damasco. Pero yo había cambiado mucho en esta última etapa de mi vida, tal vez a causa del horror que habían visto mis ojos, al que me negaba a acostumbrarme. Aquel muchacho rebelde y un tanto atolondrado, que buscaba a toda costa abrir la puerta de su jaula para echarse a volar al mundo, se había quedado en casa. Y ahora sentía que en mí estaba naciendo un nuevo hombre, el cual sabía que la libertad es más una condición interior, una capacidad del alma, que una actitud o una lucha. Uno puede ser pobre y permanecer en el mismo sitio sintiéndose al mismo tiempo libre e independiente. Como, en circunstancias mucho más favorables, con riqueza y poder, no atreverse siquiera a moverse, porque ha perdido el entusiasmo vital, porque le sujetan pesos muertos invisibles, le atan lazos secretos…

En Damasco yo oí mis propias voces clamando para que me levantara contra la vida de aceptación, renuncia y servidumbre que me esperaba. Ahora, en Constantinopla, volvía a oír la llamada que resonaba con intensidad dentro de la acústica de la juventud: la voz que me decía que me fuera, que no debía intentar regatear y conformarme con ese sugerente futuro que se nos presentaba allí y que a Klémens tanto le seducía. Yo debía buscar la manera de alejarme y no debía echarme atrás.

Pero Klémens me devolvía a la realidad haciéndome recapacitar con sus razones:

—¿Adónde irás? Solo se puede salir de Constantinopla navegando. Viajar por tierra desde aquí a cualquier parte es una locura. ¿Con quién te embarcarás? ¿Con mercaderes? Tendrás entonces que esperar a la primavera. Y supongo que estarás pensando en ir a Occidente… ¿Crees acaso que vas a encontrar allí una vida mejor que esta? ¡Quién sabe lo que hay en Occidente!

Había que reconocerle su gran parte de razón. Por eso, si bien durante algún tiempo anduve merodeando por los puertos y preguntando, acabé convenciéndome de que tomar un barco así, a la buena de Dios, para ir a cualquier parte, era en efecto una locura.

60

La vida es en verdad misteriosa. Una oportunidad tomó al fin forma sin que yo pusiera nada de mi parte. Fue algo casi milagroso. Circunstancias extraordinarias aparecieron solas y de repente para acelerar mi decisión. Y yo vi en tal golpe del destino la voluntad de equilibrio que emana de la vida; una dádiva y también una recompensa por el sufrimiento pasado.

Una mañana empezó a anunciarse por toda Constantinopla que venía el papa de Roma a visitar al emperador. Dos días después la ciudad bullía entusiasmada. El área central se engalanó con coloridas colgaduras de fiesta; y los sagrados iconos del Señor, la Virgen María y los Santos se habían sacado de las iglesias y estaban expuestos delante de sus puertas, entre perfumados humos de inciensos, flores, ramas de olivo, palmas y coronas de laurel.

Cuando salimos para disfrutar de aquella colorida celebración, nos encontramos con varias centurias de soldados con uniformes de gala que ocupaban en formación el centro del Augustaion, frente a la columna de Justiniano. Las bruñidas corazas de bronce lanzaban arrogantes destellos bajo el sol. Y un momento después los vimos desfilar marcialmente por el foro Boario al ritmo de una fanfarria militar atronadora.

La gente se había echado a las calles y caminaba apresurada descendiendo hacia el gran puerto de Teodosio, en cuyos aledaños ya estaban hacinados todos los enfermos de la ciudad: ciegos, tullidos, cojos, dementes..., solos o acompañados por sus familiares, arrastrándose sobre sus males, en camillas, en carritos, con muletas, sin piernas, llevados a hombros... Todos ellos esperaban tal vez un milagro por la llegada del sucesor de san Pedro, aquel que gobernaba la Ciudad Eterna, en cuyas santificadas piedras, en sus basílicas y en los sepulcros de sus mártires, decían que se manifestaba el misterioso pneuma, el Santo Espíritu de Dios, invisible, incorpóreo, capaz de restablecer las almas y los cuerpos enfermos. Ilusionados, los que sufrían algún mal o dolencia soñaban con que algo de ese divino soplo viniese envolviendo la presencia de tan venerable visitante.

Cuando estuvimos en el puerto nos encontramos con una enorme expectación. Frente a la dársena, sobre una tribuna dispuesta para la ocasión en la parte más amplia de las atarazanas, el emperador esperaba con todo su fasto, junto a las autoridades del Imperio, el patriarca, los altos militares y muchos magnates, luciendo todos ellos sus mejores vestimentas.

Habíamos madrugado y, a pesar de la multitud, pudimos todavía encontrar un buen sitio no demasiado lejos. Aun siendo el mes de noviembre, lucía y calentaba el sol; y los ropajes solemnes de la nobleza constantinopolitana que nos rodeaba resultaban gruesos y olían a rancio por llevar guardados tal vez demasiado tiempo.

Por fin, el gentío se agitó y se vieron avanzar hacia el

borde de los muelles los lictores con las fasces y las insignias que debían saludar la llegada de los barcos. Entonces apareció la flota papal en la distancia, navegando veloz a golpes de remo sobre las aguas mansas. Se aproximaban y arreciaban a la vez los vítores y las albórbolas de entusiasmo. Serían en total unas cincuenta galeras, casi todas semejantes, pero la gente señalaba una que estaba algo más engalanada con coloridas banderolas. Arribó esta última al atracadero, y al momento se organizó una nutrida procesión muy colorida, animada por una fanfarria estruendosa de timbales, sistros y flautas, en la que era llevada la silla de mano que debía después transportar al papa por la ciudad. Causaba impresión todo aquel acompañamiento que avanzaba ordenadamente hacia el muelle, en medio de una gran magnificencia. Unos cien hombres o tal vez más componían el séquito; además de los pajes ataviados con ricas telas bordadas y tocados con pequeños gorros rojos.

Antes de que el papa de Roma pisara el suelo de Constantinopla, el patriarca y sus sacerdotes se aproximaron a la galera, la bendijeron y la incensaron. Solo entonces se descorrieron los toldos y se hizo visible la venerable presencia del visitante: un anciano alto, delgado y canoso, de larga barba, que vestía sencilla túnica con franja de oro bajo la esclavina forrada con piel de armiño.

Arreció el griterío. Pero enseguida hubo respeto, cuando el emperador y sus magnates descendieron desde el estrado y se aproximaron con solemnidad. Tras el saludo, en medio del silencio del pueblo, se intercambiaron obsequios de bienvenida. Luego el papa de Roma abrazó y besó al patriarca y solicitó su bendición. El emperador se arrodilló ante ellos, bajo una lluvia de pétalos de rosa y hojas de mirto, en medio de alegres cantos, y también fue bendecido.

De camino a la ciudad, la comitiva pasó lentamente muy cerca de nosotros. Me fijé en el papa de Roma: a pesar de la edad y del fatigoso viaje, su presencia era vigorosa, su rostro despierto, y sus ojos, escrutadores y cautelosos, parecían estar muy pendientes de todo. También pude ver al emperador pasar a caballo a una distancia de menos de veinte pasos: resultaba difícil no fijarse en la prótesis de oro que cubría su nariz y que tapaba parte de sus mejillas; el resto de sus rasgos apenas resaltaban bajo el yelmo dorado.

La gente aguardaba en todas partes, con exaltación contenida, emitiendo un murmullo permanente que arreciaba al paso del cortejo, que se encaminó derecho, ascendiendo hasta el Myrelaion y continuando por la vía Mese, atravesando primero el foro de Teodosio y después, con parsimonia, el foro de Constantino hacia Santa Sofía. El tiempo que podía tardar la comitiva en llegar a las puertas de la basílica principal era imprevisible. Porque en el recibimiento debían intervenir algo más de sesenta categorías distintas de jerarcas: militares, hombres de la Iglesia, altos funcionarios y magistrados, que aguardaban pacientemente en el foro, bajo sus baldaquinos, la llegada de la comitiva.

Klémens y yo caminábamos con nuestros compañeros griegos entre la multitud, fijándonos en la diversidad de formas de vestir, prestando atención a los diferentes acentos de las lenguas; teniendo que detenernos frecuentemente delante de los altares, donde se arremolinaba la masa para mirar los adornos de bienvenida: vajillas de plata, candelabros, estatuas, pinturas, tapices y pebeteros que desprendían el aroma del incienso mezclado con el humo de los ardientes lampadarios. Cuando pasábamos por delante de una iglesia, entrábamos y nos deleitábamos contemplando los iconostasios, con sus escenas maravillosamente pintadas en las paredes y en los techos: el Señor vestido con elegantes túnicas llenas de pliegues ampulosos, la Virgen con el niño como si fuera una emperatriz, los santos apóstoles dignificados como si fueran miembros de un senado, los mártires con los símbolos de su pasión... En las puertas abiertas de par en par los sacerdotes y diáconos permanecían revestidos con brillantes y coloridas dalmáticas, luciendo sus grandes barbas sobre el pecho.

Fue entonces cuando un presbítero anciano se aproximó a nosotros, al oírnos hablar, y nos preguntó:

—¿Muchachos, sois sirios?

—Somos sirios de Damasco, *abbá* —respondí.

—¡Ah, como el papa de Roma! —exclamó él.

Nos quedamos mirándole extrañados. Y Klémens le preguntó:

—¿Qué dices, buen *abbá*? ¿Qué quieres decir con eso?

—Pero, hijitos míos, ¿no sabéis que el papa de Roma es sirio? Oí vuestro acento y pensé que habíais venido con él. El papa sirio prometió visitar Constantinopla y esperábamos ardientemente su visita. Porque parecía últimamente que Roma estaba queriendo olvidarse de Bizancio. Tenía que ser elegido un papa de Oriente, para que Roma volviera a mirarnos. Y este buen papa de Roma, Constantinus el Sirio, ha hecho el milagro.

FINAL

Lo que hayas amado quedará, el resto será solo cenizas.

San Agustín de Hipona
Frase proferida el día anterior a su muerte

El papa de Roma, Constantinus I, era sirio. Algo que, por mucho que nos asombrara entonces, en realidad no era tan inaudito ni tan extraordinario. Porque en la península itálica se habían asentado muchos compatriotas nuestros, tantos o más que en Bizancio, en Grecia o en los Balcanes. Los sirios exiliados en las últimas y azarosas décadas andaban refugiados por todo el Mediterráneo occidental. Entre ellos había un poco de todo, pero despuntaron muchos hombres sabios y algunos tan valiosos que alcanzaron las cimas de aquellas sociedades donde se asentaron. Así sucedió en Roma, donde, sucesivamente, cuatro sirios fueron elegidos para sentarse en la silla de San Pedro: Juan V, Sergio, Sisinnio y este último, Constantinus. Todos ellos provenían de la misma cantera: el monasterio construido en el monte Aventino por monjes venidos de Oriente tras la invasión de los árabes; y que lo llamaron Cella Nova, en honor del Larum Novum, el antiguo monasterio de Jerusalén que fundó san Saba.

Los inmediatos predecesores de Constantinus en el pontificado no tuvieron buenas relaciones con Bizancio. Con el fin de resolver las desavenencias entre las Iglesias de Oriente y Occidente, este papa decidió viajar a Constantinopla para visitar al emperador Justiniano y al patriarca constantinopolitano.

Y quiso Dios que nosotros estuviéramos allí a su llegada. Al enterarnos de que era sirio de origen, nos pareció un milagro, e hicimos lo posible para que nos recibiera. No resultó difícil, puesto que el eparca nos conocía y sabía que habíamos luchado contra el califa en Damasco al lado de los griegos, así que nos presentó ante él.

El venerable Constantinus se maravilló cuando le relatamos nuestra historia y nos admitió entre los miembros de su séquito. Permanecimos junto a él durante todo el tiempo que estuvo en Constantinopla y tuvimos ocasión para contarle muchas cosas de nuestra tierra; todo lo que había sucedido y la triste forma en que se resolvieron los acontecimientos. Se afligió sobre todo al conocer los desastres habidos en Damasco, las desgracias de nuestro pueblo y las tribulaciones sufridas por tanta gente.

Diez meses duró la visita del papa en Bizancio. En todas las ciudades fue acogido y aclamado. Al año siguiente, después del verano, llegó el momento de embarcarse de vuelta a Roma. Y nos ofreció llevarnos consigo. Aceptamos e hicimos la travesía hacia Occidente en su flota.

Empezaba para mí una aventura inesperada con aquel viaje: la aventura de la madurez... Porque ahora, pasado el tiempo, ya sé que la juventud no puede medirse en términos temporales; se trata de un estado cuyo principio y cuyo final no están determinados por fechas concretas, tampoco comienza con la pubertad ni termina un día preciso, al cumplir cierta edad en la vida. La juventud es una percepción singular de la propia existencia, que llega inevitablemente cuando menos lo esperamos, sin estar uno preparado o avisado. Pero no es como dicen «tormentosa» ni «alocada»; es empero un estado puro y altruista, que puede llegar a sentirse triste. Te arrastran para llevarte por derroteros impensados unas extrañas fuerzas que no invocas ni afrontas. Entonces te avergüenzas, te rebelas y sufres, deseando incluso que todo acabe pronto para detenerte en medio de tus propios principios y tus recuerdos. Aunque, mientras dura, la juventud es una época en la que se siente con fuerza que casi nadie ni nada puede hacernos daño.

Hasta que un día cualquiera te despiertas y es como si las luces que te rodean hubieran cambiado. El ímpetu ha cesado. Ese estado inocente y malhumorado se extingue; y el mundo y las palabras han adquirido un significado nuevo y diferente. Escapas de un hechizo y te sorprendes: ¡se acabó! Pero ha empezado algo… Tu cuerpo sigue siendo el mismo, quizá aún no te hayas convertido en ese hombre de barba y espeso bigote, de cuello ancho y ancha barriga, lleno de desengaños, que empieza a pregonar su amargura y su desilusión, pero sabes que otra vida da comienzo…

En Roma se inició para mí de una manera inequívoca esa verdadera nueva vida, o el estado que luego identifiqué bajo ese nombre. Me despertaba cada mañana con la certeza de que algo se abría y me esperaba. Ya porque se tratara de un día festivo, pero también al amanecer de un día cualquiera. Era más bien un estado definitivo, con sus problemas propios, sus preocupaciones y sus confusiones, pero decisivo. No como en Constantinopla, donde todo lo sentía provisional, de paso.

Me fui a vivir al monasterio de San Saba en el monte Aventino. Encontré allí a muchos compatriotas que, como yo, guardaban sus propios recuerdos buenos y malos de una vida anterior en Siria. Y en ese pacífico lugar, donde nadie tenía tiempo para nada, yo disponía de repente de todo el tiempo del mundo. Y fue como si acabara de aprender un nuevo idioma, hasta entonces desconocido para mí. Comprendí de pronto algo del misterio y la locura que me había envuelto hasta tan solo unos meses antes. Todo adquirió sentido: la venida al mundo, el miedo, el dolor, la rebeldía, la guerra, el fracaso y la muerte. Era como aprender la mágica fórmula y cruzar repentinamente las fronteras de una nueva existencia. Aunque, misteriosamente, nunca antes había estado en aquella ciudad, pero todo lo que me rodeaba me parecía ser familiar y conocido desde siempre, desde hacía una infinitud, como si ese nuevo mundo acabara de crearse para mí o que me hubiera estado esperando para empezar a hablarme... Con razón la llaman Ciudad Eterna; y mira que Roma se ve vieja...

Así fue. Empecé a vivir como en un embeleso conmovedor. Nunca he recibido un regalo tan espontáneo e inesperado de la vida. Y me entregué a los prodigios y sorpresas que se abrían ante mí, viendo pasar los días y teniendo cada vez más claro que debía quedarme en Roma mientras me lo permitieran los poderes secretos que regían mi vida.

Transcurrieron de esta manera tres años sin mayor novedad que aquella existencia en sí novedosa. Hasta que una mañana se anunció que los godos de Hispania estaban en la puerta de San Pablo para solicitar asilo en la ciudad. Los árabes ismaelitas habían conquistado al fin el extremo de la tierra.

La noticia me sorprendió, pero no hasta el punto de inquietarme. Porque comprendí enseguida que yo había sido preparado para saber que un gran ciclo se cerraba en el mundo y la historia, y que me hallaba misteriosamente en el momento y el lugar adecuados. Entonces me dispuse, con humildad y determinación, a obedecer el mandato que me hizo el papa sirio de escribir esta historia.